Loretta Chase

Elle est la reine incontestée de la romance de type Régence dans les pays anglophones, notamment avec le fameux *Lord of Scoundrels*, véritable phénomène éditorial, que les Éditions J'ai lu ont eu l'immense plaisir d'offrir aux lectrices françaises sous le titre *Le prince des débauchés*. Surnommée la Jane Austen des temps modernes, Loretta Chase, passionnée d'Histoire, situe ses récits au début du XIXe siècle. Elle a renouvelé la romance avec des héroïnes déterminées et des héros forts, à la psychologie fouillée. Style alerte, plein d'humour, elle sait analyser avec finesse les profondeurs de l'âme et de la passion. Elle a remporté deux Rita Awards.

Un lord si parfait

Du même auteur
aux Éditions J'ai lu

LE PRINCE DES DÉBAUCHÉS
N° 8826

Les Carsington :
1 - IRRÉSISTIBLE MIRABEL
N° 8922
2 - UN INSUPPORTABLE GENTLEMAN
N° 8985

LORETTA
CHASE

LES CARSINGTON - 3

Un lord si parfait

ROMAN

Traduit de l'américain
par Béatrice Pierre

J'AI LU

Titre original
LORD PERFECT

Éditeur original
A Berkley Sensation Book, published by the Berkley Publishing Group,
a division of Penguin Group (USA), Inc.

Pour Walter

1

Exposition égyptienne, Piccadilly, Londres, septembre 1821

L'épaule appuyée au chambranle de la fenêtre, il offrait aux visiteurs de l'exposition le spectacle d'une silhouette aux proportions parfaites. Les bras croisés, il regardait à l'extérieur bien que le verre épais des vitres ne laissât voir qu'une image brouillée de Piccadilly.

Visiblement, les merveilles que Giovanni Belzoni avait rapportées d'Égypte ne l'intéressaient que très moyennement.

Assurance, élégance et ennui affiché, l'image même de l'aristocrate, songea la femme qui l'observait de loin.

Il tourna la tête, révélant le profil patricien auquel elle s'attendait.

Elle en eut néanmoins le souffle coupé.

Benedict Carsington, vicomte Rathbourne, se détourna de la fenêtre, et de la vue déformée des chevaux, des véhicules et des piétons qui grouillaient dehors. Laissant échapper un soupir, il posa un regard las sur la salle où la mort et ses attributs étaient à l'honneur.

Belzoni's Tomb, l'exposition des découvertes qu'avait faites l'explorateur quelques années plus tôt en Égypte, avait remporté un grand succès dès son ouverture, le 1er mai. Benedict qui, bien malgré lui, avait été l'un des mille neuf cents visiteurs du premier jour, en était à sa troisième visite et regrettait toujours autant de ne pas être ailleurs.

L'Égypte n'exerçait pas sur lui la même fascination que sur certains de ses parents et amis. Même son abruti de frère, Rupert, était tombé sous le charme, peut-être parce que ce pays offrait maintes occasions de se briser le cou et d'échapper de justesse à la mort. Mais si lord Rathbourne passait un autre interminable après-midi au milieu de ces objets funéraires, son cadet n'y était pour rien.

La raison de sa présence en ce lieu se tenait à l'une des extrémités de la salle : il s'agissait d'un garçon de treize ans, Peregrine Dalmay, comte de Lisle et unique rejeton du beau-frère de Benedict, le marquis d'Atherton. Il recopiait l'un des dessins qu'avait faits Belzoni de l'intérieur de la célèbre pyramide de Khéphren – pyramide dont l'explorateur avait découvert l'entrée trois ans auparavant.

Le zèle ne figurait pas parmi les qualités de lord Lisle : c'était du moins ce qu'avaient dit et répété les innombrables professeurs entre les mains desquels il était passé. Pourtant, devant ces vestiges de l'Égypte ancienne, il faisait preuve d'une persévérance stupéfiante. Cela faisait déjà deux heures que l'oncle et le neveu étaient là ; n'importe quel garçon de cet âge aurait été impatient de s'adonner à une activité physique depuis au moins trois quarts d'heure. Celui-ci, non.

S'il s'était agi de n'importe quel garçon, Benedict ne l'aurait pas accompagné. Il l'aurait confié à un domestique.

Mais Peregrine n'était pas n'importe quel garçon.

Avec son beau visage à l'expression ouverte, ses cheveux blonds et son regard gris clair tellement innocent, il avait l'air d'un ange.

L'air seulement.

Il avait fallu « Gentleman » Jackson et ses boxeurs pour maintenir la reine Caroline et ses partisans à l'écart de la cérémonie du couronnement du roi en juillet. En s'unissant, peut-être ces individus seraient-ils capables de faire régner la paix que la présence de l'héritier de lord Atherton semblait inéluctablement compromettre.

En dehors d'eux – ou d'une importante force militaire –, les seuls êtres humains dotés d'une réelle influence sur lord Lisle étaient Benedict et son père, le comte de Hargate. Ce dernier intimidait tout le monde – hormis sa femme –, mais morigéner un garçon turbulent ne faisait pas partie de ses attributions.

« J'aurais dû apporter un livre », se dit Benedict. Étouffant un bâillement, il porta les yeux sur la reproduction d'un bas-relief de la tombe d'un pharaon et tenta de comprendre ce que Peregrine et une foule de gens y voyaient de si passionnant.

Trois rangées de silhouettes étaient superposées. Sur celle du haut, des hommes, dont la barbe était recourbée à l'extrémité, se penchaient en avant et bras pressés l'un contre l'autre. Des colonnes de hiéroglyphes s'inséraient entre les silhouettes et au-dessus de leurs têtes.

Dans la rangée du milieu, quatre personnages tiraient un bateau chargé de trois autres. De longs serpents s'insinuaient dans le décor. Les cartouches de hiéroglyphes au-dessus des têtes étaient-ils l'équivalent égyptien des bulles que les caricaturistes d'aujourd'hui dessinaient au-dessus de leurs personnages dans les journaux satiriques ?

Dans la dernière rangée, des silhouettes marchaient à la queue leu leu sous les hiéroglyphes.

Leurs traits et leurs coiffures étaient différents des autres. Cela signifiait-il qu'il s'agissait d'étrangers? se demanda Benedict qui reconnut le dieu à tête d'ibis face à la file: Thot, le dieu du Savoir. Même Rupert, qui avait reçu en vain une éducation hors de prix, était capable de reconnaître Thot.

Quant à la signification de l'ensemble, on ne pouvait que tenter de l'imaginer; or Benedict gardait son imagination, ainsi que quantité d'autres choses, sous un contrôle rigoureux.

Il examina l'autre partie de la salle.

Il y avait assez peu de monde, car pour les membres de la haute société, l'exposition n'avait plus l'attrait de la nouveauté. Quant aux classes inférieures, elles préféraient passer ce bel après-midi en plein air, plutôt qu'au milieu de ses sarcophages.

C'est pourquoi Benedict la vit clairement.

Trop clairement.

L'espace d'un instant, il en resta ébloui, comme s'il émergeait d'une cave obscure à la lumière aveuglante.

Elle se tenait de profil, comme les silhouettes gravées sur le mur derrière elle, et examinait une statue.

Il aperçut des boucles noires sous le bord du chapeau bleu pâle. De longs cils sombres qui tranchaient sur la peau nacrée. Des lèvres pleines couleur de prune mûre.

Son regard glissa un peu plus bas.

Le souffle lui manqua.

Règle: seuls les individus mal élevés, vulgaires et ignorants des bonnes manières regardent fixement les gens.

Il s'obligea à détourner les yeux.

La fille se tenait juste derrière l'épaule de Peregrine. Il tenta de l'ignorer, mais elle lui faisait de l'ombre. Il risqua un regard, et revint bien vite à son carnet de croquis. Il avait quand même eu le temps de voir que, bras croisés, elle examinait son œuvre en faisant la moue. Il connaissait cette expression. C'était celle d'un maître d'école.

Elle dut interpréter son coup d'œil comme une invitation à s'exprimer, car elle déclara :

— Je me demandais pourquoi tu avais choisi de copier la pyramide. Ce ne sont que des angles et des lignes droites. Vraiment pas intéressant. La momie du sarcophage est sûrement plus amusante à dessiner. Mais, maintenant, je comprends mieux ton choix. Tu ne dessines pas très bien.

Lentement, délibérément, Peregrine tourna la tête pour la regarder. Elle avait des yeux si bleus qu'on aurait dit ceux d'une poupée de porcelaine.

— Je vous demande pardon ? articula-t-il de ce ton poli et glacial qu'il avait emprunté à son oncle.

Son père était marquis et pair du royaume, et si son oncle Benedict n'avait droit pour l'heure qu'au titre de courtoisie de vicomte Rathbourne, il avait une façon très efficace de vous remettre à votre place. Il était même connu pour cela. Lord Rathbourne était capable de geler de l'huile bouillante à cinquante, prétendait-on.

Hélas, Peregrine ne maîtrisait pas aussi bien l'art de la politesse glaciale !

— Il y a une excellente coupe de la pyramide dans le livre du *signor* Belzoni, enchaîna-t-elle. Tu ne préférerais pas garder un souvenir d'une des momies ? Ou de la déesse à tête de lion ? Ma mère pourrait t'en faire un très, très bon dessin. C'est une excellente dessinatrice.

— Je ne veux pas de souvenir, répliqua sèchement Peregrine. Un jour, je serai explorateur et je rapporterai un tas de choses de ce genre.

La moue de la fille s'effaça, ainsi que son regard de maîtresse d'école.

— Un explorateur comme le *signor* Belzoni, tu veux dire ? Oh, mais c'est formidable !

Peregrine avait beau se donner du mal pour imiter l'impassibilité de son oncle en toutes circonstances, refréner son enthousiasme demeurait au-dessus de ses forces.

— Rien ne peut être plus formidable, acquiesça-t-il. Il reste des milliers kilomètres à explorer autour du Nil, et les gens qui y sont allés disent que ce qu'on voit, c'est comme le sommet d'un iceberg, parce que la plupart des merveilles sont enfouies dans le sable. Et, dès qu'on saura déchiffrer les hiéroglyphes, on saura qui a bâti quoi et quand. En ce moment, tu vois, l'Égypte ancienne est un grand mystère. Mais je serai l'un de ceux qui le perceront. Ce sera comme découvrir un nouveau monde.

Les yeux de poupée s'ouvrirent grand.

— Oh, alors, ça, c'est une noble quête ! Moi aussi, je partirai en quête de quelque chose. Lorsque je serai grande, je serai chevalier.

Peregrine faillit se fourrer le doigt dans l'oreille pour s'assurer qu'elle n'était pas bouchée. Mais, se rappelant que son oncle était dans les parages, il imagina quel regard ce geste lui vaudrait et résista à son impulsion.

— Tu peux répéter ? fit-il. J'ai cru entendre que tu comptais devenir chevalier – avec une armure étincelante, un destrier et tout le bazar ?

— C'est bien ce que j'ai dit. Comme les Chevaliers de la Table ronde. La vaillante sir Olivia, voilà ce que je serai, toujours en quête d'aventures et de nobles actions.

— C'est ridicule, trancha Peregrine.

— Mais pas du tout.

— Bien sûr que si, insista Peregrine d'un ton patient car, étant une fille, elle était sans doute dénuée de sens logique. D'abord, ces histoires sur le roi Arthur et les Chevaliers de la Table ronde, c'est un mythe. Qui n'a pas plus de rapport avec les faits et l'histoire réelle que les sphinx et les dieux à tête d'ibis de l'Égypte ancienne.

— Un mythe ! s'écria la fille dont les yeux bleus s'agrandirent encore. Et les croisades, alors ?

— Je n'ai pas dit que les chevaliers n'ont pas existé. Ils ont existé, et ils ont combattu. Mais la magie, les monstres et les miracles ne sont que des mythes. Bede le Vénérable, le moine qui a écrit la première histoire de l'Angleterre, ne mentionne même pas le roi Arthur.

Il poursuivit, citant des références historiques à un chef de guerre qui avait pu être à l'origine du légendaire Arthur et expliquant comment, au fil des siècles, des créatures mythiques, des miracles et diverses évocations religieuses avaient été ajoutés à l'histoire parce que l'Église était toute-puissante et mettait de la religion partout.

Il exposa ensuite son opinion sur la religion, opinion qui lui avait valu d'être renvoyé d'une école après l'autre. Tenant compte du fait qu'étant une fille, son cerveau était par nature plus faible que le sien et beaucoup moins éduqué, il en fournit une version simplifiée.

Lorsqu'il s'interrompit pour reprendre son souffle, elle jeta avec mépris :

— Ce n'est que ton opinion. Tu n'as aucune certitude. Le Saint-Graal *a pu* exister. Il *a pu* y avoir un royaume appelé Camelot.

— Je sais qu'il n'y a pas eu de dragons. Si bien que tu ne peux pas en tuer. De toute façon, même s'il y avait des dragons, tu ne le pourrais pas.

— Il y a eu des chevaliers ! cria-t-elle. Je peux être un chevalier !

— Non, tu ne peux pas, s'entêta-t-il. Tu es une fille. Les filles ne peuvent pas être chevaliers.

Furieuse, elle lui arracha son carnet des mains et le lui lança au visage.

Il n'y aurait pas eu de drame si Bethsabée avait surveillé sa fille.

Mais au lieu de se comporter en mère, cela faisait déjà plusieurs minutes qu'elle tentait désespérément de ne pas regarder l'aristocrate maussade… les longues jambes dont l'élégant pantalon soulignait amoureusement les muscles… les larges épaules… la mâchoire hautaine et le nez insolent… le regard sombre à l'expression blasée.

À croire qu'elle était une écervelée de seize ans et non une femme mûre deux fois plus âgée. À croire qu'elle n'avait jamais vu de bel aristocrate, alors qu'elle en avait rencontré un certain nombre et en avait même épousé un. Elle n'était plus elle-même et s'en moquait éperdument.

Pétrifiée, elle tentait de s'intéresser aux objets exposés afin de ne pas regarder de l'autre côté, inconsciente des minutes qui s'égrenaient durant lesquelles Olivia pouvait aisément recréer quelques-unes des scènes les plus pénibles de l'Apocalypse.

Tandis qu'elle était là, comme prise au piège, le cœur battant si fort qu'elle avait du mal à respirer, Bethsabée en était même venue à oublier qu'elle avait une fille.

Voilà pourquoi les signes annonciateurs de l'orage lui échappèrent.

Le fracas, l'exclamation indignée et la voix familière rugissant : « Espèce de crétin ! » rompirent le sortilège. Elle se précipita vers la source du vacarme.

— Olivia Wingate, dit-elle à mi-voix dans l'espoir que personne ne s'intéresserait à leur petit groupe, je suis choquée, profondément choquée.

C'était un mensonge éhonté. Un choc, Bethsabée en aurait un si sa fille parvenait à passer une demi-heure en compagnie d'êtres civilisés sans se donner en spectacle.

Elle se tourna vers la dernière victime d'Olivia, un garçon aux cheveux blonds qui se redressa en position assise près du tabouret renversé. Après avoir ramassé le carnet, il les regarda d'un air méfiant.

— J'ai dit que je serai chevalier quand je serai grande et il a prétendu que les filles ne pouvaient pas l'être, expliqua Olivia d'une voix tremblante de rage.

— Lisle, ton mépris flagrant d'une des règles fondamentales de la vie en société me sidère, fit une voix incroyablement grave derrière Bethsabée.

Elle la sentit dévaler le long de sa colonne vertébrale, puis remonter et vibrer à un endroit particulièrement sensible de sa nuque.

— Je suis sûr de te l'avoir dit plus d'une fois, reprit la voix : un gentleman ne contredit jamais une dame.

Bethsabée tourna la tête.

Bien sûr !

De tous les garçons du monde, il avait fallu qu'Olivia s'en prenne au fils de cet homme-*là*.

Elle était de ces femmes qui provoquent des accidents rien qu'en traversant la rue.

Elle était de ces femmes qui ne devraient circuler que précédées de signes avertisseurs, chiffons rouges ou coups de sifflet.

De loin, elle était à couper le souffle.

Mais de près…

Jadis, lorsqu'il était enfant, Benedict était tombé d'un toit et avait brièvement perdu conscience.

Comme il plongeait les yeux dans le regard indigo, le phénomène se reproduisit. Le monde parut s'éloigner, son cerveau s'absenta, et seule demeura l'image d'une peau nacrée, de lèvres pleines, d'une mer insondable dans laquelle il se noyait... et de deux taches roses éclairant, tel un lever de soleil, les pommettes délicates.

Elle rougissait.

Benedict retrouva ses esprits.

Il s'inclina.

— Je vous demande pardon, madame, reprit-il. Ce jeune animal est loin d'être civilisé, je l'admets à regret. Levez-vous, monsieur, et présentez vos excuses à ces dames pour votre grossièreté.

Indigné, Peregrine bondit sur ses pieds.

— Mais...

— Non, non, il n'a pas à faire cela, intervint la beauté faite femme. J'ai dit et répété à Olivia qu'on ne doit pas réagir à un différend par la violence, à moins qu'il ne s'agisse d'une question de vie ou de mort.

Elle se tourna vers la fillette, une rousse au visage constellé de taches de son, qui, à part les yeux, ne ressemblait pas à sa mère – si tant est que ce soit là sa mère.

— Ta vie était-elle en danger, Olivia ?

— Non, maman, répondit l'enfant dont les yeux lançaient des éclairs. Mais il a dit...

— Ce jeune homme t'a-t-il menacée d'une façon ou d'une autre ?

— Non, maman, mais...

— Tu t'es mise en colère. Que t'ai-je dit au sujet des accès de colère ?

— Que je dois compter jusqu'à vingt. Et que, si je suis toujours en colère, je dois recompter jusqu'à vingt.

— Est-ce que tu l'as fait ?

Soupir.

— Non, maman.

— Alors, excuse-toi comme il faut, Olivia.

La fillette serra les dents. Puis inspira à fond avant de se tourner vers Peregrine.

— Je vous demande humblement pardon, monsieur, commença-t-elle. C'est un geste affreux, innommable, haineux que j'ai commis. J'espère qu'en tombant du tabouret, vous ne vous êtes pas mutilé à jamais. Vous me voyez confuse. Non seulement j'ai agressé, et peut-être blessé gravement, un parfait innocent, mais en plus j'ai fait honte à ma mère. La faute en revient à mon caractère incontrôlable, une affliction dont je souffre depuis la naissance.

Se jetant à genoux, elle prit la main du garçon.

— Aurez-vous, monsieur, la gentillesse, la générosité, la grandeur d'âme de me pardonner ?

Peregrine, qui avait écouté ce discours avec une stupéfaction grandissante, se trouvait pour la première fois de sa vie incapable d'émettre un son.

La mère leva au ciel ses yeux scandaleusement bleus.

— Relève-toi, Olivia !

Baissant la tête, la fillette s'accrocha à la main de Peregrine qui adressa un regard affolé à Benedict.

— Tu comprends maintenant pourquoi contredire une dame est pure folie, observa ce dernier. J'espère que tu n'oublieras pas la leçon.

L'ahurissement muet étant étranger au caractère de Peregrine, il recouvra promptement ses esprits.

— Oh, lève-toi, voyons ! dit-il un peu brutalement. Ce n'était qu'un carnet.

Comme la fille ne bougeait pas, il reprit en s'efforçant de contrôler sa voix :

— Mon oncle a raison. Moi aussi, je dois m'excuser. Je sais que je suis censé acquiescer à tout ce que disent les femmes et les gens plus âgés. Je n'ai pas bien compris pourquoi, mais c'est ainsi. Quoi qu'il en soit, tu m'as à peine touché. Si je suis tombé, c'est parce que j'ai perdu l'équilibre en évitant le carnet. Ce n'est pas grave. Une fille ne peut pas faire vraiment mal.

Olivia redressa vivement la tête et ses yeux étincelèrent de nouveau.

Le garçon poursuivit en toute innocence :

— Cela demande de l'entraînement, vois-tu, et les filles n'ont pas l'occasion de s'entraîner. Si tu le faisais, tes bras seraient plus musclés et tes coups plus assurés. Voilà pourquoi les maîtres d'école font tellement mal.

L'expression d'Olivia s'adoucit. Intéressée par ce nouveau sujet, elle se releva.

— Papa m'a parlé des maîtres d'école anglais. Ils te battent souvent ?

— Oh, tout le temps !

Elle demanda des détails. Qu'il fournit volontiers.

Entre-temps, Benedict s'était ressaisi – du moins le pensait-il. Laissant les enfants faire la paix, il s'autorisa à regarder de nouveau la superbe maman.

— Elle n'avait pas à s'excuser, déclara-t-il. Cependant, c'était… euh… émouvant.

— Elle est épouvantable. J'ai tenté plusieurs fois de la vendre à des bohémiens, mais aucun n'a voulu d'elle.

La repartie le prit au dépourvu. La beauté s'accompagnait rarement du sens de l'humour. Un autre homme se serait esclaffé. Benedict se contenta d'un bref silence avant d'enchaîner :

— J'en déduis qu'ils ne prendront pas non plus ce garçon. De toute façon, ce n'est pas à moi d'en disposer. C'est mon neveu. L'unique rejeton d'Atherton. Je suis Rathbourne.

Quelque chose changea. Une ombre passa sur le visage de la jeune femme.

De toute évidence, il avait commis une erreur. Elle était belle comme le jour et avait le sens de l'humour, mais cela ne signifiait pas pour autant qu'elle se moquait des convenances.

— Peut-être y a-t-il dans les parages une connaissance commune qui pourrait faire les présentations, reprit-il en jetant un regard alentour.

Trois autres personnes seulement déambulaient dans la salle, mais il n'en connaissait aucune, et ne souhaitait pas les connaître.

Une parcelle de bon sens lui revint et il se demanda en quoi des présentations en bonne et due forme feraient une différence. Elle était mariée, et il avait une règle en matière de femmes mariées. Or, s'il cherchait à la connaître mieux, ce serait certainement dans l'idée de violer cette règle.

— Je doute que nous ayons des connaissances communes, répondit-elle. Vous et moi évoluons dans des sphères différentes.

— Nous sommes pourtant au *même* endroit, riposta-t-il en dépit de la Règle-en-matière-de-femmes-mariées.

— Olivia aussi. Et je devine à son expression qu'elle est à neuf minutes et demie d'avoir une Idée, ce qui nous met à onze minutes d'une catastrophe. Je suis dans l'obligation de l'emmener hors d'ici.

Sur ce, elle se détourna.

Le message était parfaitement clair. Aussi clair qu'un seau d'eau glacée en pleine figure.

— Je vois, vous me donnez congé, dit-il. Un juste retour pour mon impertinence.

— Cela n'a rien à voir avec l'impertinence, assura-t-elle en attrapant la main de sa fille, et tout avec l'instinct de conservation.

Il faillit la suivre.

Incroyable.

Et néanmoins vrai.

Il avait même fait quelques pas, le cœur battant, lorsque lady Ordway fit irruption dans la salle et se rua vers lui dans un bruissement de rubans, volants, fronces et plumes. Lesquels, vu sa grossesse avancée, la faisait ressembler à une poule couveuse dans tous ses états.

— Dites-moi que ce n'est pas un... comment appelle-t-on cela ! s'exclama-t-elle. Ce que l'on voit dans le désert ! Pas une oasis, Rathbourne, mais cette chose qui n'est pas une oasis justement, alors qu'on croit en voir une.

Il posa un regard dépourvu d'expression sur le joli visage enjoué et stupide.

— Je pense que le mot que vous cherchez est *mirage*.

Elle hocha la tête, et les rubans dansèrent autour de sa tête.

Il l'avait toujours connue, semblait-il. Elle avait sept ans de moins que lui et, huit ans auparavant, il avait failli l'épouser à la place d'Ada, la sœur d'Atherton. Il n'était pas sûr que les choses auraient mieux tourné. Les deux femmes étaient également belles, également bien nées, également fortunées, et plus généreusement dotées dans tous les autres domaines que dans celui de l'intelligence.

De toute façon, peu de femmes avaient les capacités d'offrir un véritable stimulant intellectuel. Mais, en ce qui concernait son mariage, c'était lui qui avait manqué à ses engagements envers sa défunte femme, il n'en était que trop conscient.

— J'ai cru voir un mirage, reprit lady Ordway. Ou bien rêver. Au milieu de toutes ces créatures bizarres, on doute de ce qu'on voit, expliqua-t-elle en désignant les objets exposés. Mais c'était bien

Bethsabée DeLucey. Enfin, Bethsabée DeLucey de son nom de jeune fille, car elle s'est mariée bien avant moi. Même si les Wingate refusent de l'admettre. À leurs yeux, elle n'existe pas.

— Quel ennui, que ces familles qui se querellent pour des futilités d'un autre âge, sans aucun doute, commenta-t-il d'un ton las tout en notant les noms.

Il était sûr d'avoir été au collège avec un Wingate. C'était le patronyme du comte de Fosbury, lui semblait-il. Quant aux DeLucey, Benedict ne se rappelait pas en avoir rencontré. Mais il savait que son père connaissait le patriarche de la branche aînée, le comte de Mandeville. Lord Hargate connaissait tous les gens qu'il fallait connaître, et savait tout ce qu'il fallait savoir à leur sujet.

— C'était loin d'être une futilité, contra lady Ordway. Et, je vous en prie, ne me dites pas que punir les enfants pour les péchés de leurs pères est contraire à l'esprit chrétien. En l'occurrence, si l'on accepte les enfants, les pères suivront, et ceux-ci sont vraiment horribles, comme vous le savez.

— C'est la première fois que je voyais cette dame. Je ne sais rien d'elle. Les enfants se sont disputés et nous avons dû intervenir.

Il jeta un coup d'œil à Peregrine, qui était retourné à son dessin comme si de rien n'était. Cette faculté d'oubli de la jeunesse était admirable.

Benedict, pour sa part, était toujours sous le choc.

Bethsabée. Elle s'appelait Bethsabée.

Que cela lui allait bien !

Lady Ordway glissa un regard au neveu de Benedict, avant d'expliquer en baissant la voix :

— Elle est de la mauvaise branche des DeLucey.

— Il y en a une dans toutes les familles, observa Benedict. Chez les Carsington, il y a mon frère Rupert, par exemple.

— Ah, ce polisson ! fit lady Ordway avec le sourire et le ton indulgent que tant de femmes adoptaient lorsqu'elles parlaient de Rupert. Les horribles DeLucey n'ont rien à voir. Pas du tout recommandables. Imaginez la réaction de lord Fosbury lorsque Jack, son deuxième fils, a déclaré qu'il épousait une fille de cette famille. Ce serait comme si vous annonciez à lord Hargate que vous aviez l'intention d'épouser une bohémienne – ce qu'elle était en réalité, malgré leurs efforts pour en faire une dame.

Objectif atteint, songea Benedict, qui n'avait rien détecté de vulgaire dans les propos et les manières de Bethsabée Wingate. Or, il avait l'oreille assez fine pour saisir les nuances qui trahissaient l'imposture, quels que soient les efforts déployés.

Il avait eu affaire à une femme de son milieu. À une dame.

— C'est sûrement ainsi qu'ils ont piégé le pauvre Jack et l'ont traîné devant le pasteur, poursuivit lady Ordway. Mais, en dépit de leurs espoirs, ce mariage ne les a pas enrichis, car lord Fosbury a coupé les vivres à son fils. Jack et sa femme ont fini à Dublin. C'est là que je les ai vus la dernière fois, peu avant qu'il meure. La petite lui ressemble.

Arrivée à ce point de son récit, la dame estima nécessaire de reprendre son souffle et de s'éventer. Ces mesures se révélant insuffisantes, elle alla s'asseoir sur le banc le plus proche et fit signe à Benedict de la rejoindre. Ce qu'il fit sans hésiter.

Elle était sotte et sa toilette beaucoup trop chargée, et elle disait rarement des choses qui vaillent la peine qu'on les écoute – elle faisait partie de cette foule de gens qui confondent conversation et monologue. D'un autre côté, c'était une vieille connaissance, et l'épouse de l'un de ses alliés politiques.

Plus important encore, elle l'avait empêché de commettre une faute grave en matière de convenances.

Il avait bien failli suivre Bethsabée Wingate.

Et alors…

Et alors, il ignorait ce qu'il aurait fait tant il était ébloui.

Se serait-il abaissé à la harceler jusqu'à ce qu'elle lui révèle son nom et son adresse ?

Serait-il tombé assez bas pour la suivre furtivement ?

Une heure plus tôt, il se serait cru incapable d'une pareille conduite. C'était digne d'un potache énamouré. Dans sa jeunesse, il avait, bien sûr, éprouvé pas mal de béguins et s'était comporté de la manière usuelle, mais il avait passé l'âge.

Du moins le pensait-il.

À présent, il se demandait combien de règles cruciales il avait failli enfreindre. Le fait qu'elle soit veuve ne changeait rien à l'affaire. Durant un bref instant, il n'avait plus été lui-même, mais une sorte de pauvre être ensorcelé.

« Laissons l'impétuosité aux poètes, aux artistes et à ceux qui ne peuvent contrôler leurs passions », décida-t-il. Aussi prit-il place à côté de lady Ordway et l'écouta-t-il développer un nouveau sujet inintéressant au possible, tout en s'exhortant à la reconnaissance, car en rompant le sortilège elle l'avait sauvé du scandale.

2

Bethsabée entreprit de sermonner sa fille dès qu'elles eurent quitté l'exposition. En effet, si l'on ne morigénait pas les enfants tout de suite après la faute, on risquait d'oublier – eux en tout cas s'empressaient d'oublier.

— C'était scandaleux, déclara-t-elle tandis qu'elles traversaient la rue encombrée. D'abord, tu as accosté un inconnu, ce qu'une dame ne fait jamais, sauf si sa vie est en danger et qu'elle a besoin d'être secourue. On te l'a dit et répété des centaines de fois.

— Les dames ne font jamais rien d'intéressant, sauf si elles sont sur le point de se faire assassiner, rétorqua Olivia. Mais vous avez aussi dit que nous devions aider les gens. Le garçon fronçait les sourcils comme s'il avait un problème. J'ai pensé que je pouvais peut-être faire quelque chose pour lui. S'il avait été couché dans un fossé, inconscient, vous auriez trouvé normal que je me porte à son secours sans attendre qu'on nous présente.

— Il n'était pas couché dans un fossé, répliqua Bethsabée. En outre, j'ignorais que lui lancer son carnet de croquis au visage était un geste charitable.

— Je lui trouvais l'air affligé, s'entêta Olivia. Il se mordait la lèvre, il secouait la tête. Et vous savez pourquoi ? Il dessine comme un bébé. Ou comme quelqu'un de très âgé et d'à moitié paralysé. Il a été à Eton, à Harrow, à Rugby, à Westminster et à Winchester, ajouta-t-elle en comptant sur ses doigts. Ces écoles coûtent une fortune, tout le monde le sait, et, pourtant, dans aucune d'entre elles on ne lui a appris à dessiner correctement. C'est choquant, non ?

— Ce sont des écoles de garçons, lui rappela Bethsabée. On y apprend le grec, le latin, et c'est à peu près tout. En l'occurrence, le sujet n'est pas son éducation, mais ta conduite inconvenante. Je t'ai répété des...

Elle s'interrompit parce qu'un phaéton d'un noir rutilant avait jailli au coin de la rue à une vitesse folle et fonçait droit sur elles. Les piétons et les marchands ambulants s'écartèrent précipitamment. Bethsabée tira Olivia sur le trottoir et suivit le véhicule des yeux. Ses poings se serrèrent. Elle aurait volontiers lancé un objet au conducteur, un membre aviné des classes supérieures accompagné d'une traînée gloussante.

— Et celui-là, avec sa poule de luxe ! s'écria Olivia. C'est un aristo, non ? On les repère facilement. La façon dont ils s'habillent. La façon dont ils parlent. La façon dont ils conduisent leurs voitures. Ils peuvent faire ce qu'ils veulent, eux, on ne leur dit jamais rien.

— Les dames ne sont pas censées connaître l'expression « poules de luxe » ; elles en ignorent jusqu'à l'existence. Quant au terme « aristo », il est banni de leur vocabulaire, marmonna Bethsabée.

Elle s'obligea à compter mentalement jusqu'à vingt, car l'envie de courir derrière le phaéton, d'arracher le conducteur de son siège et de lui fracasser le crâne sur le sol ne la quittait pas.

— Ça veut seulement dire qu'il a un rang ou de l'argent, protesta Olivia. Ce n'est pas un gros mot.

— C'est vulgaire. Une vraie dame utiliserait le mot « gentleman », qui désigne les hommes appartenant à la petite noblesse et à l'aristocratie.

— Je sais. Papa disait qu'un gentleman, c'est quelqu'un qui n'a jamais travaillé pour gagner sa vie.

Jack Wingate n'avait jamais travaillé pour gagner sa vie et en aurait été parfaitement incapable, même s'il avait eu le choix entre travailler et mourir de faim. Avant de rencontrer Bethsabée, quelqu'un payait ses factures, assumait ses responsabilités à sa place et lui aplanissait le chemin. Ensuite, durant le reste de sa courte vie, c'était elle qui avait été ce quelqu'un.

Néanmoins, dans tous les autres domaines, il avait été un mari exemplaire et le meilleur des pères. Olivia l'adorait et, surtout, elle l'*écoutait*.

— Si tu avais employé le terme aristo devant ton père, il t'aurait fait les gros yeux et aurait dit : « Voyons, Olivia ! » On n'utilise pas ce mot dans une conversation distinguée.

Tout en regrettant que Jack ne lui ait pas enseigné sa méthode pour se faire entendre de leur fille, Bethsabée entreprit de lui expliquer que l'emploi de certains mots pouvait donner lieu à des interprétations erronées. Celui-là, par exemple, risquait de laisser croire qu'on faisait partie d'une classe inférieure. Elle ajouta, pour la centième fois, lui sembla-t-il, que de tels jugements étaient un fait, avec des conséquences souvent douloureuses.

— S'il te plaît, bannis-le de ton vocabulaire, conclut-elle.

— Mais tous ces gentlemen peuvent faire ce qu'ils veulent, et personne ne les gronde, *eux*, protesta Olivia. Les femmes aussi – les dames. Elles boivent trop, elles dilapident au jeu l'argent de leur mari et elles vont au lit avec des hommes qui ne sont pas leur mari.

— Olivia, que t'ai-je déjà dit au sujet de la lecture des journaux à scandale ?

— Je n'en ai pas lu depuis des semaines, depuis que vous me l'avez interdit ! s'écria la fillette vertueusement. C'est Riggles, le prêteur sur gages, qui m'a parlé de lady Dorving. Elle a de nouveau mis ses diamants en gage pour rembourser ses dettes de jeu. Et tout le monde sait que lord John French est le père des deux derniers enfants de lady Craith.

Bethsabée ne sut comment réagir à cette déclaration. Riggles était une connaissance indésirable. Malheureusement, Olivia fréquentait ce genre de personnages quasiment depuis sa naissance. Jack avait été un bon client de leurs officines, et il emmenait toujours Olivia, car le cœur le plus dur ne pouvait résister à ses grands yeux bleus.

Lorsqu'il était tombé malade, et que Bethsabée avait tant d'autres soucis, la petite fille de neuf ans s'était chargée des négociations financières, et des allées et venues entre la maison et la boutique du prêteur sur gages avec ce qui restait des bijoux, de la vaisselle et du bric-à-brac familial. Plus efficace que Jack, elle possédait en outre le charme et la ténacité de sa mère, qualités auxquelles s'ajoutait, hélas, le talent des DeLucey pour embobiner les gens.

Bethsabée et Jack s'étaient pourtant installés en Irlande pour soustraire Olivia à l'influence néfaste de la branche maternelle.

Le problème était qu'Olivia était attirée par les personnages sournois, les voyous, les pique-assiettes et les escrocs – autrement dit, les gens très semblables aux membres de la famille de sa mère. À l'exception de sa maîtresse d'école et de ses camarades de classe, les prêteurs sur gages étaient les plus respectables de ses connaissances actuelles.

Rectifier l'éducation que sa fille acquérait dans la rue devenait une occupation à plein temps pour

Bethsabée. Il était urgent qu'elles emménagent dans un meilleur quartier.

Pour ce faire, elles avaient besoin de quelques shillings de plus par mois.

Mais d'où tirer ce supplément de revenu ?

Bethsabée devait soit vendre ses aquarelles plus cher, soit dénicher d'autres élèves pour ses cours de dessin. Or ni les élèves ni les clients n'étaient faciles à trouver. Des travaux d'aiguille le seraient, mais ils rapporteraient des sommes ridicules, et les conditions de travail lui ruineraient la vue et la santé. Elle n'était qualifiée pour aucune autre activité – enfin, pour aucune autre activité respectable.

Or, si elle-même n'était pas respectable, sa fille ne le serait pas. Et, si Olivia n'était pas respectable, elle ne ferait pas un bon mariage.

Plus tard, décida Bethsabée. Elle s'inquiéterait de l'avenir lorsque sa fille serait couchée. Cela l'empêcherait de penser à *lui*.

L'héritier du comte de Hargate, Seigneur !

Pas n'importe quel aristocrate blasé, non, *celui-ci*, entre tous les hommes.

« Lord Perfect », ainsi l'appelait-on, parce que jamais Rathbourne ne déviait du droit chemin.

S'il ne s'était pas présenté, Bethsabée se serait peut-être attardée. Résister à ces yeux noirs était difficile, encore qu'elle n'aurait su dire pourquoi.

Tout ce qu'elle savait, c'était qu'ils avaient failli réduire à néant sa détermination et l'inciter à revenir dans la salle d'exposition.

Mais dans quel but ?

Le connaître n'amènerait rien de bon.

Il n'était pas du tout comme son défunt mari. Jack Wingate était le plus jeune fils d'un comte. Il n'avait aucun sens des responsabilités et aimait aussi peu sa famille qu'elle la sienne, même si les raisons en étaient différentes.

Lord Rathbourne était d'une tout autre espèce. Lui aussi appartenait à l'une des plus grandes familles d'Angleterre, un clan au sein duquel, apparemment, il se sentait bien. En outre, tout ce qu'elle avait lu et entendu à son sujet menait à une unique conclusion : il incarnait l'idéal de la noblesse et était tout ce qu'un aristocrate devait être, mais était rarement. Il plaçait la barre haut en tout, possédait un sens du devoir affirmé – oh, à quoi bon ces détails ? Les journaux à scandale ne parlaient de lui que pour rendre compte de propos, de faits, de gestes nobles, intelligents ou courageux.

Il était réellement *parfait*.

Et ce parangon se révélait être à l'opposé du raseur pontifiant qu'elle avait imaginé.

Auprès d'un tel homme – comme auprès de presque tous les hommes de haut rang –, le seul rôle possible pour elle était celui de maîtresse. Bref, elle devait le chasser complètement de son esprit.

Elles approchaient de Holborn. Elles seraient bientôt chez elles. Bethsabée devait penser à acheter du thé. Il lui restait à peine assez d'argent. Pourrait-elle tirer sur ses provisions de quoi faire le dîner, et même le petit déjeuner du lendemain ? Cette question – ainsi que le souvenir des yeux noirs, de la voix grave, des épaules larges, et l'amertume que ce souvenir faisait naître en elle – lui fit déclarer plus sèchement que d'ordinaire :

— J'aimerais que tu te rappelles que, contrairement à lady Unetelle et à lord Machin-Chose, tu n'as rien d'une privilégiée. Si tu veux être acceptée par les gens respectables, tu dois te soumettre à leurs règles. Tu es trop grande maintenant pour jouer au garçon manqué. Dans quelques années, tu seras en âge de te marier. Ton avenir entier dépendra de ton mari. Quel homme intègre, avec une position à tenir, sera prêt à mettre son bonheur futur, et celui de ses enfants, entre les mains d'une fille indisciplinée, ignorante et mal élevée ?

L'expression d'Olivia s'assombrit.

Bethsabée en fut désolée. Sa fille était audacieuse, énergique, aventureuse et imaginative, et elle trouvait triste de devoir réprimer de telles qualités.

Mais elle n'avait pas le choix.

Avec une éducation correcte, de bonnes manières et un peu de chance, Olivia trouverait un bon mari. Pas un aristocrate, non, certainement pas. Si Bethsabée ne regrettait pas d'avoir épousé l'homme qu'elle aimait, elle préférait épargner à sa fille les épreuves résultant d'une mésalliance.

Ses ambitions étaient assez modestes. Elle voulait qu'Olivia soit aimée, bien traitée, et qu'elle ne manque de rien. Un avocat, un médecin ou tout autre membre d'une profession libérale serait parfait. Un commerçant respectable – un drapier, un libraire ou un imprimeur – lui semblait aussi acceptable.

Quant à l'argent, elle souhaitait que le mariage évite à sa fille ses propres soucis, et l'exercice démoralisant qui consistait à étirer le plus possible un maigre revenu, irrégulier de surcroît.

Si tout allait bien, Olivia n'aurait pas à se tracasser pour ce genre de choses.

Mais tout n'irait pas bien si elles n'emménageaient pas rapidement dans un quartier plus convenable.

Comme on pouvait s'y attendre, lady Ordway ne perdit pas une minute pour répandre la nouvelle de l'apparition de Bethsabée Wingate à Piccadilly.

Le sujet était certes sur toutes les lèvres lorsque Benedict fit un tour à son club en fin d'après-midi, mais il ne s'attendait pourtant pas qu'il surgisse ce même soir à Hargate House.

Il avait emmené Peregrine dîner chez ses parents où se trouvaient aussi Rupert et Daphné, son frère et sa belle-sœur.

Le repas achevé, la famille venait de s'installer dans la bibliothèque lorsque Benedict eut la surprise d'entendre son neveu prier lord Hargate de regarder les dessins qu'il avait faits à l'Exposition égyptienne afin qu'il lui dise s'il les trouvait corrects de la part de quelqu'un qui avait l'intention de devenir archéologue.

Benedict s'empara du dernier numéro de la *Quarterly Review* et se mit à la feuilleter nonchalamment.

Lord Hargate gaspillait rarement ses maigres réserves de tact lorsqu'il s'agissait des membres de sa famille. Considérant Peregrine comme tel, il n'en gaspilla pas une goutte.

— Ils sont exécrables, décréta Sa Seigneurie. Rupert est capable de faire mieux, et tout le monde sait que Rupert est un idiot.

Ce dernier éclata de rire.

— Il feint d'être idiot, intervint Daphné. C'est un jeu. Il trompe tout le monde, mais j'ai du mal à croire qu'il ait pu *vous* duper, monsieur.

— Il joue si adroitement à l'imbécile qu'il pourrait fort bien en être un, riposta lord Hargate. Mais il dessine comme tout gentleman doit en être capable. Même à l'âge de Lisle, il s'en tirait honorablement. À quoi penses-tu, Rathbourne, de laisser l'éducation de cet enfant se dégrader ainsi ? ajouta-t-il à l'adresse de son fils. Ce garçon a besoin d'un professeur de dessin.

— C'est ce qu'elle a dit ! s'écria Peregrine. Elle a trouvé que mes dessins étaient mauvais, mais c'est une fille, comment je pouvais être sûr qu'elle y connaissait quelque chose ?

— *Elle ?* fit lady Hargate en jetant un regard interrogateur à Benedict.

Rupert fit de même, l'éclat malicieux dans les yeux en plus.

Benedict et lui ressemblaient beaucoup à leur mère, et – de loin – l'un à l'autre. Leurs trois autres frères – Geoffrey, Alistair et Darius – avaient hérité des cheveux blonds et des yeux ambre de leur père.

— Une fillette, répondit Benedict d'un ton désinvolte en dépit des battements affolés de son cœur. À l'Exposition égyptienne. Peregrine et elle ne partageaient pas la même opinion.

Cela ne surprit personne, le garçon ayant des différences d'opinion avec tout le monde.

— Ses cheveux sont de la même couleur que ceux de tante Daphné, elle s'appelle Olivia, et sa mère est une artiste, expliqua Peregrine. J'ai trouvé la fille plutôt sotte, mais la mère avait l'air futée.

— Ah, la mère était là, fit lady Hargate, les yeux toujours rivés sur son fils aîné.

— J'imagine que tu n'as même pas remarqué si elle était jolie, renchérit Rupert.

Benedict leva les yeux du *Quarterly Review*, l'expression imperturbable.

— Jolie ? répéta-t-il. Elle était plus que cela. Je dirais qu'elle était carrément belle. Lady Ordway l'a reconnue, poursuivit-il en feuilletant de nouveau la revue. Elle a dit qu'elle s'appelait Winshaw ou Winston ? Non, c'était peut-être Willoughby.

— C'était Wingate, lâcha Peregrine.

Le nom tomba dans la pièce tel un météore qui aurait traversé le toit. Il y eut un bref silence, puis lord Hargate demanda :

— Wingate ? Une fillette aux cheveux roux ? Ce doit être la fille de Jack Wingate.

— Elle devrait avoir onze ou douze ans, à présent, il me semble, ajouta lady Hargate.

— Je suis plus intéressé par la mère, avoua Rupert.

— Voilà qui ne me surprend pas, commenta Daphné.

Rupert lui adressa un regard innocent.

— Mais Bethsabée est une femme célèbre, mon amour. Comme ces personnages féminins dont parle Homère, qui attiraient les marins sur les rochers.

— Les sirènes, dit Peregrine. Mais ce sont des créatures mythologiques. On prétend que leurs chants poussaient les hommes à se tuer, ce qui est ridicule. Je ne vois pas comment un chant peut pousser quelqu'un à faire quoi que ce soit à part dormir. En plus, si Mme Wingate est une meurtrière…

— Elle ne l'est pas, interrompit lord Hargate. C'est incroyable, mais Rupert a utilisé une métaphore. Et une métaphore incroyablement appropriée.

— Il s'agit d'une tragique histoire d'amour, commenta Rupert d'un ton malicieux.

Peregrine fit la grimace.

— Tu peux aller dans la salle de billard, intervint Benedict.

Le garçon ne se fit pas prier. À ses yeux – personne ne l'ignorait –, rien n'était plus détestable et plus écœurant qu'une histoire d'amour, le pire étant une histoire d'amour tragique.

Lorsqu'il fut hors de portée de voix, Rupert raconta à sa femme comment la splendide Bethsabée DeLucey avait gâché la vie du fils cadet du comte de Fosbury. Histoire que Benedict avait entendue au moins une douzaine de fois ce même jour.

Jack Wingate était « fou d'amour ». Il avait été ensorcelé, au point de devenir l'esclave de Bethsabée DeLucey. Et l'amour lui avait coûté sa famille, sa position, sa fortune, tout.

— Elle a été la sirène qui a entraîné Wingate à sa perte, conclut Rupert. Exactement comme dans les récits mythologiques.

— Justement, ça ressemble trop à un mythe, commenta Daphné avec une moue sceptique. Les gens du monde ont des idées dramatiquement étroites, rappelez-vous.

Elle en savait quelque chose. Bien qu'elle ait épousé un membre d'une des familles les plus influentes d'Angleterre, la plupart des scientifiques écartaient avec mépris ses théories sur le déchiffrement des hiéroglyphes.

— Ce n'est pas le cas, ici, intervint lord Hargate. Les scandales ont commencé à l'époque de mon grand-père, si mes souvenirs sont bons. Au début du siècle dernier. Toutes les générations, ou presque, des DeLucey ont produit un grand marin, et Edmund DeLucey promettait d'en être un. Mais il s'est débrouillé pour se faire renvoyer de la marine. Après quoi, il a abandonné sa fiancée et s'est lancé dans une carrière de pirate.

— Vous plaisantez, père ? fit Benedict.

Il avait entendu la tragique histoire d'amour de Jack Wingate jusqu'à en avoir la nausée, mais c'était la première fois qu'il était question des DeLucey.

Son père ne plaisantait pas, cependant, et l'histoire familiale était édifiante.

Contrairement à la majorité des pirates, Edmund DeLucey avait vécu de longues années, au cours desquelles il s'était marié et avait engendré de nombreux rejetons. Tous avaient hérité de sa personnalité. Il en allait de même pour leurs descendants qui avaient le don de se trouver des conjoints bien nés et peu regardants en matière de moralité.

— Cette branche des DeLucey n'a produit que des imposteurs, des joueurs et des escrocs, assena le comte. On ne peut absolument pas leur faire confiance. La bigamie et le divorce ne leur font pas peur. Aujourd'hui, la plupart vivent à l'étranger, sans doute pour éviter leurs créanciers et dépouiller de braves gens qui n'ont pas encore entendu parler d'eux. Une famille tristement célèbre.

Et Benedict avait failli suivre l'un de ses membres !

Une sirène, une femme fatale.

Pourtant elle l'avait repoussé.

Vraiment ?

Cela n'a rien à voir avec l'impertinence et tout avec l'instinct de conservation.

Avait-elle dit cela pour l'envoyer promener ou pour l'attirer plus subtilement ?

Peu importait. Il ne connaîtrait jamais la réponse puisqu'il ne tenterait pas de la retrouver.

Avant de se marier, il avait mené ses amours très discrètement. Ensuite, il avait été scrupuleusement fidèle à son épouse. Après la mort de celle-ci, il avait laissé passer un intervalle convenable avant de prendre une maîtresse, et cette liaison était restée ignorée de tous.

Bethsabée Wingate était une légende vivante.

La voix de son père le ramena au présent.

— Alors, Benedict, que comptes-tu faire pour Lisle ?

Ignorant ce qu'il avait manqué de la conversation, Benedict répondit prudemment :

— L'avenir de ce garçon ne dépend pas de moi.

— Ne sois pas ridicule, riposta lord Hargate. Il faut bien que quelqu'un s'en charge.

« Et ce doit être moi, comme d'habitude », songea Benedict.

— Tu sais bien qu'Atherton est incapable de s'en occuper, intervint sa mère. Non seulement Peregrine te respecte, mais il t'est très attaché. Tu as une obligation envers lui. Si tu ne fais rien, cet enfant courra droit à sa perte.

Benedict songea que sa vie était une interminable succession d'obligations, et se le reprocha aussitôt. Il aimait Peregrine, et il savait mieux que quiconque quels dégâts Atherton et sa femme étaient capables de causer.

Bon sens, calme, règles simples et clairement énoncées, voilà de quoi cet enfant avait besoin.

Benedict croyait tout particulièrement aux règles.

Sans elles, la vie devenait incompréhensible. Sans elles, les passions et les caprices prenaient le dessus, et l'existence échappait à tout contrôle.

Il promit de chercher un professeur de dessin et peut-être, plus tard, un précepteur.

Cela fait, Peregrine fut prié de rejoindre la famille.

Le reste de la soirée se déroula paisiblement, à l'exception d'une discussion animée entre Daphné et son beau-père au sujet du mépris stupide et honteux dans lequel le British Museum tenait le *signor* Belzoni et ses découvertes. Personne n'intervint bien que le débat soit enflammé. Lady Hargate avait l'air amusée, et Rupert contemplait sa femme sans dissimuler sa fierté. Quant à Peregrine, il demeurait silencieux et attentif, car l'Égypte était un sujet cher à son cœur.

Dans la voiture qui les ramenait à la maison, Benedict lui demanda pourquoi il n'avait pas sollicité son avis sur ses dessins.

— Je craignais que vous ne vous montriez trop gentil. Je savais que lord Hargate me dirait la vérité. Vous n'avez pas oublié ce qu'il a déclaré au sujet du professeur de dessin, n'est-ce pas ?

— Je t'en trouverai un, promit Benedict.

— La mère de la fille aux cheveux roux est professeur de dessin.

— Vraiment ?

La Tentation se dressa devant Benedict. Elle lui décocha un sourire de sirène et lui fit signe de son index recourbé.

Il avait tourné le dos à la Tentation d'innombrables fois. Eh bien, il pouvait aisément recommencer, non ?

L'après-midi du lendemain, lord Rathbourne lisait une carte de visite affichée dans la vitrine d'un imprimeur de Holborn, le visage impassible, mais le cœur battant violemment.

À cause d'un bout de carton.

C'était ridicule. Il n'avait aucune raison d'être dans cet état.

Ledit carton portait un nom – une initiale, plus exactement, et le nom du défunt mari. Il n'était pas gravé, mais écrit à la main. D'une écriture élégante.

Leçons de dessin et d'aquarelle à l'heure.
Professeur expérimenté, formé sur le Continent.
Exemples des travaux effectués, dans la vitrine
Pour plus de détails, adressez-vous à l'intérieur
B. Wingate

Il baissa les yeux sur Peregrine.

— C'est là que la fille aux taches de rousseur a dit que c'était, expliqua celui-ci. L'une des œuvres de sa mère doit se trouver dans la vitrine. Elle a dit que je pourrai juger par moi-même si elle a assez de talent pour m'enseigner le dessin. Mais je ne vois pas comment je pourrai me faire une opinion puisque, selon *elle*, je n'y connais rien... Remarquez, je le soupçonnais avant qu'elle me le dise, et je n'ai pas été surpris lorsque lord Hargate a déclaré que mes dessins étaient exécrables.

Tandis que le garçon tentait de repérer l'œuvre de Mme Wingate au milieu des atrocités exposées dans la vitrine, Benedict fit le vœu que son père soit moins franc de temps à autre.

S'il avait critiqué les efforts de Peregrine avec moins de virulence, ce dernier ne serait pas aussi pressé d'avoir un professeur. Il avait hâte de commencer à prendre des leçons... il n'y avait pas une seconde à perdre... et la dame donnait des cours particuliers... et elle était intelligente et gentille, non ?

Benedict aurait dû répondre qu'il était hors de question qu'il ait la mère de la fille aux cheveux roux comme professeur.

Au lieu de quoi, il avait cédé. À la curiosité.

Une folie.

Il était vrai qu'Atherton ne s'occupait guère de l'éducation de son fils... ni de sa vie, du reste. Il se contentait d'exiger qu'il fréquente une bonne école et avait confié à son secrétaire le soin d'accomplir ce miracle.

En ce moment, Atherton se trouvait avec sa femme dans leur propriété écossaise et ne songeait pas à rentrer à Londres avant l'an prochain. En ceci, il se comportait comme tout père normal de l'aristocratie.

Le problème, c'était que Peregrine n'était pas un rejeton normal de parents aristocrates. Il n'était pas plus adapté au milieu dans lequel il était né que le faucon[1] dont il portait le nom à la cage d'un canari. Son ambition n'était pas de suivre les traces de son père, du père de son père, et de la longue lignée de Dalmay qui les avait précédés.

Si lui-même n'avait jamais envisagé d'être différent, Benedict respectait l'ambition, et admirait qu'on ait un but dans la vie et qu'on s'y cramponne.

Toutefois, cela ne suffisait pas à expliquer, de façon satisfaisante, sa présence dans l'un des quartiers les plus sordides de Holborn.

---

1. En anglais, faucon pèlerin se dit : *Peregrine falcon*. *(N.d.T.)*

Il avait bien l'intention de trouver un professeur de dessin pour Peregrine.

Mais ce ne pouvait être Bethsabée Wingate. Atherton n'accepterait jamais que son fils suive les leçons d'un membre des Horribles DeLucey – de celle-ci, encore moins que d'un autre.

— Là ! s'exclama Peregrine en désignant une aquarelle représentant Hamstead Heath.

Benedict la regarda, et la pression sur sa poitrine s'accentua. Comme si un poing s'enfonçait entre ses côtes et lui étreignait le cœur.

L'œuvre était exactement ce que devait être une aquarelle : exacte, pas seulement par le dessin et les couleurs, mais dans l'esprit. Comme si l'artiste avait capturé un instant et l'avait retenu.

Il eut très envie de la posséder.

Trop.

Un professeur de dessin, avait dit lord Hargate. Il n'avait pas parlé d'une *femme*.

— Alors, est-ce que c'est bien ? s'enquit anxieusement Peregrine.

« Réponds que non, s'exhorta Benedict. Dis-lui que c'est dépourvu de sensibilité. Que c'est médiocre. N'importe quoi sauf la vérité, et tu pourras t'éloigner et l'oublier. »

— C'est excellent, dit-il.

Il fit une pause, le temps de rétablir la liaison entre son cerveau et sa langue.

— Trop bon, en fait, reprit-il. J'ai peine à croire qu'elle perde son temps à donner des leçons à des gamins turbulents. Elle ne prend sûrement que des élèves déjà avancés. C'était très flatteur de la part de sa fille de proposer ses services, mais…

La porte de la boutique s'ouvrit soudain, une femme en sortit, descendit le petit perron. Elle leva les yeux, vit Benedict… et rata une marche.

D'instinct, il s'avança et la rattrapa avant qu'elle ne plonge la tête la première sur le trottoir.

Il la rattrapa dans ses bras et baissa les yeux.

Son chapeau était de guingois, révélant d'épaisses boucles noires qui scintillaient dans la lumière de l'après-midi.

Elle rejeta la tête en arrière et il vit deux yeux bleus immenses.

Il inclina la tête. Entrouvrit les lèvres. Resserra son étreinte. Elle émit un petit cri étouffé.

Il sentit la chaleur de ses bras minces à travers ses gants, son souffle tiède lui caresser le visage – le sien n'était qu'à quelques centimètres.

Il releva la tête. S'efforça de respirer normalement, de penser normalement. Chercha désespérément une règle, n'importe laquelle du moment qu'elle sorte le monde du chaos et le remette en ordre.

L'humour dissipe l'embarras.

— Madame Wingate... nous parlions de vous, justement. Quelle chance que vous nous tombiez dessus !

Il la lâcha. Bethsabée recula et remit son chapeau en place, mais le mal était fait. Elle sentait toujours la pression de ses doigts à travers les couches de mousseline et de laine. Elle sentait toujours son souffle sur ses lèvres et pouvait presque le savourer. Son odeur d'homme, à la fois viril et raffiné, lui chatouillait les narines. Elle tenta de l'ignorer, de se concentrer sur les effluves moins dangereux de l'amidon et du savon.

Il sentait le propre. Cela faisait longtemps qu'elle ne s'était pas tenue aussi près d'un homme aussi propre, aussi amidonné, aussi bien repassé.

Il avait une cicatrice au menton, juste sous la commissure gauche. Une marque fine, légèrement incurvée, longue d'environ un centimètre.

Elle ne voulait pas savoir qu'il avait une cicatrice ni ce qu'il sentait. Elle ne voulait rien savoir de lui. Elle n'avait accordé aucune attention aux hommes depuis la mort de Jack, trois ans plus tôt, et, avant cela, elle n'avait fait attention à personne d'autre qu'à Jack. Fallait-il que le destin soit perfide pour lui faire remarquer tous ces détails chez lord Perfect !

— Lord Rathbourne, souffla-t-elle.

Son embarras était extrême. De tous les bras masculins du monde, il avait fallu qu'elle tombe dans ceux-ci.

— Vous avez dit que nous n'évoluons pas dans la même sphère. Mais je crois que si, puisque nous sommes ici.

— Oui, et je dois m'en aller, répliqua-t-elle en le contournant.

— Nous cherchions un professeur de dessin.

Elle se retourna.

— Pour Lisle, précisa-t-il. Mon neveu. Le garçon qui… euh… a ennuyé Mlle Wingate hier. Celui-ci, en fait, acheva-t-il en désignant l'enfant du menton.

— La fille a juste dit que je ne dessinais pas très bien, intervint lord Lisle, mais lord Hargate trouve mes dessins exécrables.

Lord Rathbourne se contenta de le regarder et il s'empressa de rectifier :

— Mlle Wingate, je voulais dire. Elle a eu la bonté de m'offrir son avis éclairé. Elle s'est montrée trop gentille, en réalité.

Bethsabée s'était trompée la veille en disant qu'Olivia était à neuf minutes et demie d'avoir une Idée. Visiblement, elle en avait déjà une à ce moment-là.

Il n'était pas difficile de deviner comment avait fonctionné son cerveau. « Voilà un aristo qui doit être plein aux as », s'était-elle dit. Comme ses aïeux DeLucey, elle avait vu une *proie* dans lord Lisle.

Non qu'elle-même ait une âme plus noble. À la mention de leçons de dessin, elle s'était mise à calculer combien il lui faudrait en donner, et à quel tarif, pour emménager d'ici à un mois ou deux dans un quartier plus reluisant.

— Olivia a trop d'avis sur tout, déclara-t-elle. Qui plus est, elle les garde rarement pour elle-même.

— Le fait demeure que mon neveu ne sait pas dessiner, observa Rathbourne. S'il n'apprend pas, il ne pourra aller au bout de ses ambitions.

— Ses ambitions ? répéta Bethsabée, si stupéfaite qu'elle s'arrêta de calculer. De quoi a-t-il besoin, sinon de vivre, pour réaliser son ambition ?

Elle se tourna vers le jeune lord Lisle.

— Un jour, vous serez marquis d'Atherton. Vous pourrez dessiner, peindre ou sculpter aussi mal que vous voulez et personne n'osera émettre la moindre critique. Vos connaissances vanteront votre sensibilité, vous féliciteront d'avoir l'œil pour saisir la beauté. Elles vous demanderont l'une de vos œuvres, qu'elles exposeront dans les écuries ou dans une chambre destinée aux invités dont on a hâte de se débarrasser. Pourquoi, mon Dieu, voulez-vous vous embêter à prendre des leçons de dessin ?

— Je sais que je serai marquis d'Atherton, répliqua le garçon. Mais je serai aussi archéologue. En Égypte. Un archéologue doit être capable de dessiner.

— Vous pourrez embaucher quelqu'un pour dessiner à votre place.

— Essaie de comprendre, Lisle, intervint Rathbourne. Cette dame n'a pas envie de te compter parmi ses élèves.

— Vous n'avez pas écouté, protesta-t-elle. Ce n'est pas ce que j'ai dit.

— Je sais ce que vous avez dit, fit le garçon. Vous pensez que je ne prends pas ça au sérieux.

— Vous devez être sûr de le vouloir vraiment.

Elle-même s'obligea à étudier sérieusement l'affaire, à se rappeler certains faits brutaux de la vie qui balayaient les piles de pièces scintillantes du paysage.

— Comme votre oncle s'en rend certainement compte, je devrai prendre des dispositions particulières pour vous accueillir. Quoi qu'il en soit, il n'est pas raisonnable de poursuivre cette discussion ici.

Elle se risqua à croiser le regard de lord Rathbourne. Était-ce du soulagement qu'elle lisait dans ces yeux sombres ?

La lueur avait été fugitive, trahissant une émotion, et de quoi pouvait-il s'agir sinon de soulagement ?

Elle aurait dû s'en douter : si Rathbourne connaissait son nom, il savait aussi tout d'elle à présent. Car quel membre de l'aristocratie anglaise ignorait qui était Bethsabée Wingate ?

Dans ce cas, il était impossible qu'il songe sérieusement à faire appel à ses services. Il n'était venu que pour faire plaisir à son neveu… et peut-être à lui-même.

Peut-être avait-il en tête une autre sorte d'association, et le garçon lui offrait-il un prétexte commode pour la revoir.

Personne ne demandait à un homme, pas même à un homme parfait, de vivre comme un moine. Il pouvait avoir une ou plusieurs maîtresses, le monde verrait toujours en lui l'incarnation de la noblesse, à condition qu'il fasse preuve de discrétion.

— Quel genre d'arrangement particulier ? s'enquit Lisle.

— Nous empêchons cette dame de s'occuper de ses élèves, dit Rathbourne. Toi et moi discuterons de ce sujet à un autre moment, Lisle.

— Faites-le, je vous en prie, dit-elle en relevant le menton. Si vous décidez de poursuivre l'affaire, vous pouvez m'écrire aux bons soins de M. Popham, l'imprimeur. Bonne journée.

Elle s'éloigna en hâte, le visage en feu et les yeux brûlants des larmes de colère qu'elle s'efforçait de retenir.

3

Ainsi que l'avait soupçonné Bethsabée, Olivia avait eu une Idée et avait vu une proie facile en lord Lisle.

L'Idée était née lorsqu'elles s'étaient installées à Londres, un an auparavant.

La capitale n'était pas aussi amusante que Dublin. Ici, sa mère imposait trop de règles. Ici, on devait tous les jours s'ennuyer à mourir dans une salle de classe et écouter le ronronnement soporifique d'une maîtresse d'école à l'expression pincée.

À Dublin, quand son père était vivant, la vie était plus gaie. Sa mère n'était pas aussi sévère. Elle riait plus. Elle inventait des jeux intéressants et racontait des histoires merveilleuses.

Mais tout avait changé à la mort de papa.

Bien qu'il leur ait fait promettre de ne pas pleurer – il ne s'était jamais autant amusé dans la vie qu'avec sa femme et sa fille assurait-il –, il était impossible de ne pas souffrir de son absence. Olivia avait pleuré plus qu'il ne l'aurait aimé. Sa mère aussi.

Trois années s'étaient écoulées, et sa mère n'était toujours pas redevenue elle-même.

Olivia en comprenait aisément la raison : elles étaient pauvres, et les pauvres sont généralement malheureux. Ils avaient faim, ou ils étaient malades, ou bien ils vivaient dans des logements misérables, ou dans des asiles, ou étaient en prison pour dettes. D'autres trichaient, volaient ou agressaient leurs semblables. Les méchants pauvres étaient emprisonnés, ou déportés, ou pendus, et les gentils pauvres souffraient autant que s'ils avaient été méchants.

Non seulement il était désagréable d'être pauvre, mais en plus, ce n'était pas du tout respectable.

Il n'en allait pas de même pour les aristocrates, qui n'étaient apparemment jamais pauvres. Ils n'avaient pas de soucis. Ils faisaient ce qu'ils voulaient, et personne ne les arrêtait jamais ni même ne protestait lorsqu'ils se conduisaient mal. Ils vivaient dans d'immenses demeures, avec des centaines de serviteurs pour faire leurs quatre volontés. Les aristocrates ne travaillaient pas. Si l'un deux peignait un tableau, il n'était pas obligé de le vendre pour en tirer de l'argent. Il n'était pas obligé de donner des leçons de dessin aux mômes geignards et gâtés de commerçants enrichis, comme le faisait sa mère.

Pourtant, elle aussi était une aristocrate. Son arrière-arrière-grand-père était un comte, dont l'arrière-petit-fils vivait près de Bristol dans une propriété qui s'appelait Throgmorton, avec des centaines de serviteurs. Sa propre mère était la fille d'un sir quelque chose. Sa grand-mère était la cousine issue de germain d'un lord quelque chose d'autre. Quasiment tous les parents de sa mère avaient du sang bleu dans les veines.

L'ennui, c'était qu'il y avait deux sortes de DeLucey, les bons et les mauvais, et sa mère avait eu le malheur de naître du mauvais côté de la famille. Dans la branche qu'on appelait les Horribles DeLucey... que les autres lords et ladies évitaient soigneusement parce que... eh bien, ils étaient vraiment mauvais !

Sa mère n'était pas du tout mauvaise, et tout ceci était une grande tragédie, et la cause de ses cruelles souffrances et de leur pauvreté dramatique.

Au fond, sa mère était une damoiselle en détresse, exactement comme celles des histoires que lord Lisle qualifiait de mythes.

Mais il ne comprenait rien à rien.

Ce n'était pas des mythes, et s'il avait connu l'histoire de maman, il n'aurait pas dit une chose aussi stupide, aussi exaspérante, cet abruti !

Il existait réellement des chevaliers, et ils n'avaient pas besoin de porter des armures étincelantes, du moins plus aujourd'hui, et ce n'était pas forcément des hommes.

Olivia était le chevalier qui sauverait sa mère.

C'était cela, l'Idée.

Elle ne savait pas encore très bien comment elle s'y prendrait. Elle se rendait cependant compte que la question d'argent était cruciale.

Voilà pourquoi, dès qu'elle avait réussi à retrouver son calme et à réfléchir, elle avait décidé de se rapprocher de lord Lisle.

C'était le premier aristocrate qu'elle voyait de près depuis la mort de papa. Sachant qu'il risquait de s'écouler une éternité avant qu'elle en voie un autre d'aussi près, elle avait sauté sur l'occasion.

Comme de bien entendu, sa mère n'approuvait pas.

Elle était très fâchée lorsqu'elle rentra à la maison, ce mercredi soir.

— Je suis tombée sur lord Rathbourne et lord Lisle en sortant de chez Popham aujourd'hui, annonça-t-elle en ôtant son manteau élimé.

— Lord Rathbourne ? répéta Olivia, feignant de ne pas se rappeler de qui il s'agissait.

— Tu sais parfaitement qui c'est. Tu as agressé son neveu. Avant d'essayer de le recruter comme élève.

— Oh, *lui* ! Je vous ai dit qu'il me faisait pitié. Il a visiblement grand besoin de leçons.

— Et nous, nous avons visiblement grand besoin d'argent, ajouta sa mère. Mais tu fais fausse route.

Olivia se leva et, avec une serviabilité inhabituelle, entreprit de dresser le couvert pour le thé. Sa mère la regardait, le visage sévère. Mais elle n'avait pas l'air en bonne santé, cette pauvre maman. Elle avait des cernes sous les yeux et son teint était trop pâle.

— Vous avez raison, maman, admit la fillette d'un ton lénifiant. Tout le monde sait que les aristocrates ne paient jamais leurs fournisseurs. J'aurais dû deviner qu'ils risquaient de traiter les professeurs de la même manière.

— Le problème n'est pas là. Tu es assez grande, désormais, pour comprendre quelle est notre position. Nous sommes considérées comme des lépreuses et des parias aux yeux de la bonne société.

— Lorsqu'il parlait avec vous, lord Rathbourne n'avait pas l'air dégoûté, observa Olivia.

Il l'avait regardée de la même façon que papa. Et elle avait *rougi*.

— Il jouait la comédie. C'est un parfait gentleman, et un parfait gentleman est toujours poli. Il n'accepterait pas plus que je donne des leçons à son précieux neveu qu'il ne consentirait à apprendre à compter avec ton meilleur ami, le prêteur sur gages.

Tout cela était fort décevant. Mais il en fallait plus pour décourager Olivia.

Du reste, elle avait déjà une autre Idée.

La lettre arriva jeudi et lui fut remise d'une façon si furtive que la curiosité de Peregrine en fut piquée. Le jeune valet de pied la lui glissa en chuchotant que Sa Seigneurie le mettrait à la porte s'il savait, mais qu'il n'avait pas su comment dire non à la jeune dame.

Peregrine n'eut aucun mal à déduire l'identité de la jeune dame en question d'après la description que lui en fit le valet. Bien que terriblement intrigué, il eut néanmoins l'intelligence de ne pas ouvrir la lettre sur-le-champ. Il savait que plus il y aurait de serviteurs au courant, plus le risque que le majordome le soit aussi était grand – majordome qui, bien sûr, s'empresserait de prévenir lord Rathbourne.

Peregrine fourra donc la mystérieuse missive dans sa poche et endura plusieurs heures d'agonie silencieuse avant d'être enfin en mesure de l'ouvrir.

Il y avait plusieurs feuillets, couverts d'une grande écriture alambiquée et pas très propre.

Monsieur,

Il n'est pas du tout poli et pas du tout convenable qu'une jeune dame écrive directement à un jeune gentleman. Cependant, je dois céder à une plus grande nécessité. Pour dire la vérité, je sais que je risque de baisser dans l'opinion que vous avez pu vous faire de moi. Bien que je ne puisse imaginer comment vous pourriez nous mépriser plus que vous ne le faites déjà, car vous devez savoir à présent que de tragiques circonstances ont fait de moi une lépreuse et une paria aux yeux du grand monde auquel vous appartenez. ~~Jusqu'à ce que la malédiction familiale soit effacée~~. Ma chère maman m'a raconté qu'elle vous avait rencontrés, vous et Sa Seigneurie, votre estimé oncle, hier, à la boutique de Popham. Elle m'a grondée pour mon audace et m'a expliqué pourquoi je n'aurais pas *dû tenter de vous recruter comme élève de ses cours de dessin. En plus, elle m'a dit que je ne vous reverrais jamais plus. Je sais que cela n'a aucune importance pour vous puisque je ne suis qu'une fille insignifiante que vous connaissez à peine et que vous n'avez pas envie de connaître mieux. Pourtant notre rencontre m'a laissé une forte impression. Puisque nos aînés ont décrété que nous ne devons PLUS JAMAIS NOUS REVOIR, je dois prendre la liberté de vous dire par l'intermédiaire de ce moyen secret que j'admire énormément votre honorable et courageuse ambition de devenir un GRAND EXPLORATEUR plutôt qu'un autre aristocrate oisif. Je vous souhaite sincèrement d'apprendre à bien dessiner*

Avec toute ma considération,

Olivia Wingate

P.-S. : Je vous en prie, n'essayez pas de communiquer avec moi. ~~Un jour, la malédiction familiale sera levée, et alors~~ En Inde, il y a une classe de gens qu'on appelle les Intouchables. ~~Jusqu'à ce que~~ Vous devez me considérer comme l'une d'entre eux.

La lettre était épouvantable, même de la part d'une fille. Une multitude de fioritures et d'ornements étaient censés embellir son écriture. L'abus dramatique de majuscules et de mots soulignés indiquait une sentimentalité débordante et un excès de romanesque mal digéré. Défauts dont étaient, hélas, affligés les parents de Peregrine, ainsi que ses grands-parents paternels. En effet, les Dalmay se complaisaient dans les scènes dramatiques et cherchaient constamment à lui faire éprouver des remords sans qu'il sache à propos de quoi. La logique semblait ne pas avoir de place dans la façon de penser de ses parents – si tant est qu'il leur arrive de penser, ce dont Peregrine doutait parfois.

C'était l'une des nombreuses raisons pour lesquelles il préférait vivre chez son oncle. Lord Rathbourne était calme. Sa maison était calme. Lorsque quelque chose lui déplaisait, il n'en faisait pas une affaire d'État. Il ne s'emportait pas et ne se lançait pas dans d'interminables discours sans queue ni tête. Il n'était jamais hors de lui, bien qu'il lui arrivât d'exprimer son mécontentement. Son élocution se faisait alors plus lente et glaciale, et son attitude se rigidifiait. Bref, il ne faisait jamais de drame. Jamais. À aucun sujet.

Lorsqu'il était avec son oncle, Peregrine n'était pas tendu, dans l'attente du prochain orage. Lorsqu'il était avec son oncle, Peregrine savait où était sa place et ce qu'on attendait de lui.

Jusqu'à ce mercredi soir.

Avant d'aller se changer pour sortir, lord Rathbourne s'arrêta dans le cabinet de travail où Peregrine était plongé dans un exercice de grec. Après avoir fait deux corrections, il annonça que Mme Wingate ne « conviendrait pas » comme professeur de dessin.

Intrigué, Peregrine ne put s'empêcher de vérifier la logique de la décision.

— Je ne comprends pas, monsieur. Qu'est-ce qui ne convient pas chez elle ? Hier, vous avez dit que son aquarelle était excellente. Vous sembliez l'admirer beaucoup. Et, elle, vous aviez l'air de la trouver sympathique. Bien sûr, c'est difficile de dire si c'était de la politesse parce que, étant un gentleman, vous en usez de toute façon. Moi, quand je fais des compliments par pure politesse, ça se voit tout de suite. Mais elle n'était ni sotte ni ennuyeuse. Au contraire. Vous n'avez pas trouvé qu'elle était étonnamment intelligente pour une femme ?

Lord Rathbourne ne répondit à aucune de ces questions. Il affichait un calme marmoréen, et lorsqu'il parla, ce fut avec une lenteur calculée.

— J'ai dit qu'elle ne convenait pas, Lisle. C'est tout.

— Mais, monsieur…

— Rien n'est plus ennuyeux que de se faire sermonner par un garçon de treize ans, coupa lord Rathbourne.

Peregrine reconnut le ton d'extrême ennui. Cela signifiait que le sujet était clos.

Ce fut un choc. D'ordinaire, son oncle était le plus logique et le plus raisonnable des adultes.

Abasourdi, Peregrine nota le très léger frétillement d'un nerf sur la pommette droite de ce dernier. Il sut alors qu'il y avait un sérieux problème. Oui, si lord Rathbourne ne lui disait pas de quoi il s'agissait, ce devait être vraiment sérieux.

Et si Peregrine était assez idiot pour questionner un autre adulte, celui-ci répondrait :

— S'il était bon que tu le saches, lord Rathbourne te l'aurait dit.

Durant tout le vendredi et tout le samedi, le garçon s'efforça de chasser la lettre de sa tête. La fille était stupide – Seigneur, elle voulait être chevalier ! –, et puisqu'il ne la reverrait plus, ses secrets de famille étaient sans importance.

L'ennui, c'était que sa vocation à lui était de percer des secrets. Il s'était récemment remis au grec et au latin avec un zèle qui lui avait fait totalement défaut jusqu'ici, simplement parce qu'il venait de comprendre combien la connaissance de ces deux langues l'aiderait à percer les secrets des anciens Égyptiens. Tante Daphné – ce n'était pas vraiment sa tante, mais il avait été quasiment adopté par toute la famille de lord Rathbourne – avait promis de lui enseigner le copte, l'une des clefs pour déchiffrer les hiéroglyphes à condition de pouvoir lire Homère à peu près correctement.

Samedi, Peregrine sut qu'il deviendrait fou s'il ignorait pourquoi Olivia était « une Lépreuse et une Paria », et quelle était la « Malédiction Familiale ».

Voilà pourquoi le samedi soir, longtemps après que son oncle lui eut dit bonsoir et fut sorti, et que toute la maisonnée fut allée se coucher, Peregrine écrivit à Olivia Wingate.

La lettre de lord Rathbourne arriva chez M. Popham le vendredi en fin de journée. Bethsabée attendit d'être chez elle pour la lire. Les doigts tremblants, elle la décacheta.

Écrite par le secrétaire de Sa Seigneurie, la missive déclinant ses services était courte et d'une politesse sans faille.

Après avoir accusé le coup, elle la regarda fixement un long moment. Une sensation de froid glacial, hélas, trop familière, s'insinua dans ses veines, suivie par une onde de chaleur qui lui embrasa le visage.

Elle eut beau se dire que ce n'était pas la même chose, le souvenir était aussi cuisant que si l'événement venait de se produire.

C'était quelques mois après l'enterrement de Jack. Une note de son beau-père, écrite par son secrétaire, et accompagnant la longue lettre qu'il avait reçue d'elle, pensait-il, et qu'il lui renvoyait. La lettre que Bethsabée n'avait jamais écrite divaguait sur la mort de Jack et sur « Olivia, sa fille bien-aimée ». L'auteur demandait pardon. Et de l'argent, bien sûr. En l'occurrence, le terme « horrible » s'appliquait tout à fait. « Réconcilions-nous en mémoire de Jack et pour le bien de son enfant… » et ainsi de suite. Des pages et des pages de roucoulades et de supplications, tentative éhontée de tirer profit de la mort de Jack et du chagrin de son père.

L'écriture était celle de la mère de Bethsabée. Qui n'avait même pas eu la décence d'exploiter la situation en son nom propre. Si elle avait signé cette lettre de son nom, peut-être que Bethsabée n'aurait pas été au courant et n'aurait pas souffert de cette ignominie.

Mais non, la mère avait feint d'être la fille.

Et lorsque Bethsabée lui avait écrit pour se plaindre de ses agissements sournois, la réponse avait été telle que prévue: « J'ai fait cela pour toi, ma chérie, parce que je te sais trop fière et trop scrupuleuse. »

C'est la dernière lettre que Bethsabée avait reçue de sa mère. Peu après, ses parents s'étaient installés à Saint-Pétersbourg, où son père était mort d'une affection du foie. Sa mère s'était très vite remariée et avait disparu sans laisser d'adresse. Bethsabée aurait aimé se dire que sa famille lui manquait, mais ce n'était pas le cas. Son enfance était pleine d'incidents de ce genre, aussi n'était-il pas étonnant qu'elle ait été prête à tout pour vivre avec Jack plutôt qu'avec ses parents.

— Qu'est-ce que c'est, maman ? s'enquit Olivia.

Bethsabée leva les yeux. Elle n'avait pas entendu sa fille entrer.

— Rien.

Elle déchira la note du secrétaire de lord Rathbourne en petits morceaux qu'elle jeta dans le feu.

— Vous pleuriez, remarqua Olivia.

Bethsabée s'essuya hâtivement les yeux.

— J'ai dû recevoir une cendre dans l'œil.

Ce n'était rien, se dit-elle. Elle s'y attendait. Elle avait juste perdu un éventuel élève. Elle en trouverait d'autres. Ce n'était pas humiliant comme la lettre de lord Fosbury. C'était ridicule de se sentir irritée... déçue... blessée.

La visite de l'Exposition égyptienne avait été sa première incursion dans un quartier de Londres fréquenté par la bonne société, et son échange avec lord Rathbourne sa première conversation avec un gentleman depuis la mort de Jack. La nouveauté de l'expérience l'avait un peu ébranlée, voilà tout.

Cette explication n'était pas totalement satisfaisante, mais elle l'aida à passer la fin de la semaine.

Le lundi, elle donna sa leçon de dessin habituelle dans la pièce située deux étages au-dessus de l'imprimerie. Le cours achevé, elle descendit dans la boutique, comme elle le faisait d'ordinaire, afin de voir si quelqu'un était venu se renseigner sur ses cours.

Une haute silhouette familière se tenait devant le comptoir.

Elle se figea, bouche bée, comme si elle ignorait les bonnes manières, détaillant les larges épaules, le dos droit, les jambes interminables, la totalité de l'élégante silhouette masculine. Elle contempla, émerveillée, les épais cheveux noirs qui tranchaient sur le tissu blanc du col, et l'ombre incurvée que dessinait le bord du chapeau sur l'oreille.

— Ah, la voilà ! s'exclama M. Popham.

Elle cligna des yeux, et découvrit l'imprimeur. La haute et aristocratique silhouette avait complètement escamoté la petite personne de l'artisan.

Le gentleman se retourna. Il s'agissait de Rathbourne, bien sûr. Qui d'autre pourrait être aussi... parfait, même de dos ? Qui d'autre la regarderait ainsi, sans ciller, sans montrer le moindre signe d'intérêt ?

Il ne restait pas bouche bée comme un imbécile, *lui*.

— Madame Wingate, dit-il, vous arrivez au bon moment. M. Popham et moi allions en venir aux mains.

— Oh, non, vraiment, je ne crois pas, monsieur ! s'écria M. Popham, horrifié par la suggestion. Ce n'était qu'une hésitation de ma part parce que je n'étais pas du tout certain...

Il s'interrompit, visiblement perdu.

— J'ai exprimé le désir d'assister à un cours de dessin, expliqua Rathbourne. M. Popham me dit que cela se passe à l'étage.

— Le cours est terminé, répondit Bethsabée. J'avais cru comprendre que vous n'étiez pas intéressé. J'ai reçu un mot dans ce sens. Ou bien l'aurais-je rêvé ?

— Vous m'en voulez. Vous pensez que lorsqu'un homme prend une décision, il doit s'y tenir et ne pas revenir dessus.

Elle crut discerner un très vague et très exaspérant soupçon de sourire au coin des lèvres de Rathbourne.

— Que faut-il pour vous aider à prendre votre décision, et ne pas revenir dessus ? demanda-t-elle. Le cours est fini. Le prochain aura lieu mercredi. Vous êtes prêt à vous lancer dans une nouvelle expédition à l'autre bout du monde ?

— Holborn n'est pas à l'autre bout du monde.

— Ce n'est pas votre destination habituelle.

— Voulez-vous que j'emballe l'aquarelle maintenant, monsieur, pendant que vous poursuivez votre conversation avec Mme Wingate ? suggéra Popham. Ainsi, ce sera prêt quand vous partirez. À moins que vous ne préfériez qu'on ne vous l'envoie ?

— Non, je l'emporterai en partant, répondit Rathbourne, dont le regard sombre demeurait rivé sur Bethsabée.

Popham disparut dans l'arrière-boutique.

— C'est votre aquarelle de Hamstead Heath, reprit Rathbourne. C'est elle qui me pose un problème, voyez-vous. C'est elle qui m'a poussé à venir à Holborn, et qui me rend aussi indécis. Elle me hante depuis mercredi dernier. Je doute de pouvoir trouver un autre professeur aussi talentueux. Les artistes authentiques consacrent leur temps et leur énergie à créer, et à exposer leurs œuvres. Les moins doués gagnent leur vie en enseignant. J'hésitais à profiter de vos talents avant que vous ayez repris vos esprits et décidé de cesser de perdre votre temps avec des enfants comme mon neveu.

S'il l'avait complimentée sur sa beauté, Bethsabée l'aurait écouté sans émotion. Bien qu'elle ne soit plus dans la fleur de la jeunesse, et qu'elle le sache, elle était habituée aux compliments sur son physique et y accordait peu d'importance. Elle n'était pas responsable de ce que la nature lui avait si généreusement accordé.

De son art, elle l'était, car elle avait travaillé pour développer ses dons. Elle était particulièrement fière de cette aquarelle de Hampstead Heath. Il n'aurait pu viser plus juste.

Elle rougit comme une collégienne.

— Mes élèves ne sont pas comme votre neveu, commença-t-elle. L'atelier ne ressemble pas non plus aux salles d'études auxquelles il est habitué. Et, douée ou non, nous savons, vous et moi, que je ne conviens pas. Vous pouvez ne pas tenir compte de mes origines, la famille de ce garçon poussera de hauts cris en apprenant à qui vous le confiez.

— Sa famille pousse de hauts cris à tout bout de champ, répliqua Rathbourne. J'essaie de les ignorer autant que possible. Auriez-vous l'amabilité de me montrer la salle où vous enseignez, afin que je tente de l'imaginer peuplée d'élèves ? Je ne suis pas un artiste et mon imagination est limitée. J'espère que c'est une petite classe.

— Huit élèves tous les lundis, répondit-elle. Par ici, s'il vous plaît, ajouta-t-elle en le précédant.

— Imaginer huit élèves est dans mes capacités, déclara-t-il et sa voix parut encore plus grave dans l'escalier sombre et étroit. Des garçons ? Des filles ? Les deux ?

— Des filles.

Il y avait deux étages à gravir, mais elle y était habituée et n'aurait pas dû avoir tant de peine à respirer. Elle lui fut reconnaissante de ne pas poser d'autres questions avant qu'elle ait ouvert la porte de l'atelier.

La pièce, peu meublée, était vaste et éclairée par trois fenêtres.

— La lumière est bonne, vous voyez, surtout au début de l'après-midi. C'est toujours tenu propre. Nous sommes plusieurs femmes à partager cet espace et son loyer, et nous avons une femme de ménage efficace.

Elle désigna les chevalets, rangés dans un coin.

— Mes élèves sont des filles de négociants prospères. Certaines sont un peu gâtées, mais j'ai réussi à leur enseigner l'importance de garder en ordre leur lieu de travail.

Il s'approcha de la fenêtre, croisa les mains dans le dos et regarda dehors. Elle remarqua qu'il avait la tête nue et, jetant un coup d'œil autour d'elle, vit le chapeau sur une chaise. Elle en fut surprise sans savoir pourquoi. Mais était-ce de la surprise ? La lumière de l'après-midi jouait sur les cheveux noirs non pommadés qui ondulaient légèrement et, sans doute, bouclaient lorsqu'ils étaient humides.

« Arrête, s'admonesta-t-elle. Ne l'imagine pas mouillé. »

La voix grave de Rathbourne la ramena du bord du précipice.

— Que leur enseignez-vous ? Quelle est votre méthode ?

Elle expliqua qu'elle commençait par des natures mortes très simples, constituées d'objets que les élèves apportaient.

— Un fruit, une tasse ou une soucoupe pour commencer. Plus tard, j'ajoute un chapeau, une paire de gants, un livre. Nous travaillons aussi à l'extérieur, quand le temps le permet. Des arbres, l'embrasure d'une porte, la vitrine d'une boutique.

— Vous ne les emmenez pas à l'Académie Royale pour copier les œuvres de grands artistes ? s'étonna Rathbourne en continuant de regarder par la fenêtre.

— Ce n'est pas une méthode adaptée à mes élèves. Elles n'ambitionnent pas de devenir artistes. Leur principal objectif est d'acquérir le raffinement et les talents d'une dame. Je leur apprends à voir. Je leur enseigne certaines techniques, certains mécanismes. Ce faisant, elles acquièrent la capacité de discerner la qualité. Ce qu'elles apprennent de moi, elles peuvent l'appliquer à d'autres sujets ou d'autres occupations.

Elle tenta d'imaginer ce qu'un adolescent de l'aristocratie pourrait tirer d'un tel apprentissage.

— Vous leur enseignez les fondamentaux, en quelque sorte.

— Oui.

— C'est ce qui manque à Peregrine, déclara Rathbourne en se détournant enfin de la fenêtre.

La lumière soulignait les ondulations de ses cheveux et ses traits ciselés.

— Il manque de bases. Il a eu des professeurs de dessin, mais, apparemment, leurs méthodes ne lui ont pas convenu. La vôtre, peut-être.

— Il lui faudrait des leçons particulières, conseilla-t-elle, arrachant ainsi le brin d'espoir qui tentait de naître en elle.

Il avait dit « peut-être ». C'était une façon diplomatique de s'exprimer. La pièce devait lui sembler sordide, ses méthodes peu professionnelles, ses élèves des moins-que-rien.

— Je ne peux pas m'occuper de lui dans une classe de filles. Sa présence sèmerait le désordre. Certaines filles seront mortes de timidité, et d'autres auront toutes les audaces et glousseront comme des sottes.

— Peregrine *est* un élément perturbateur, rétorqua Rathbourne. Peu importe qui se trouve là. Filles, garçons, adultes. Professeurs, famille, hommes d'église, marins, soldats, membre du Parlement. Mon neveu est comme saint Thomas ; il exige des preuves de tout. Il pose des questions, discute sans fin, et s'obstine. Il vous dira *Pourquoi ?* une centaine de fois par heure. Si vous ne triplez pas votre tarif habituel, vous avez tort.

Il ne parlait pas sérieusement. Trois fois le tarif pour un seul élève ? Lord Lisle ne pouvait être plus difficile à manœuvrer qu'Olivia, même s'il s'y efforçait, même si ses parents l'avaient trop gâté. Olivia, elle, avait hérité du caractère des Horribles DeLucey.

— Dans ce cas, je le quadruple, lâcha-t-elle.

— Peregrine ne s'est pas trompé, vous êtes intelligente, commenta Rathbourne en s'écartant de la fenêtre. Êtes-vous d'accord pour le prendre en charge malgré le portrait que je vous en ai brossé ?

Elle ne sourcilla pas. Son père lui avait appris à jouer gros.

— Vous avez pris votre décision ? demanda-t-elle.

Il regarda autour de lui.

— Cela ne plaira pas à la bonne société, répondit-il. Ses sympathies penchent du côté de la famille de votre mari.

— Oh…

Elle se sentit soudain très lasse. Comme Sisyphe qui, après avoir poussé son rocher au sommet d'une montagne, le voyait dévaler la pente, et savait qu'il devrait le hisser à nouveau jusqu'en haut. Le rocher était son passé, il roulait sur la pousse fragile de l'espoir et l'écrasait. Elle avait éprouvé la même chose l'autre jour, devant la vitrine de l'imprimeur, lorsqu'elle s'était rendu compte que son nom lui fermait une autre porte au nez.

— Ces vieilles histoires, ces préjugés sont assommants, enchaîna lord Rathbourne. Si les parents de Peregrine apprennent que vous lui donnez des leçons, ils pousseront les hauts cris. Ils sont d'une nature excessivement émotive, voyez-vous. C'est plus fort qu'eux. Peut-être est-ce pour cela qu'ils ne savent plus quoi faire de ce garçon, et qu'ils ont décidé de m'en laisser la garde pendant leur séjour en Écosse. Mais, si mon beau-frère et ma belle-sœur me le confient, ils doivent accepter mes décisions.

Il s'interrompit, esquissa un sourire.

— Il ne me reste plus qu'à prendre ma décision. Vous savez, en ce moment, vous ressemblez à votre fille lorsqu'elle s'énervait contre Peregrine. Vous avez peut-être envie de me frapper avec un carnet de croquis.

— Est-ce que cela vous aiderait à vous décider ?

Son sourire s'accentua et elle le regretta, parce qu'il lui fit battre le cœur trop fort tout en ralentissant considérablement le fonctionnement de son cerveau.

— J'ai décidé que ce garçon avait besoin de vous, répondit-il. J'ai décidé que son éducation était plus importante que les vieilles histoires et les scandales du passé.

Il reprendrait ses esprits.

Il s'était rendu compte qu'elle était dans la boutique avant même de l'avoir vue. Il avait entendu son pas léger, perçu sa présence.

Il s'était retourné, et le charme s'était rompu. Du moins l'avait-il cru.

Elle n'était pas la plus belle créature du monde, comme il l'avait pensé. Elle n'avait pas l'air trop jeune pour avoir une fille de l'âge de Peregrine. Le visage que Benedict avait trouvé inoubliable était creusé par les soucis et les yeux brillaient moins que dans son souvenir.

Par conséquent, il pouvait se dire qu'il faisait son choix en toute bonne conscience. S'il avait décidé de passer outre l'opinion de la bonne société ou la scène que risquait de lui faire Atherton, c'était parce qu'il ne pensait qu'au bien de Peregrine.

Les yeux de Mme Wingate s'éclairèrent, son expression s'adoucit, la ligne dure de sa bouche s'effaça dans la courbe pulpeuse d'un sourire. L'expression soucieuse disparut, et avec elle les signes de l'âge. Elle rayonnait de nouveau.

S'il avait été du genre imaginatif, il aurait cru avoir prononcé une incantation.

Mais il ne lâchait jamais la bride à son imagination.

— Vous êtes réellement parfait, murmura-t-elle d'un ton songeur.

Parfait. C'était ce que tout le monde disait de lui. Dieu que leurs critères de perfection étaient bas !

— Oui, c'est très ennuyeux. Je devrais répliquer « Personne n'est parfait », mais c'est encore plus ennuyeux. Je me console en songeant que, si l'on apprend ceci, les gens cesseront de dire que je suis parfait. Comme ce sera excitant ! Enfin, j'aurai un défaut.

— J'ignorais qu'il était si difficile d'en avoir, dit-elle. Heureusement, vous êtes bien tombé. Comme vous l'avez sûrement entendu dire, la branche des DeLucey à laquelle j'appartiens en possède en abondance.

— S'il m'en faut un autre, je saurai à qui m'adresser.

— Je vous recommande de commencer par vous habituer au premier. Pour le moment, c'est un défaut secret. Selon certains, ce sont les meilleurs.

— Un défaut, un secret, fit Benedict. Je frôle la débauche.

— Je suis honorée d'y avoir contribué. Mais pour en revenir à nos moutons : lord Lisle viendra-t-il ici ? Je sais que c'est loin, mais cela peut être un avantage. Il aura moins de chances de rencontrer quelqu'un qui le connaît.

— Cet avantage ne m'a pas échappé. Il ne sera pas difficile de l'envoyer avec un serviteur.

Un serviteur discret, nota-t-il mentalement.

— À pied, précisa-t-il.

— Mais, il y a plus de trois kilomètres depuis Cavendish Square !

— Vous savez où j'habite.

— Qui ne le sait ?

Qui, en effet ? se demanda Benedict. En ce qui le concernait, l'intimité était un luxe inaccessible.

— Trois kilomètres, ce n'est rien. Peregrine a besoin de faire de l'exercice. Il vient de découvrir que connaître le grec et le latin était nécessaire pour devenir archéologue. Résultat, il est obsédé par les auteurs classiques. S'il veut vraiment aller en Égypte, il devra être aussi solide physiquement que mentalement. Il devra aussi s'habituer à se trouver avec des gens qui n'évoluent pas dans les « mêmes sphères » que lui.

Il s'autorisa un sourire. Elle ne savait pas tout de lui – et pas grand-chose de Londres – si elle le croyait perdu à Holborn. S'arrachant à la vue de son remarquable visage, il regarda par la fenêtre le bâtiment d'en face. Il ne devait penser qu'à Peregrine.

Elle indiqua les jours et les heures auxquels la salle de classe était libre pour des cours particuliers, dressa la liste des fournitures nécessaires et demanda les coordonnées de l'homme d'affaires de Benedict à qui elle devrait envoyer la facture.

Cela fait, il n'avait plus de raisons de s'attarder. Dix minutes plus tard, il récupérait l'aquarelle et filait en direction d'un établissement plus distingué, loin de Holborn, pour la faire encadrer.

Il l'accrocherait dans sa chambre, décida-t-il.

4

Dix jours s'écoulèrent, et quatre leçons, et pas une seule fois Benedict ne franchit la porte de M. Popham.

Pour accompagner Peregrine, son choix s'était porté sur Thomas, un valet de confiance qu'il avait ramené du Derbyshire, le seul qui saurait garder le secret sur ces leçons de dessin.

Ayant troqué la livrée contre des habits de tous les jours – pour des questions de discrétion –, Thomas patientait dans un café voisin le temps que durait la leçon, puis retrouvait le jeune garçon à la porte de l'imprimerie.

La tâche n'outrepassait pas ses capacités, car Benedict n'avait donné à Peregrine qu'une seule règle, fort simple :

— Tu iras tranquillement à tes leçons de dessin. Si un incident, n'importe lequel, survient avant, pendant ou après les leçons, celles-ci s'arrêteront. Aucune excuse ne sera acceptée. Est-ce clair ?

— Oui, monsieur.

Benedict le laissa partir, convaincu que la règle serait respectée. Tout ce qui allait dans le sens de sa vocation, comme le latin et le grec, recevait de Peregrine une attention entière et résolue. Mme Wingate n'avait pas besoin de sa présence pour calmer son neveu.

C'était lui, Benedict, qui aurait eu besoin d'être calmé.

Le onzième jour, un vendredi, le trouva en proie à une fébrilité et à un ennui propices aux sottises.

Ce n'était pas qu'il n'eût rien à faire. Il suivait une troublante affaire criminelle à Old Bailey, la cour d'assises de Londres. Il avait un discours à préparer pour soutenir le projet d'une police métropolitaine. Bien que beaucoup de membres de la bonne société aient quitté Londres, ils n'avaient pas laissé un désert derrière eux, tant s'en faut, et Benedict ne manquait pas d'invitations à des dîners, des bals, des lectures, des concerts, des pièces de théâtre, des opéras, des ballets et des expositions.

Néanmoins, il s'ennuyait à périr.

Au point qu'à deux reprises au cours de l'après-midi, il s'était surpris à marcher de long en large, activité qu'il estimait réservée aux femmes hystériques et aux individus pathologiquement tendus.

Les animaux en cage tournaient en rond. Les enfants s'agitaient. Un gentleman restait debout ou assis sans bouger.

Benedict était assis sans bouger à son bureau. Gregson, son secrétaire, avait pris place en face de lui. Les deux hommes examinaient la correspondance des dix derniers jours.

Sa Seigneurie avait trop souffert de l'ennui pour s'en occuper plus tôt. Il n'avait pas plus envie de le faire maintenant, mais s'il continuait à repousser cette corvée, les petites piles bien nettes de lettres et de cartes se transformeraient en énormes tas informes. C'était le genre de chose qui arrivait aux irresponsables, comme ses frères Darius et Rupert.

Un gentleman responsable gardait ses affaires en ordre.

— Celle-ci vient de lord Atherton, monsieur, annonça Gregson en s'emparant d'une lettre épaisse. Vous préférez peut-être l'ouvrir vous-même.

— Sûrement pas. Il faudrait ensuite que je la lise et vous savez bien que, quel que soit le sujet, il lui faut trois fois plus de mots que nécessaire, et qu'il y ajoute pléthore de tirets et de points d'exclamation. Soyez gentil de m'en dire l'essentiel.

— Bien, monsieur, fit Gregson qui, après avoir parcouru en silence les premières lignes, lut à voix haute : *Il m'est arrivé quelque chose d'épouvantable...*

— Non, je ne veux rien d'épouvantable, coupa Benedict.

Gregson reprit sa lecture.

— *J'ai été scandalisé d'apprendre...*

— Ni de scandaleux.

— *La mère de Priscilla...*

— Je ne veux rien savoir de la mère de lady Atherton. S'il vous plaît, Gregson, le mieux serait que vous la lisiez en entier avant de me la résumer.

Gregson parcourut rapidement les quelques pages restantes.

— Il a trouvé une place pour lord Lisle.

Benedict se raidit.

— Une place ? Où donc ?

— *Vous serez aussi soulagé que nous, j'en suis sûr, d'apprendre qu'un arrangement a enfin été trouvé pour mon voyou de fils. Heriot's School, à Édimbourg, a accepté de le prendre.*

— Heriot's School, répéta Benedict, abasourdi. À Édimbourg.

— D'ici à une quinzaine de jours, lord Atherton enverra des serviteurs pour amener lord Lisle à sa nouvelle école, précisa Gregson.

Benedict se leva et alla se planter devant la fenêtre. En s'obligeant à regarder le jardin en contrebas et à observer la façon dont les chrysanthèmes dansaient dans la brise de septembre, il parvint à garder son calme. Rien de l'orage qui se déchaînait en lui n'était visible.

Il ne dit pas non plus ce qu'il pensait. Il le faisait rarement. Ce qui ne l'empêchait pas de nourrir des pensées dévastatrices sur ses congénères et leurs faits et gestes. Dans sa tête, il s'exprimait parfois comme Atherton en pleine crise de divagation.

Mais, contrairement à son beau-frère, il avait appris à garder ce vacarme à l'intérieur de lui. Le peu qu'il en exprimait consistait en remarques sèches, sarcasmes et haussements de sourcils dédaigneux.

La vie n'était pas un opéra. Les scènes n'avaient lieu que sur scène.

Benedict ne s'énerva pas contre son beau-frère aux idées brouillonnes. Il se contenta de déclarer :

— Envoyez un mot à lord Atherton, Gregson. Dites-lui qu'il peut épargner ce voyage à ses serviteurs. J'emmènerai moi-même Peregrine en Écosse dans quinze jours.

Une demi-heure plus tard, lord Rathbourne se rendait à Holborn.

La circulation était telle que Benedict n'arriva à la boutique de l'imprimeur qu'après la fin de la leçon. Son neveu était déjà reparti, ainsi que Mme Wingate, expliqua M. Popham.

Benedict tenta de se convaincre qu'il pourrait fort bien communiquer par lettre. Il repoussa l'idée, comme il avait déjà fait une douzaine de fois durant le trajet.

Une lettre ne conviendrait pas. La dernière, déclinant ses services, avait offensé Mme Wingate.

Il se rappelait encore la façon dont elle en avait parlé, le mouvement hautain du menton, l'expression dédaigneuse des yeux bleus. Il avait eu envie de rire. De se pencher sur ce superbe visage en colère et…

Et de commettre un acte stupide.

— Il faut que je lui parle, dit-il à Popham. C'est urgent. Cela concerne l'un de ses élèves. Pourriez-vous me donner son adresse ?

M. Popham devint tout rouge.

— Que Sa Seigneurie ne le prenne pas mal, mais je n'ai… euh… pas le droit de communiquer l'adresse de cette dame.

— Pas le droit, répéta Benedict d'une voix monocorde.

— Non, Votre Seigneurie, je suis désolé. Je suis sûr que vous comprendrez. Les… euh… difficultés pour une veuve, surtout une jeune veuve, vivant toute seule. Les hommes peuvent se montrer si odieux. Pas Votre Seigneurie, bien sûr ! Mais… euh… le problème, c'est que je lui ai donné ma parole que je ne ferai pas d'exception.

Benedict fut tenté de tendre les bras, d'attraper le petit homme par le col et de lui cogner la tête sur le comptoir jusqu'à ce qu'il se montre plus coopératif.

Au lieu de quoi, il suggéra d'une voix posée :

— Vos scrupules vous font honneur, monsieur. Je comprends parfaitement. Envoyez un message à Mme Wingate pour la prévenir que je souhaite lui rendre visite. J'attendrai.

Sur ce, il s'installa à une table et commença à examiner un portfolio de lithographies.

— Je serais très heureux de le faire, Votre Seigneurie, assura M. Popham. Mais il y a… euh… un problème. Mon employé fait une livraison et je ne peux pas laisser le magasin sans surveillance.

— Alors envoyez un garçon de courses.

— Oui, Votre Seigneurie.

Popham sortit de la boutique, regarda à droite, puis à gauche. Aucun garçon de courses n'apparut. Il rentra quelques minutes, puis ressortit, et regarda à droite et à gauche, sans plus de résultat. Et ainsi de suite, à intervalles réguliers.

La boutique n'était pas grande. Bien que Benedict ne fût pas de petite taille, il n'occupait pas physiquement beaucoup de place. Cependant, étant un aristocrate – espèce quasiment inconnue dans ce quartier –, il semblait occuper plus d'espace que la plupart des gens.

À peine entrés, les clients riboulaient des yeux et oubliaient ce qu'ils étaient venus chercher. Plusieurs ressortirent, trop intimidés pour acheter quoi que ce soit. Et ce n'était pas le pire.

Afin de ne pas attirer l'attention, Benedict avait loué une voiture au lieu de prendre l'une des siennes avec armoiries. Le cocher étant payé pour l'attendre, le véhicule gênait le passage. Les badauds s'agglutinaient pour bavarder entre eux et avec le cocher. Des passants exprimaient leur mécontentement assez vigoureusement pour être entendus à l'intérieur de la boutique si bien que Popham était de plus en plus rouge et énervé.

Finalement, son employé n'étant toujours pas revenu au bout d'une demi-heure, il donna l'adresse à lord Rathbourne.

De Holborn, le cocher tourna à gauche dans Hatton Garden, puis à droite dans Charles Street. Benedict descendit devant un pub nommé *Au Grand Cœur* et demanda au cocher de l'attendre un peu plus bas dans la rue, là où il n'empêcherait pas la circulation.

Il traversa la rue et s'arrêta une seconde à l'entrée de la ruelle qui menait à une cour intérieure.

Le quartier était misérable. Contrairement à ce que pensait Mme Wingate, cependant, ce genre d'environnement ne lui était pas inconnu. Il s'était occupé de plusieurs enquêtes parlementaires sur les conditions de vie des classes inférieures. Et la lecture n'avait pas été son unique source de renseignements.

S'il s'était arrêté, hésitant, ce n'était pas non plus par peur de la contagion, bien que sa femme soit morte d'une fièvre maligne attrapée durant l'une de ses missions évangélisatrices dans un quartier semblable à celui-ci.

Il s'était arrêté parce que le bon sens lui était revenu.

Que pouvait-il dire de vive voix qui ne pouvait être expliqué par écrit ? Quelle importance si Mme Wingate s'en offensait ? N'avait-il pas sauté sur le premier prétexte venu pour lui rendre visite ? Avait-il laissé l'orage intérieur déclenché par Atherton lui commander ses actions ?

Cette dernière question l'incita à faire demi-tour. Il descendit Charles Street à grandes enjambées, les yeux fixés droit devant lui et ses pensées là où elles devaient rester. Il enverrait à Mme Wingate un mot l'informant que Peregrine retournait au collège et ne pourrait plus prendre de leçons de dessin. Celles qui avaient été prévues lui seraient réglées, bien entendu. Benedict la remercierait pour tout ce qu'elle avait fait pour le garçon. Il s'autoriserait peut-être un mot de regret pour la précipitation…

Maudit soit Atherton ! Pourquoi ne pouvait-il se comporter normalement au lieu de s'arracher les cheveux en déclarant la cause sans espoir et, la minute d'après…

Un choc, puis un mélange de sensations ramenèrent Benedict au présent. Il entendit un cri bref, vit des paquets s'écrouler à ses pieds, sentit un chapeau lui heurter le menton et une main lui agripper la manche, tout cela simultanément.

Il la rattrapa – car c'était assurément une femme –, et sut laquelle c'était avant même de voir son visage.

Si elle avait regardé où elle mettait les pieds au lieu de le fixer, bouche bée, Bethsabée n'aurait pas trébuché. Il avait l'air visiblement ailleurs, et si elle avait fait attention à ce qu'elle faisait, il serait passé sans la remarquer. Et elle ne se serait pas ridiculisée.

Une fois de plus.

Elle vit ses yeux s'écarquiller lorsqu'il la reconnut, et la lueur qui s'alluma spontanément dans les profondeurs de son regard déclencha en elle une onde de chaleur.

La lueur disparut, mais la chaleur demeura, lui picotant les veines et lui ramollissant les muscles.

Il la remit prestement sur ses pieds. Mais fut beaucoup plus lent à la lâcher. Elle sentit sa peau s'échauffer là où les mains gantées lui avaient agrippé les bras et perçut la chaleur qui émanait du grand corps solide à quelques centimètres du sien. Elle nota la texture de la laine et de la popeline, le contraste du blanc immaculé et du vert sombre. Elle inhala l'odeur du savon et de l'amidon mélangée au parfum plus exotique d'une eau de toilette masculine certainement hors de prix, et sentit, plus insidieuse, son odeur personnelle.

— Madame Wingate, dit-il, j'espérais que nos chemins se croiseraient.

— Vous auriez mieux fait de regarder autour de vous plutôt que de vous contenter d'espérer. Si je n'avais pas eu la présence d'esprit de me jeter en travers de votre chemin, vous m'auriez manquée.

L'étreinte de lord Rathbourne se resserra. Elle se rendit compte qu'elle se cramponnait toujours à sa manche. Elle la lâcha et, détournant les yeux, contempla les paquets éparpillés sur le sol. Un véhicule avait roulé sur son panier.

— Vous pouvez me lâcher, dit-elle. J'aimerais ramasser mes emplettes.

Il s'exécuta, et s'en chargea à sa place.

Elle le regarda accomplir cette tâche vulgaire avec son élégance coutumière. Même sa redingote, pourtant très ajustée, ne tira pas sur les coutures lorsqu'il se pencha. Une redingote de chez Weston, très probablement. Ce qu'elle avait coûté à lord Rathbourne leur aurait permis de vivre, au moins un an, sinon deux, à Olivia et elle.

Les gens qui s'étaient rassemblés autour d'eux les examinaient avec une curiosité non dissimulée. Se ressaisissant, Bethsabée expliqua :

— C'est un valet de pied, au chômage. Un parent de mon défunt mari l'a renvoyé, le pauvre garçon.

— Il s'est trompé de quartier, m'ame Wingate, observa un badaud. Déjà qu'y a pas de travail pour les gens d'ici.

— Ça fait pitié, quand même, renchérit un autre. Un grand et beau gars comme ça. Les gens de la haute les aiment solides et fringants, qu'on m'a dit. Pas vrai, m'ame ?

— Oui. Les valets de pied de grande taille sont *de rigueur*, répondit-elle en utilisant à dessein l'expression française.

Lorsque Benedict eut ramassé ses paquets, elle se remit en route d'un pas déterminé, laissant les autres discuter sur la signification de ce *de rigueur*.

— Je suis valet de pied ? demanda-t-il dès qu'ils furent hors de portée de voix.

— Vous n'auriez pas dû venir dans ce quartier habillé aussi élégamment. Vous ignorez visiblement comment voyager incognito.

— Je n'y ai pas pensé, avoua-t-il.

— Heureusement, l'un de nous vient d'une lignée de menteurs accomplis. Le statut de valet de pied expliquait à la fois votre tenue et votre air supérieur.

— Mon air… Vous partez dans la mauvaise direction. Le *Grand Cœur* ne se trouve-t-il pas de l'autre côté ?

Elle s'immobilisa.

— Vous savez où j'habite ?

Il hocha la tête par-dessus les paquets qui lui atteignaient presque le menton.

— Ce n'est pas la faute de Popham. Je l'ai un peu bousculé. Je le regrette. Je déteste malmener les gens. Mais j'étais vraiment… exaspéré.

— Contre Popham ?

— Contre mon beau-frère. Atherton.

— Alors pourquoi n'avez-vous pas bousculé votre beau-frère ?

— Il est en Écosse. Je ne vous l'avais pas dit ?

— Oh, je ne sais plus.

— Ah, voilà un coin tranquille, fit-il en indiquant un cimetière. Pourquoi ne pas aller là ? Nous serons seuls sans que ce soit inconvenant.

Elle n'en était pas si convaincue. Mais, après tout, vu qu'il avait déjà les mains occupées…

Elle entra, s'arrêta au bout de quelques pas.

Il posa ses paquets sur une tombe.

— Je suis obligé d'emmener Peregrine en Écosse dans deux semaines, annonça-t-il de but en blanc. Son père anéantit notre belle organisation. Il souffre d'une soudaine crise de sens des responsabilités et a décidé d'envoyer son rejeton à Heriot's School, à Édimbourg.

Elle retint un soupir. « Adieu, espèces sonnantes et trébuchantes », songea-t-elle.

— Ce n'est pas une bonne école ? hasarda-t-elle.

— Peregrine ne s'adaptera jamais à aucune de nos meilleures écoles anglaises. Mais on ne peut expliquer cela à Atherton. Du reste, on ne peut quasiment rien lui expliquer. Il est trop impatient, impulsif et excessif pour écouter et examiner une situation calmement.

À la grande surprise de Bethsabée, lord Rathbourne se mit à faire les cent pas. Avec grâce, bien sûr, puisqu'il était parfait, mais aussi avec une énergie contenue qui semblait faire bouillonner l'air autour de lui.

— S'il étudiait le problème d'une façon rationnelle, reprit-il, il verrait que les méthodes des écoles privées anglaises sont à l'opposé du caractère de Peregrine. On exige de l'élève qu'il apprenne tout par cœur. Qu'il obéisse sans poser de question, et qu'il mémorise sans chercher à comprendre. Lorsque Peregrine veut connaître le pourquoi et le comment, on l'accuse au mieux de manquer de respect, au pire de blasphémer. Ce qui lui vaut d'être châtié. La plupart des jeunes garçons n'ont besoin que d'une ou deux séances de fouet pour apprendre à tenir leur langue. Mais Peregrine n'est pas la plupart des jeunes garçons. Le fouet ne lui fait pas peur. Pourquoi son père ne s'en rend-il pas compte, alors que c'est évident pour moi qui ne suis que son oncle ? conclut l'oncle en question en agitant le poing.

— Le père est peut-être dépourvu de cette capacité à se mettre à la place du garçon que possède l'oncle, suggéra-t-elle.

Rathbourne s'arrêta subitement. Il regarda son poing serré, cligna des yeux et rouvrit la main.

— Vraiment ? Eh bien… j'aurais plutôt cru qu'Atherton avait autant d'imagination qu'une demi-douzaine d'hommes. Plus que moi, en tout cas.

— Les parents ont une vue tronquée – et peut-être faussée – de leurs enfants, expliqua-t-elle. Certains aspects leur échappent. Est-ce que votre père vous comprend, *vous* ?

L'espace d'un instant, il eut l'air choqué. Et elle aussi, de discerner un signe aussi net d'émotion chez quelqu'un qui, elle s'en était aperçue dès leur premier entretien, s'était fait une règle de ne rien trahir de ce qu'il éprouvait.

— J'espère sincèrement que non, répondit-il enfin.

Elle ne put retenir un éclat de rire. Cela n'avait duré qu'une seconde, mais durant cette seconde, elle avait eu l'impression de se trouver devant un écolier malheureux. Qu'elle aimerait connaître.

Pensée ô combien dangereuse.

Il la regarda, sourit de son « presque-sourire », puis s'approcha d'elle.

— Vous avez réellement fait exprès de vous jeter en travers de mon chemin ?

— C'était une plaisanterie. La vérité, c'est que j'ai été stupéfaite de vous voir dans Charles Street. J'aimerais que vous me préveniez la prochaine fois que vous déciderez de venir. Je ne tiens pas à me faire un œil au beurre noir en heurtant une vitrine ou à me casser la cheville en ratant le trottoir.

Il était trop près, et son regard était comme un aimant, irrésistible. S'y perdre, c'était comme plonger dans un long corridor obscur. Follement intrigant. *Qui* se trouvait là-bas, tout au fond, et quelle distance séparait l'homme extérieur de l'homme intérieur ?

Elle s'obligea à détourner les yeux.

— Je ne voulais pas dire que vous deviez venir me voir, ajouta-t-elle en hâte. Je ne lançais pas d'invitation.

— Je sais que je n'étais pas obligé de venir. J'aurais pu écrire. Mais me voilà quand même.

— Oui, eh bien, il faut que je me presse. Olivia va rentrer de l'école et, si je ne suis pas là, elle va se trouver des choses peu souhaitables à faire.

— Que je suis négligent ! s'écria-t-il en ramassant les paquets. Pour commencer, j'ai eu le tort de vous déranger, et ensuite, j'ai commis la faute de vous retenir trop longtemps.

Non, il ne l'avait pas retenue assez longtemps. Elle n'avait pas découvert une once de ce qu'elle voulait savoir.

« Pense à ta fille, se dit-elle pour se rappeler à l'ordre. La curiosité à l'égard de cet homme est un luxe que tu ne peux pas te permettre. »

— Je préfère les porter moi-même, dit-elle en désignant ses emplettes. Un valet de pied ne serait pas à sa place dans la cour du Grand Cœur. Il serait préférable que nous allions chacun de notre côté, à présent.

Benedict n'avait pas envie d'aller de son côté.

Il avait envie de rester là, de lui parler, de la regarder, de l'écouter. Elle avait éclaté de rire – devant ce qui avait dû être une expression d'horreur comique lorsqu'elle lui avait demandé si son père le comprenait.

Le son de ce rire l'avait surpris. Un rire de gorge. Grave. Suggestif. Un rire de chambre à coucher.

Il parut flotter autour de lui tandis qu'il rejoignait sa voiture. Il l'accompagna durant le court trajet de retour. Il le suivit dans la maison, et jusque dans la chambre de Peregrine.

Agenouillé au-dessus du livre de Belzoni ouvert sur le sol, le garçon contemplait une illustration représentant le plafond de la tombe du pharaon : un fond noir sur lequel se détachaient des myriades de chiffres et de symboles dorés, peut-être une image du ciel nocturne constellé tel que les Égyptiens se le représentaient autrefois.

Benedict refusa de s'y intéresser. Il en avait soupé des Égyptiens, de l'Antiquité, du sieur Belzoni et des silhouettes de profil, soupé à un point indicible.

Il annonça à son neveu la décision d'Atherton.

Peregrine fronça les sourcils.

— Je ne comprends pas. Père avait dit qu'il en avait assez de m'envoyer dans de nouvelles écoles. Qu'il se moquait que je sois illettré et ignorant. Que je ne méritais pas une éducation de gentleman puisque je ne me comportais pas comme tel. Il disait...

— Eh bien, il a changé d'avis, trancha Benedict.

— Ça tombe extrêmement mal. Je n'ai pas fini d'étudier la collection Belzoni. De toute façon, ça n'a pas de sens de partir maintenant. Le temps que j'arrive à Édimbourg, le trimestre aura déjà commencé. Quand on est un nouveau, mieux vaut arriver en même temps que les autres nouveaux. Maintenant, je vais être le plus nouveau des nouveaux, et je vais gaspiller un temps précieux à me bagarrer alors que je pourrais être ici, à améliorer mon grec et mon latin, et à établir mes tables de hiéroglyphes.

Peregrine n'acceptait pas d'être le laquais d'un autre garçon, comme le voulait l'usage pour les nouveaux dans ce genre d'établissement. Il le faisait comprendre à l'aide de ses poings, ce qui l'occupait beaucoup plus que les études.

— J'en suis bien conscient, répondit Benedict. Mais les faits sont là, c'est ton père qui commande et tu dois obéir.

Il ne mentionna pas la petite conversation qu'il comptait bien avoir avec lord Atherton. Il ne dit pas non plus qu'il avait l'intention de ramener très vite Peregrine à Londres, si la chose était humainement possible, et de lui trouver un bon précepteur, ce qui aurait dû être fait depuis des années.

Il ne voulait pas susciter de faux espoirs chez son neveu. De toute façon, un fils devait obéir à son père.

Les parents devaient être traités avec respect, qu'on ait envie ou non de les étrangler.

Benedict avait beau nourrir d'autres projets pour Peregrine, il n'encouragerait pas la désobéissance.

— Je croyais qu'il avait cessé de s'occuper de moi et vous avait transmis cette responsabilité, insista Peregrine. Lord Hargate doit le penser aussi, car c'est vous, et non père, qu'il a prié de me trouver un professeur de dessin. Et que va devenir mon travail, je me le demande ? Je n'y arriverai jamais à ce rythme. Je commençais tout juste à faire des progrès. Mais c'est vrai ! assura-t-il comme Benedict haussait les sourcils. C'est ce que prétend Mme Wingate, et elle ne me flatte pas, vous savez. « Lord Lisle, vous recommencez à dessiner avec vos pieds », dit-elle quand j'ai tout brouillonné. Elle me fait rire, acheva-t-il.

— Je comprends, dit Benedict.

À lui aussi, elle avait donné *envie* de rire. À l'Exposition égyptienne, lorsqu'elle avait prétendu que des bohémiens n'avaient pas voulu de sa fille. Devant la boutique de Popham, lorsqu'elle s'était étonnée que Peregrine ait quelque ambition. Aujourd'hui, lorsqu'elle avait prétendu s'être jetée en travers de son chemin.

Elle était drôle. Elle disait et faisait des choses inattendues.

Il entendait encore son rire de gorge.

— Bon, je suppose qu'il n'y a rien à faire, soupira Peregrine en fermant son livre. Il me reste encore quinze jours. Il faut que j'en profite au maximum.

Benedict fut étonné. Il s'était attendu à rencontrer plus de difficultés. Peut-être son neveu avait-il enfin réalisé que le comportement de son père était rarement rationnel, et qu'il valait mieux renoncer à en chercher les raisons.

Peut-être avait-il mûri, finalement.

— S'il vous plaît, monsieur, puis-je aller au British Museum demain ? J'aimerais revoir la tête du Jeune

Memnon. J'ai demandé à Mme Wingate si je pouvais avoir une leçon supplémentaire, là-bas ou à l'Exposition égyptienne, mais elle n'a pas le temps. Elle doit passer la matinée et une bonne partie de l'après-midi du côté de Soho Square, d'après ce que j'ai compris.

— On lui a commandé un portrait, j'imagine.

L'un des riches commerçants dont elle avait les filles pour élèves avait dû reconnaître son talent.

— Non, je crois qu'elle cherche un logement.

Évidemment, pour quelqu'un qui connaissait mal Londres, Soho Square pouvait paraître plus chic que Charles Street et le Grand Cœur. À condition d'ignorer les rues avoisinantes.

— Elle a tort de se rapprocher de Seven Dials, commenta Benedict. C'est aussi sordide, sinon pire, que Saffron Hill.

Peregrine fronça les sourcils.

— Mais cela ne nous regarde pas, ajouta Benedict en hâte. Si tu veux aller au British Museum, vas-y avec Thomas. Il n'y a pas de raison que je vous accompagne.

— Bien sûr. Vous vous ennuieriez terriblement. J'imagine que je dois suivre la même règle que pour les leçons de dessin, n'est-ce pas ? Pas le moindre incident. Même si l'un des directeurs du musée passe. Je ne parlerai pas du sarcophage de granit rouge – celui au sujet duquel tante Daphné se tracasse tant – bien que la façon dont ils ont traité le *signor* Belzoni soit honteuse.

— C'est ainsi, et tôt ou tard, Rupert se mettra à jeter les directeurs par la fenêtre, répondit Benedict. Toi, cependant, tu dois tenir ta langue.

En aucun cas, il ne voulait se mêler des litiges concernant la collection Belzoni : à qui appartenaient ceci et cela, et qui devait payer. Il avait soigneusement repoussé toutes les tentatives de Daphné pour l'enrôler dans la bataille. Il en avait suffisamment à mener de son propre côté. La première étant devenue, subitement, l'avenir de Peregrine.

— Je ne dirai pas un mot, monsieur, sur mon honneur, promit le garçon.

— Très bien. Alors vas-y avec Thomas.

Soulagé d'avoir réglé ce problème, lord Rathbourne s'en alla.

Il ne remarqua pas le regard coupable de son neveu.

5

British Museum, samedi 22 septembre

Si Peregrine avait l'air coupable, c'était à cause de la demoiselle Wingate dont il avait omis de parler, et qui se trouvait à présent assise sur un tabouret à côté de lui. Tous deux dessinaient l'énorme tête en granit du Jeune Memnon rapporté d'Égypte par Belzoni.

Contrairement à l'Exposition égyptienne de Piccadilly, les salles du British Museum étaient rarement bondées car il était difficile d'obtenir des billets d'entrée. Plus difficile encore, prétendait-on, que d'avoir accès à l'Almack's, la salle de réception la plus huppée de Londres.

Comment Olivia avait obtenu leurs billets, Peregrine l'ignorait, et préférait que cela demeure ainsi.

Bien qu'il n'y ait quasiment personne, les deux enfants parlaient à mi-voix et veillaient à faire bouger leurs crayons sans discontinuer.

— Il ne me sera pas difficile de t'écrire en Écosse, assura Olivia.

Peregrine aurait préféré qu'elle s'abstienne. Ses lettres étaient dangereuses.

Il n'aurait pas non plus dû être là avec elle. Aucun des adultes de son entourage n'approuverait qu'il la voie. D'abord, c'était une menteuse. Aujourd'hui, par exemple, Mme Wingate la croyait ici en compagnie d'une camarade de classe et de la mère de celle-ci.

Peregrine, lui, n'avait pas vraiment menti. Il s'était contenté de ne pas mentionner la présence d'Olivia. Il n'empêche que sa conscience le turlupinait. Ce qui, apparemment, n'était pas le cas de sa voisine.

Il savait que ce genre de fille ne pouvait lui apporter que des ennuis. Mais lire ses lettres et y répondre, la retrouver, l'écouter était aussi horriblement irrésistible qu'une histoire de fantômes. On ne pouvait s'arrêter avant la fin. Quelle fin ? Il préférait ne pas approfondir la question.

— Est-ce que les adultes lisent tes lettres, d'ordinaire ? s'enquit-elle.

— Pas celles qui viennent de ma famille ou de camarades de classe.

— Parfait. Je ferai semblant d'être un ancien camarade de classe. J'inventerai un nom et une adresse, et j'écrirai comme un garçon.

Oh, que c'était tentant ! Les lettres scandaleuses d'Olivia lui permettraient de s'évader mentalement durant les sinistres journées de classe. Mais n'était-ce pas un *crime* que de prendre une fausse identité ? Si oncle Benedict l'apprenait…

— Tu es très pâle, remarqua Olivia. Tu ne dois pas faire assez d'exercice. Ou bien tu ne manges pas suffisamment. À ta place, je ne laisserais pas ce départ pour l'Écosse me gâcher l'appétit. C'est un beau pays, et tous les Écossais ne sont pas aussi radins qu'on le prétend.

— Tu suggères de faire des *faux*, murmura Peregrine. C'est un crime. On pourrait te pendre.

— Il faut que j'arrête de t'écrire, alors ? fit-elle, apparemment pas émue pour un sou.

— Ce serait peut-être mieux.

— Au fond, tu as peut-être raison. Dans ce cas, je réglerai les détails seule.

Peregrine savait qu'il ferait mieux de ne pas relever, mais c'était impossible. Il s'écoula à peine une minute avant que la question fuse de ses lèvres :

— Quels détails ? À propos de quoi ?

— Ma quête.

— Quelle quête ? Tu ne pourras être chevalier avant d'être une adulte.

Ayant retenu la leçon, il s'abstint de lui rappeler qu'une fille ne pouvait être chevalier de crainte qu'elle ne fasse un esclandre. Cela créerait un « incident », et il pourrait dire adieu aux quelques leçons de dessin qu'il lui restait à prendre.

— Je ne peux pas attendre d'être une adulte, expliqua Olivia. Maintenant que tu t'en vas, maman et moi, nous nous retrouvons au point de départ. Nous n'arriverons à rien avec ces leçons de dessin. Il faut que je prenne les choses en main et que je découvre le trésor.

Les lettres clandestines que Peregrine avait déjà reçues lui avaient appris pourquoi Olivia et sa mère étaient des Parias et des Lépreuses. Il savait que la Malédiction Familiale était une mauvaise réputation. Les Horribles DeLucey la méritaient, avait admis Olivia avec une sorte de jubilation – tous, sauf sa mère qui ne ressemblait pas du tout aux autres. En fait, Olivia trouvait cette dernière un peu trop correcte.

Si Olivia n'en représentait qu'un échantillon atténué, se disait Peregrine, « Horrible » était un euphémisme.

Elle avait rempli ses lettres de références à tel ou tel parent dévoyé, mais jamais elle n'avait évoqué de trésor.

— Quel trésor ? demanda-t-il malgré lui.

— Le trésor d'Edmund DeLucey. Mon arrière-arrière-grand-père. Le pirate. Je sais où il l'a caché.

Le samedi matin, Bethsabée partit avec optimisme, et une liste de logements.

Elle procéda de façon méthodique, remontant et descendant les rues qui rayonnaient de Soho Square sans omettre les maisons donnant sur la place.

Le temps doux et ensoleillé de la matinée laissa place à une bise aigre en début d'après-midi qui fit chuter la température tandis que de gros nuages cachaient le soleil. Au milieu de l'après-midi, la bise s'était transformée en un vent hivernal et les nuages s'assombrissaient au même rythme que l'humeur de Bethsabée.

Elle était très déçue. Les logements qui correspondaient à ses moyens étaient plus sordides et plus étriqués que celui qu'elle habitait actuellement. Au moins, dans la cour intérieure du Grand Cœur, certains des bâtiments conservaient des vestiges de leur splendeur passée. Les pièces n'avaient pas toutes été divisées et redivisées en minuscules alcôves.

En outre, à quelques minutes de marche au sud-est de Soho Square, se trouvait le quartier de Saint-Giles, célèbre pour ses taudis.

Bref, Bethsabée avait perdu son samedi.

Grâce aux leçons ridiculement bien payées de lord Lisle, ses finances s'étaient considérablement améliorées mais, hélas, pas suffisamment pour faire une différence importante.

La vie à Londres était beaucoup plus chère qu'elle ne l'avait imaginé. Elle se demanda une fois de plus si elle avait bien fait de quitter Dublin, où l'on vivait mieux à moindres frais.

Mais l'Irlande était pauvre, et gagner sa vie comme artiste y était plus difficile qu'ici. En outre, à Londres, il était plus facile de trouver une bonne école pour Olivia.

En moins d'un an, Mlle Smithson, de New Ormond Street, avait débarrassé la fillette de son accent irlandais. À présent, elle parlait comme une dame. Si seulement on pouvait lui enseigner à se comporter aussi comme une dame… Elle y parvenait aisément en classe, au milieu de ses camarades et sous le regard sévère de Mlle Smithson. Malheureusement, comme tant de ses parents du côté maternel, cette enfant était un caméléon qui s'adaptait à son environnement. Hors de l'école, parmi des gens d'une classe inférieure, elle devenait une autre.

Leur situation ne s'améliorerait pas si elles retournaient en Irlande. Londres était la ville des bonnes occasions. Restait à les trouver.

Bethsabée descendait Meard's Court lorsque les premières gouttes d'une pluie glaciale s'écrasèrent sur son chapeau et ses épaules. Elle avait l'habitude de la pluie et du froid, mais aujourd'hui, fatiguée de corps et d'esprit, elle y vit une manifestation supplémentaire de la malchance qui semblait s'acharner sur elle. Le temps qu'elle arrive chez elle, elle serait trempée jusqu'aux os, se dit-elle en levant les yeux sur le ciel sombre.

Parvenue au coin de Dean Street, elle se surprit à regarder fixement les fiacres qui attendaient d'éventuels clients devant l'église Sainte-Anne.

S'offrir un fiacre serait une folie qui l'obligerait à rogner sur le dîner. Elle chassa donc le fiacre de son esprit, regarda à droite et à gauche, et s'élança pour traverser Dean Street. Sachant que le voile gris de la pluie rendait sa silhouette indistincte, elle ne cessa de regarder à droite et à gauche plutôt que devant elle.

C'est pourquoi, arrivée de l'autre côté, elle heurta un homme qui s'apprêtait à traverser en sens inverse.

Elle entendit un grognement, le sentit chanceler légèrement. D'instinct, elle l'agrippa pour l'empêcher de tomber. Geste stupide, car cet homme était plus grand et plus lourd qu'elle, et risquait de l'entraîner dans sa chute.

Par chance, il recouvra son équilibre.

— Je vous demande pardon ! fit-elle en le lâchant.

Cédant à une habitude maternelle, elle lissa le tissu qu'elle avait froissé.

— Je ne regardais pas... reprit-elle en levant les yeux.

La pluie ruisselait sur son visage et il faisait très sombre, pourtant elle reconnut sans peine les yeux noirs, le nez patricien, la bouche au dessin ferme qui semblait toujours promettre un sourire.

Elle se tut abruptement, prise de court.

— C'est à moi de vous demander pardon, dit lord Rathbourne. J'ai l'impression d'avoir pris la fâcheuse habitude de me trouver en travers de votre chemin.

— Je ne vous avais pas vu.

Les mains de Bethsabée retombèrent à ses côtés. Ne serait-il pas possible qu'une fois, une seule, leur rencontre se fasse d'une manière civilisée et gracieuse ? L'embarras lui fit ajouter un peu sèchement :

— Je ne m'attendais pas à vous voir ici. Qu'est-ce qui vous amène à Soho ?

— Vous. Cela fait des heures que je vous cherche. Mais allons plutôt prendre un fiacre que je vous explique pourquoi plus confortablement.

Malgré elle, le regard de Bethsabée se porta de nouveau vers la file de voitures.

Dieu que c'était tentant !

Mais se retrouver dans un espace clos en compagnie d'un homme qui la transformait en écervelée de seize ans était trop risqué.

— Non, merci. Je crois qu'il est préférable que nous allions chacun de notre côté.

Sans attendre, elle tourna les talons et s'éloigna.

Elle entendit derrière elle un bruit bizarre et, une fraction de seconde plus tard, ses pieds quittèrent le sol. Avant qu'elle ait compris ce qui lui arrivait, il l'emportait dans la direction opposée.

Ils avaient atteint Compton Street lorsqu'elle recouvra ses esprits et l'usage de sa langue.

— Reposez-moi immédiatement !

Il continua de marcher.

Il ne haletait pas le moins du monde.

Elle, si. Ses bras étaient comme des barreaux de fer. Sa poitrine et ses larges épaules interceptaient le vent et presque toute la pluie, et bien que sa redingote fût humide, elle percevait la chaleur de son corps.

Elle savait qu'il était bien bâti – la coupe ajustée de ses vêtements le laissait deviner –, mais elle avait sous-estimé sa force.

La vision de guerriers prenant d'assaut des châteaux forts, tuant les hommes et enlevant les femmes lui traversa fugitivement l'esprit.

Leurs ancêtres à tous deux avaient été ce genre d'hommes.

— Reposez-moi, répéta-t-elle en se tortillant.

Il resserra son étreinte, l'écrasant un peu plus contre son torse.

Elle aurait dû se débattre, mais sa volonté l'abandonnait. À moins que ce ne soit son sens moral.

Puis elle se rappela où ils se trouvaient. Si elle se débattait, elle ne ferait qu'attirer l'attention sur eux. En effet, les passants s'étaient agglutinés sous les porches pour s'abriter et n'avaient rien d'autre à faire que de regarder ceux qui couraient sous la pluie. Quelqu'un risquait de reconnaître lord Rathbourne. Ou elle. Si cela se savait…

Mieux valait ne pas y penser.

Baissant la tête, elle tenta de s'occuper l'esprit en concoctant quelque châtiment drastique. Mais, découvrit-elle, son cerveau s'était absenté, laissant les commandes à son corps. Un corps bien au chaud et à l'abri. Qui mourait d'envie de se rapprocher davantage de la source de cette délicieuse chaleur. De se faufiler entre les pans de la redingote.

Heureusement, ils n'avaient qu'une courte distance à parcourir, et lord Rathbourne marchait vite. En moins d'une minute, ils atteignirent la station de fiacres.

— La dame a glissé et s'est blessé au pied, expliqua-t-il au cocher de la première voiture. Je vous serais reconnaissant d'éviter autant que possible les arrêts brutaux et les cahots.

Il déposa Bethsabée dans la voiture, dit encore quelques mots à l'adresse du cocher, puis s'installa à côté d'elle.

— Je suis désolé, reprit-il comme le véhicule s'ébranlait. Enfin, pas totalement, rectifia-t-il avec une ombre de sourire.

Elle chercha une réplique cinglante, mais son cerveau était comme englué. Son cœur, en revanche, battait follement.

— Je me suis peut-être montré un peu cavalier, mais je trouvais absurde de rester à discuter sous la pluie. Je voulais juste vous faire une proposition.

Elle se raidit. Bien sûr! Tout s'expliquait! La douce chaleur qui l'avait envahie se dissipa, la laissant transie.

— Une *quoi* ? demanda-t-elle froidement, en s'efforçant de paraître le plus digne possible.

— Pas ce *genre* de proposition, protesta-t-il en écartant l'idée d'un geste de la main.

— Apparemment, vous me croyez née d'hier, monsieur.

— Apparemment, vous êtes aveugle à l'évidence, riposta-t-il.

— Je ne suis pas aveugle.

— Vous n'utilisez pas votre tête. Réfléchissez une minute. Je ne suis pas un cadet. Je ne peux me permettre le luxe d'être le polisson de la famille. Cela, c'est pour Rupert. J'évolue dans un tout petit milieu où il est presque impossible de garder une liaison secrète. À moins qu'elle soit trop ennuyeuse pour susciter les commérages et intéresser les journaux à scandale. Vous êtes beaucoup trop passionnante. Si je vous fréquentais intimement, je me donnerais en spectacle – un peu comme Byron, mais en pire. Les caricaturistes jubileraient. Je ne pourrais faire un pas sans voir mon image déformée, et accompagnée d'une légende prétendument humoristique. Cette perspective ne m'enchante pas.

Bethsabée savait que lord Byron avait été ridiculisé sans merci. Elle avait vu certaines caricatures très cruelles.

Avec Rathbourne, ce serait pire, en effet. Plus un homme tombe de haut, plus le monde se réjouit.

— Oh, fit-elle, décontenancée.

Déçue, aussi. Car elle avait cru un instant avoir rendu lord Perfect aussi stupide et immature qu'elle l'était elle-même par sa faute.

— Ma proposition est parfaitement respectable, reprit-il. Je connais un logement à Bloomsbury qui pourrait vous convenir. La propriétaire est une veuve de guerre. Le loyer ne dépasserait pas vos moyens, si je ne me suis pas trompé dans mes calculs. Si l'on multiplie un quart de ce que vous prenez pour Peregrine par vos huit élèves du lundi et que…

— Vous avez *calculé* mes revenus ? s'écria-t-elle.

Il expliqua qu'une bonne partie de son travail en tant que parlementaire l'obligeait à faire ce genre d'évaluation. En conséquence, il savait ce qu'était un budget et comment l'équilibrer. Il n'ignorait pas que quantité de personnes, fort respectables et méritantes au demeurant, devaient vivre avec très peu d'argent. Quelques-uns de ses collègues et lui s'occupaient d'améliorer la situation des veuves de guerre, des vétérans et d'autres catégories de personnes pour qui ni le gouvernement ni la paroisse ne faisaient grand-chose.

— Ah, oui, votre fameuse philanthropie ! s'écria-t-elle, le visage en feu.

Il n'était pas question qu'il lui fasse la charité.

— Il ne s'agit nullement de philanthropie, répliqua-t-il froidement. Je me contente de vous éviter de perdre votre temps à errer dans des quartiers peu recommandables plutôt que d'aller droit chez Mme Briggs. Le reste est entre vos mains. Alors, vous voulez voir ce logement ?

Le ton froid était destiné à la calmer. Mais il donna à Bethsabée envie de le gifler. Elle avait sa fierté, après tout, et ne supportait pas d'être traitée comme une pauvre fille pas très maligne. Cela dit, l'avenir d'Olivia avait plus d'importance que sa fierté, c'est pourquoi, ravalant son amour-propre, elle répondit :

— Bien sûr.

Elle n'avait pas entendu l'adresse qu'il avait indiquée au cocher et la pluie tombait si dru que le monde extérieur disparaissait dans un brouillard opaque. Lorsque le fiacre s'arrêterait et que Rathbourne l'aiderait à en descendre, elle devrait simplement se fier à lui et espérer qu'il l'emmenait bien chez cette Mme Briggs et non dans sa garçonnière.

Le sang de ses ancêtres paillards coulait encore dans ses veines, songea-t-elle. En outre, il avait l'habitude de dire aux autres ce qu'ils devaient faire, et pas celle d'être contredit.

Elle n'arrivait cependant pas à le voir comme un homme usant d'artifices et de mensonges pour attirer les femmes et les mener à leur perte.

Pour attirer une femme, il lui suffisait de demeurer immobile, avec l'air d'être mortellement ennuyé par sa propre perfection.

Son instinct ne l'avait pas trompée. Mme Briggs était une dame respectable d'un âge tout aussi respectable. Loin d'être luxueux, le logement qu'elle proposait était néanmoins propre et correctement meublé. Le loyer était légèrement supérieur à ce qu'aurait souhaité Bethsabée, mais inférieur à ce qu'elle craignait devoir payer dans ce quartier. En une heure, tout fut arrangé, et Rathbourne la ramena chez elle.

Durant le trajet, il lui donna quelques conseils financiers. Qu'il la suppose incompétente dans ce domaine était agaçant, mais sans doute n'y pouvait-il rien. Il avait pris l'habitude de réorganiser l'existence des défavorisés. En tout cas, il avait l'expérience de ce genre de problèmes, et seule une idiote aurait refusé de l'écouter.

Elle fut surprise, cependant, lorsqu'il écrivit au dos d'une carte de visite les noms et adresses de boutiques où elle pourrait apporter ses dessins et aquarelles. Exposées dans Fleet Street ou sur le Strand, ses œuvres auraient plus de chances d'attirer l'attention de ceux qui avaient les moyens de les acheter. En outre, insista-t-il, elle devait augmenter ses prix.

— Je suis une complète inconnue, contra-t-elle. Je n'appartiens à aucune société artistique. Il faut en tenir compte dans mon estimation.

— Votre nom est loin d'être inconnu. Mais pour être naïve, vous l'êtes.

Elle faillit s'esclaffer. Elle avait perdu les derniers vestiges de naïveté dès l'âge de dix ans, ses parents y avaient veillé.

— J'ai trente-deux ans, dit-elle, et j'ai vécu dans beaucoup d'endroits différents. Si je n'ai pas *tout* vu, je n'en suis pas loin.

— Vous ne semblez pas comprendre vos clients potentiels. J'en arrive à me demander si vous êtes réellement l'une des Horribles DeLucey. Vous ne savez pas tirer profit de la faiblesse humaine. Pour commencer, il ne vous est pas venu à l'esprit d'exploiter votre notoriété. Ensuite, vous paraissez ignorer que plus un objet est cher, plus les gens désirent le posséder. Il en va ainsi, en tout cas, dans la haute société. Quand vous quadruplez votre tarif pour Peregrine, mon respect augmente en proportion.

Il était inutile d'essayer de déchiffrer son expression. Même s'il avait dérogé à son impassibilité habituelle, il faisait trop sombre. Était-il sarcastique ? Elle n'aurait su le dire. Son ton était celui de l'ennui.

— Je vous conseille de faire payer ces gens, enchaîna-t-il. Vous ne pouvez changer la haute société. J'ai beau occuper une position privilégiée, je ne le peux pas non plus. Comme je vous l'ai dit, même moi, je dois me soumettre à certaines règles. C'est ennuyeux, mais le coût lorsqu'on les enfreint est excessif. En plus de plonger ma famille dans le désarroi, je perdrai le respect des gens dont j'ai besoin pour présenter des projets de loi, entreprendre les réformes auxquelles je tiens et soutenir divers projets qui me donnent un but dans la vie. Vous, vous avez déjà payé cher le fait que votre défunt mari a enfreint les règles de la bonne société. Que devez-vous à cette société-là, après cela ? N'est-ce pas elle qui vous est redevable ? Pourquoi ne réclameriez-vous pas une bonne rétribution pour le travail qui vous fait vivre, votre fille et vous ?

Son ton traînant aurait pu faire croire que le sujet l'assommait. Il rappelait à Bethsabée ce qu'elle avait pensé de lui lorsqu'elle l'avait vu pour la première fois, au milieu des sarcophages et de statues antiques : l'incarnation de l'ennui aristocratique.

Mais elle était assise trop près de lui pour ne pas percevoir une certaine tension sous la nonchalance affectée. À moins que ce ne soit dans la façon dont il se tenait. Quoi qu'il en soit, elle doutait que l'homme intérieur soit en harmonie avec le personnage extérieur.

— Peut-être ai-je pris la mauvaise habitude d'être humble, dit-elle. Voilà qui choquerait terriblement mon père et ma mère !

Ni l'un ni l'autre n'auraient hésité à exploiter la faiblesse humaine. Ils ignoraient le sens même du mot scrupule.

— Sans doute, commenta lord Rathbourne. En outre, vous n'êtes pas une Londonienne. Vous ne savez pas tirer parti de cette ville. Comme beaucoup de mes relations, vous connaissez des quartiers de Londres, mais vous n'en connaissez pas l'infinie variété.

— Londres est comme Cléopâtre selon vous ? demanda-t-elle, amusée de voir cet aristocrate blasé avouer la fascination qu'exerçait sur lui la métropole enfumée. « L'âge ne peut la faner, ni l'habitude épuiser son infinie variété. » C'est ainsi que vous la voyez ?

Il hocha la tête.

— Vous connaissez votre Shakespeare, remarqua-t-il.

— Mais pas mon Londres, semble-t-il.

— Ce serait impossible. Vous êtes ici depuis combien de temps ? Un an ?

— Pas tout à fait.

— J'ai passé la plus grande partie de mon existence ici. Je suis abominablement bien informé.

Ce qu'il lui prouva en lui décrivant les environs de Bloomsbury, y compris les boutiques et les commerçants à fréquenter et ceux à éviter.

Ils atteignirent la taverne du *Grand Cœur* trop vite au goût de Bethsabée qui l'aurait écouté beaucoup plus longtemps. Il aimait Londres, manifestement, et l'image qu'il en donnait la lui fit voir sous un autre jour. Cet après-midi, elle avait cru se trouver devant une forteresse dont on lui fermait les portes. Il les lui ouvrait et en faisait un havre de paix.

Il avait fait encore plus, se rendit-elle compte. Alors qu'un peu plus tôt, elle ployait sous le poids des soucis, Rathbourne avait allégé son fardeau.

Cela ne lui était encore jamais arrivé.

Ses parents dépensaient l'argent à mesure qu'il rentrait, et même lorsqu'il n'y en avait plus. Lorsque les créanciers et les propriétaires commençaient à s'énerver, ils emballaient leurs affaires et déguerpissaient, en général au milieu de la nuit.

Bien qu'honorable, Jack ne lui avait pas été d'une grande aide. Il l'avait aimée passionnément, mais était resté désespérément irresponsable. Les problèmes pratiques de la vie quotidienne lui échappaient totalement. Il ne les voyait tout simplement pas. N'ayant aucune notion de la valeur de l'argent, l'idée de vivre selon ses moyens lui était une notion incompréhensible.

Lord Rathbourne, qui ne l'aimait pas, avait évalué ses moyens financiers, lui avait trouvé le logement qu'elle cherchait et l'avait conseillée pour améliorer ses revenus. Il avait même démonté Londres sous ses yeux, comme s'il s'agissait d'un jouet mécanique, et montré comment il fonctionnait.

La voiture s'arrêta. Elle n'était pas prête à le quitter, mais n'avait aucune raison de s'attarder.

— Merci, dit-elle, avant de laisser échapper un petit rire. C'est un peu court comme remerciement, et cela n'exprime pas une once de ce que j'éprouve. Si seulement j'étais Shakespeare… Mais je ne le suis pas. Vous devrez donc vous contenter d'un simple « Merci » en lieu et place d'une page entière de vers.

Elle voulait sincèrement que les mots se chargent d'exprimer sa gratitude.

Mais son humeur s'était améliorée et, l'espace d'un instant, tout lui parut possible. Aussi se risqua-t-elle à se pencher vers lord Rathbourne pour déposer un baiser léger sur sa joue.

Il tourna la tête au même moment et sa bouche couvrit celle de Bethsabée, sa main se referma sur sa nuque, et elle se retrouva sur le chemin de la perdition.

Benedict n'aurait pas dû tourner la tête.

Il n'aurait pas dû chercher ces lèvres pleines.

Mais il le fit et, à l'instant où sa bouche entra en contact avec celle de Bethsabée, son célèbre sang-froid s'effilocha.

Il plaqua la main sur sa nuque, l'attira à lui, et l'embrassa comme il en avait eu envie à la seconde où il l'avait vue.

Il la sentit se raidir et s'attendit qu'elle le repousse, peut-être même lui flanque une gifle pour faire bonne mesure.

Elle ne le repoussa pas.

Son corps se détendit brusquement, se fit doux et souple, et sa bouche s'anima sous la sienne. Ses cheveux soyeux lui caressaient le dos de la main, ne demandant qu'à s'enrouler autour de ses doigts. L'odeur de sa peau s'insinuait en lui tel un élixir toxique, et le désir qu'il avait tenté d'ignorer s'éveilla sauvagement.

Son corps se souvint de celui de Bethsabée lorsqu'il l'avait soulevée, la façon dont ses courbes délicieuses s'étaient nichées contre lui. Son corps à lui en avait désiré davantage, et cela lui avait coûté, un peu plus tard, de parler posément, sans révéler la profondeur de sa frustration.

Mais cela, c'était tout à l'heure. Et on était maintenant, et il ne se souciait que de maintenant. Il prit son visage entre ses mains et approfondit son baiser. Il goûta les rêves, et la jeunesse, et le désir – saveur de nuit d'ivresse, saveur de trop de nuits solitaires.

Bien sûr, il n'était ni ivre ni solitaire, et il n'était pas sot au point de regretter sa jeunesse, ses rêves et ses passions. Tout cela était loin derrière lui. Révolu.

Il aurait donc dû repérer le danger, comprendre ce qui renaissait à la vie en lui, et s'arrêter.

Mais il avait dépassé le stade de la pensée logique. Étant incapable de reconnaître le danger, il ne comprit pas pourquoi ce baiser exerçait sur lui une si puissante attraction. Tout ce qu'il savait, c'était que cette femme était d'autant plus irrésistible qu'elle était interdite.

Les mains de Bethsabée agrippèrent sa redingote. Il sentit ses poings contre sa poitrine, et son cœur s'emballa comme celui d'un garçon quand une fille dit oui pour la première fois. Il dénoua le ruban de son chapeau qu'il repoussa, enfouit les doigts dans les boucles brillantes, plus douces qu'il ne l'aurait imaginé.

Il resserra son étreinte et, approfondissant son baiser, laissa ses mains errer sur le dos cambré, s'attarder sur la taille mince, mais, lorsqu'elles remontèrent vers ses seins, Bethsabée le repoussa avec une force surprenante.

— Non ! Assez !

Elle se détourna, ramassa son chapeau.

— Oh, quelle erreur !

Elle recoiffa son chapeau, en noua hâtivement les rubans.

— C'est d'une stupidité *impardonnable*. Qu'est-ce qui cloche chez moi ? Je n'en reviens pas... Faut-il que je sois sotte ! J'étais censée vous gifler ou vous marcher sur le pied. C'est à croire que je ne connais rien aux hommes. C'était une terrible erreur !

Ayant recouvré sa voix, et un reste de cervelle, Benedict murmura :

— C'en était une, en effet.

Il réussit à se ressaisir et l'aida à descendre de voiture.

Le parfait gentleman, comme toujours.

— Au revoir, dit-il.

Elle s'éloigna d'un pas pressé, sans répondre. L'instant d'après, elle avait disparu dans la nuit.

Il jura une seule fois, à mi-voix, puis entreprit de rassembler les morceaux épars de ce qui avait été son univers parfaitement organisé.

6

Vendredi 5 octobre

Pour éviter d'impliquer davantage le jeune valet de pied, Peregrine s'était fabriqué une boîte aux lettres en descellant quelques briques près de la porte du jardin de derrière. Olivia, ou un complice, y déposait ses lettres et récupérait les siennes.

Bien qu'étant une fille, elle se déplaçait dans Londres beaucoup plus librement que lui, car aucun serviteur ne la surveillait constamment. Lorsqu'elle allait à l'école ou en revenait, elle faisait de nombreux détours dont elle oubliait de parler à sa mère – détours qui horrifiaient et fascinaient tout à la fois Peregrine.

Il se glissa derrière un bosquet et ouvrit la lettre.

Queen Square

Jeudi 4 octobre

Monsieur,
Adieu !
L'heure est venue pour moi d'accomplir ma quête.

— Non, protesta Peregrine. *Non !*

Il lui avait écrit deux longues lettres pour lui expliquer en quoi son idée de partir à la recherche du trésor d'Edmund DeLucey était une erreur. Tout d'abord, les jeunes dames – elle était une dame par sa naissance et ne devait pas l'oublier – ne partaient jamais en promenade sans être accompagnées. Ensuite, elle devait penser au chagrin qu'elle causerait à sa mère, qui était une mère agréable, raisonnable et intelligente, contrairement à d'autres. Il avait ajouté quatre autres arguments – un véritable gaspillage d'encre et de papier.

— J'aurais aussi bien pu m'adresser à la tête du Jeune Memnon, marmonna Peregrine.

Soyez assuré, monsieur, que j'ai lu et pesé chaque mot de vos lettres. Mais la situation est devenue critique. Nous avons emménagé lundi à Queen Square. Notre nouvel appartement est plus que confortable et je suis contente de m'être éloignée de l'hospice du Saint-Sépulcre. Pourtant, maman semble chaque jour un peu plus malheureuse. Je crains qu'elle ne soit malade, victime d'un accès de mélancolie fatale. Elle prétend manger et dormir, mais c'est de la comédie, car elle est de plus en plus pâle et maigre. Je suis contente que papa ne soit pas là pour voir ça, car il en aurait eu le cœur brisé.

Vous voyez bien qu'il n'y a pas une minute à perdre et que je dois partir SUR-LE-CHAMP. Soyez assuré que j'ai pris vos avertissements au sérieux et que je n'entreprendrai pas ce voyage seule. Sir Olivia sera en compagnie de son fidèle écuyer, Nat Diggerby. Son oncle conduit une charrette au marché les lundis et vendredis. Nous devons le retrouver demain, devant l'octroi situé au coin de Hyde Park. Il nous emmènera jusqu'à Hounslow. C'est un bon plan, vous devez l'admettre.

— Sûrement pas, espèce d'idiote, grommela Peregrine. Que deviendras-tu après Hounslow – si seulement tu y arrives ? Il ne t'est pas venu à l'esprit que ton Diggerby pouvait t'emmener chez son « oncle » le souteneur ou sa « tante », la maquerelle ?

Peregrine avait du mal à croire que, vu ce qu'elle savait par ailleurs, elle puisse être aussi naïve. Sans doute ces lacunes étaient-elles dues au fait qu'elle n'avait pas fréquenté ces pensionnats privés où, en plus du grec et du latin, les garçons apprenaient tout ce qu'il fallait savoir sur les souteneurs, les maquerelles et les catins.

Lui-même n'avait pas eu le temps de combler ces lacunes.

Cette créature impulsive partait *aujourd'hui*.

Il devait l'en empêcher.

Au bout d'une demi-heure, Bethsabée cessa d'attendre lord Lisle. De toute évidence, elle s'était trompée. Elle avait cru comprendre qu'il partait samedi pour l'Écosse. Il avait dû dire vendredi, mais, pensant à autre chose, elle n'avait écouté que d'une oreille.

Lui avait-il fait ses adieux ? Elle ne s'en souvenait pas. Mais, après tout, pourquoi un garçon de treize ans estimerait-il nécessaire de prendre congé de façon formelle de son professeur de dessin ? Son oncle l'avait fait, quelques jours après leur dernière entrevue. Son secrétaire avait écrit une lettre de remerciements polie, accompagnée du paiement des leçons dues.

Elle rassembla ses affaires, ferma l'atelier et prit le chemin de la maison. Une nouvelle maison, grâce à lord Rathbourne… qu'elle ne reverrait jamais.

Il l'éviterait. Elle ne risquait plus rien, désormais.

Le moral au plus bas, elle rentra chez elle.

Ce ne fut que quelques heures plus tard, alors qu'elle sortait la nappe du placard, qu'elle tomba sur la lettre qu'Olivia lui avait laissée.

Peregrine arriva au coin de Hyde Park fatigué, en nage et irrité. Il s'était perdu plusieurs fois et, à deux reprises, avait dû fuir en courant des gamins qui s'intéressaient visiblement à ses vêtements élégants. En d'autres circonstances, il se serait rué sur eux pour les rouer de coups. N'en ayant pas le temps, il avait dû prendre la fuite comme un lâche, et cela n'avait pas amélioré son humeur.

Il s'en voulait aussi de ne pas avoir eu le bon sens de prendre un fiacre, ce qui lui aurait évité bien des soucis.

Ce n'était pas l'état d'esprit idéal pour approcher Olivia, laquelle était en train de discuter avec des marchandes de pâtés. À côté d'elle se tenait la version humaine d'un petit taureau : Nat Diggerby, probablement. Sa tête jaillissait de son torse, sans trace de cou entre les deux, et ses épaules étaient si larges qu'il devait sans doute passer les portes de profil.

Peregrine carra les épaules, et marcha droit sur eux. Laissant tomber le discours persuasif et plein de tact qu'il avait répété, il annonça tout de go :

— Mademoiselle Wingate, je suis venu vous chercher pour vous ramener chez vous.

Les grands yeux bleus de poupée s'arrondirent.

— Pourquoi ? Il est arrivé quelque chose à maman ?

— Non, c'est à vous qu'il est arrivé quelque chose. Un coup sur la tête, j'imagine. C'est la seule explication plausible à votre projet stupide.

Sourcils froncés, le garçon-taureau se planta entre Olivia et Peregrine.

— Hé, toi, fous le camp !

— Fous le camp toi-même. Ce n'est pas à toi que je parle.

Le garçon agrippa les revers de la belle veste de Peregrine.

— Ôte tes mains de là, ordonna ce dernier.

— Oooh, écoutez-moi ça ? Une vraie p'tite dame que t'es, non ?

— Non, dit Peregrine, et son poing s'écrasa sur la mâchoire du garçon-taureau.

Benedict était à son club lorsqu'on l'informa que l'un de ses domestiques désirait lui parler.

Ce n'était pas bon signe.

La dernière fois qu'un domestique était venu le chercher à son club, c'était le jour où Ada s'était évanouie en rentrant d'une réunion de prières.

Néanmoins, c'est l'air calme et posé que Benedict rejoignit l'antichambre.

À sa vue, le visage du jeune Thomas se crispa.

Très mauvais signe.

Ignorant l'étau glacé qui lui étreignit le ventre, Benedict le pria de dire de quoi il s'agissait le plus brièvement possible.

— C'est lord Lisle, monsieur, commença Thomas, que l'inquiétude faisait cligner des yeux. Je ne sais pas où il est. Il est entré dans la boutique de l'imprimeur comme d'habitude. Moi, je suis allé au pub d'en face, comme je le fais toujours, et j'en suis ressorti avec quelques minutes d'avance. Au bout d'un quart d'heure, comme il n'apparaissait pas, je suis monté à l'étage. La salle de classe était fermée à clef, et personne n'a répondu quand j'ai frappé et appelé. Je suis redescendu à la boutique, et j'ai demandé à M. Popham si la leçon de dessin était finie. Il a dit qu'il n'y en avait pas eu. Que Mme Wingate était partie depuis longtemps parce que son élève n'était pas venu.

Le froid se répandit davantage, engourdissant toute sensation. Le temps parut se ralentir, comme pris dans la glace, lui aussi.

— Je vois, fit Benedict.

Il demanda son manteau et son chapeau, et sortit suivi du valet.

Refoulant prudemment ses sentiments, Benedict s'efforça, durant le court trajet du retour, d'analyser le problème comme s'il s'agissait de n'importe lequel de ceux auxquels il était confronté chaque jour.

Lorsqu'il entra chez lui, les mille possibilités aberrantes qui lui avaient traversé l'esprit avaient été réduites à deux, les plus probables vu les circonstances :

1. Peregrine s'était enfui.

2. Malgré toutes les précautions prises, quelqu'un avait découvert qui était Peregrine et l'avait enlevé.

Thomas sur ses talons, Benedict monta dans la chambre de son neveu. Un examen attentif écarta l'hypothèse d'un départ prémédité. Aucun vêtement ne manquait, déclara Thomas, sauf ceux que lord Lisle portait ce jour-là. Interrogé avec plus d'insistance, le valet fournit deux renseignements importants. Tout d'abord, Peregrine avait fait la connaissance d'une fille aux cheveux roux deux semaines auparavant, au British Museum. Ensuite, il avait pris l'habitude de se rendre au jardin plusieurs fois par jour.

Benedict dut écraser plusieurs buissons et parterres de fleurs avant de découvrir les briques descellées, près de la porte de derrière. Un bout de cire à cacheter et un morceau de papier étaient restés collés à l'une des briques.

Il remonta dans la chambre. Son regard s'arrêta sur la banquette située sous la fenêtre qui donnait dans le jardin. Son neveu aimait s'asseoir là pour lire. Quelques minutes plus tard, Benedict mettait la main sur les lettres, cachées entre les pages du *Récit*, de Belzoni.

Il ne fallut pas longtemps à lord Lisle pour réduire Nat Diggerby à l'état d'épave. Ce fut cependant suffisant pour qu'une foule se rassemble, permettant ainsi à Olivia de s'éclipser discrètement.

La foule éveilla la curiosité des passants, ce qui ralentit la circulation. Des deux côtés de l'octroi, la route se retrouva encombrée de véhicules, de chevaux et de piétons. Parmi les gens qui attendaient, il y avait un jeune fermier qui conduisait une petite carriole. Olivia s'approcha de lui. Les larmes aux yeux, les lèvres tremblantes, elle raconta qu'elle cherchait à rejoindre sa mère très malade à Slough.

Ému, le fermier proposa de l'emmener jusqu'à Brentford.

Elle monta à bord de la charrette.

Lord Lisle l'aperçut avant qu'elle ait franchi l'octroi et courut derrière elle.

— Je ne te laisserai pas faire ça, idiote !

— Oh, regardez, c'est mon pauvre frère ! dit-elle au fermier. Il est malade de chagrin. Je lui ai dit de rester à Londres, où il pourra trouver du travail, mais il…

Elle enchaîna avec le récit poignant des malheurs de leur famille. Le fermier avala tout sans barguigner et proposa au garçon de monter avec sa sœur.

Lord Lisle jeta un regard éperdu autour de lui. Deux soldats s'étaient emparés de Nat Diggerby et le traînaient vers la maison du guet.

Il grimpa dans la charrette.

Bethsabée alluma une autre bougie et, persuadée que ses yeux lui jouaient un tour, elle relut la lettre.

La seconde lecture achevée, la colère l'emporta.

Le stratagème d'Olivia ne lui était que trop familier. C'était celui qu'utilisaient ses parents pour se sortir du pétrin. Ils comptaient sur un projet fumeux pour régler tous leurs problèmes d'un coup plutôt que de les affronter à mesure qu'ils se présentaient. C'est ainsi qu'ils jouaient leur argent sur un coup de dés plutôt que de payer le loyer avec.

Elle jeta la lettre.

— Attends un peu que je remette la main sur toi, ma fille.

Sauf qu'il fallait d'abord la retrouver.

La lettre n'indiquait pas sa destination, mais Olivia disait qu'elle se lançait à la recherche du fameux trésor d'Edmund DeLucey, ce qui était un indice suffisant.

Elle se rendrait à Throgmorton, la propriété du comte de Mandeville, parce que c'était là, selon Jack, que se trouvait le trésor, et pourquoi écouter cette pauvre maman ennuyeuse alors que les histoires de Papa étaient tellement plus passionnantes et romanesques ?

La seule question était l'avance dont disposait la fillette. Pas plus de quelques heures, car, si elle n'était pas allée en classe, Mlle Smithson l'aurait signalé. Avec un peu de chance, c'était le temps qu'il lui faudrait pour la rattraper.

Mais pour se lancer à ses trousses, Bethsabée avait besoin d'argent, et donc d'un prêteur sur gages. Mme Briggs saurait où se trouvait le plus proche. À condition d'avoir quelque chose à gager.

Elle entreprit de mettre à sac son petit logement. Elle vida les placards et les tiroirs, arracha les draps des lits et rassembla ses biens en tas au milieu du salon. Elle enveloppait des couverts lorsqu'on frappa à la porte.

Elle écarta les cheveux de son visage et gagna la porte en priant le ciel pour que ce soit le veilleur de nuit du quartier, le bedeau ou un agent de police tirant derrière lui une Olivia boudeuse.

L'homme qui se tenait dans le couloir chichement éclairé n'était ni le veilleur de nuit, ni le bedeau, ni un agent de police.

— Madame Wingate, dit lord Rathbourne, l'air excessivement ennuyé, je crois que votre fille s'est enfuie avec mon neveu.

Le logement était sens dessus dessous, et Mme Wingate aussi.

Son chignon était à demi effondré, son visage empourpré, et elle avait une trace noire sur le nez et la joue.

Elle le fixait d'un air mi-furieux, mi-hagard.

Benedict eut envie de la soulever dans ses bras et d'effacer son expression soucieuse d'un baiser.

Il dut faire un effort pour revenir à la réalité et se rappeler la raison de sa présence ici : *Peregrine*.

Qui n'était pas là, comme il s'en aperçut aussitôt. Son moral sombra. Ce qu'il avait lu laissait entendre que son neveu essaierait d'arrêter Mlle Wingate, et non de partir avec elle.

— Je vous demande pardon de cette intrusion. J'aurais dû demander à Mme Briggs de m'annoncer, mais elle n'était pas seule. J'ai craint qu'attendre dans le salon pendant qu'elle monterait vous demander si vous vouliez bien me recevoir gênerait ses visiteurs. Je lui ai laissé croire que je venais inspecter les lieux. Puis-je entrer ?

— Oui, pourquoi pas ? fit Mme Wingate en s'effaçant. Je m'apprêtais à me rendre chez le prêteur sur gages, mais ceci…

Elle passa les doigts dans sa somptueuse chevelure de jais.

— Lord Lisle est parti, lui aussi ? Avec Olivia ? Mais ils se connaissent à peine.

— Il semble qu'ils aient fait plus ample connaissance. Ils entretiennent une correspondance secrète depuis des semaines.

Après avoir brièvement expliqué ses découvertes de la journée, il sortit de sa poche la plus récente des lettres qu'il avait trouvées et la lui tendit.

Elle la parcourut rapidement, se raidit, de plus en plus rouge.

— « Pâle et maigre », vraiment ! Encore un effet de sa folle imagination.

Benedict n'était pas de cet avis. Bien que Mme Wingate ne fût pas précisément pâle en cet instant, son visage semblait plus mince, plus creusé. Il profita de ce qu'elle lisait pour laisser son regard glisser plus bas. Elle lui avait paru plus ronde la dernière fois qu'il l'avait vue…

Qu'il l'avait embrassée.

Touchée.

« Pense au temps qu'il fait », s'ordonna-t-il.

Elle replia la lettre et la lui rendit.

— Elle aura caché les siennes quelque part, dit-elle. Inutile de perdre un temps précieux à les chercher. Mieux vaut l'utiliser à la rattraper – ainsi que lord Lisle, s'il est avec elle, ce que j'ai peine à croire. C'est un garçon si logique. Il remet tout en question, comme vous me l'aviez dit. Je doute qu'il ait cru aux fables d'Olivia et se soit laissé entraîner dans l'un de ses plans délirants.

Benedict remit la lettre dans sa poche.

— Je me suis dit la même chose ; je ne pouvais croire que Peregrine se soit rallié à son plan. La lettre d'Olivia, vous devez l'avoir remarqué, évoquait un certain Nat Diggerby, censé l'escorter, et faisait allusion aux appréhensions de Peregrine concernant sa quête. Il a dû essayer de la dissuader. Auquel cas, on pourrait raisonnablement supposer qu'il a couru la rejoindre pour l'intercepter. J'étais venu ici dans l'espoir qu'il l'ait ramenée.

— Seul, c'était impossible. S'il m'avait demandé mon avis, je lui aurais conseillé de se faire accompagner d'un représentant de l'ordre. Ou d'une petite troupe de soldats aguerris.

Toute autre mère se serait évanouie ou serait dans tous ses états, songea Benedict. Bethsabée n'avait même pas l'air inquiète. En revanche, elle était en colère.

— N'étant pas un garçon de treize ans, je me passerai de la troupe, déclara Benedict. Du reste, je ne souhaite pas alerter les autorités. Je ne tiens pas à ce que cette histoire se sache.

Il suffisait d'une seule personne pour que tout Londres soit au courant en quelques heures. Et Atherton au bout de quelques jours. Perspective peu plaisante.

— Thomas, mon valet, et moi, devrions réussir à rattraper ces enfants, conclut-il en se dirigeant vers la porte.

Bethsabée bondit pour lui barrer la route. Ses yeux bleus lançaient des éclairs et il faillit reculer – de surprise, bien sûr.

— Vous êtes inquiet, de toute évidence. Je vous pardonne donc votre inconscience.

— Vous me pardonnez ma *quoi* ?

— Tout ceci est le fait d'Olivia, et Olivia est *ma* fille. Je sais comment fonctionne son cerveau. Je sais où elle va. C'est moi qui dois partir à sa recherche.

Elle s'empourpra de nouveau.

— Mais vous pouvez me faire gagner du temps en me prêtant de quoi louer une voiture.

Il crut que sa mâchoire allait se décrocher de stupéfaction, et la retint juste à temps.

— Vous avez perdu l'esprit si vous croyez que je vais rester tranquillement chez moi à me tourner les pouces pendant que vous poursuivrez mon neveu. C'est moi qui en suis responsable, pas vous.

— C'est vous qui vous égarez si vous pensez que je vais rester tranquillement chez moi, riposta-t-elle.

— L'un de nous doit partir, et l'autre doit rester. Nous ne pouvons voyager ensemble.

— Évidemment. Mais vous êtes trop bouleversé pour réfléchir lucidement.

— Bouleversé ? répéta-t-il, incrédule. Je ne suis jamais bouleversé.

— Vous n'êtes pas logique. Vous voulez garder cet incident secret, non ?

— Bien sûr, je…

— J'attirerai beaucoup moins l'attention que vous, l'interrompit-elle avec impatience. Vous ne pouvez mener une enquête sur ces enfants sans susciter des commérages. Tout chez vous clame ce que vous êtes. Vous allez prendre un air blasé, lâcher quelque sarcasme, afficher une expression supérieure, et tout simplement *supposer* que c'est vous qui commandez. Autant porter autour du cou une pancarte indiquant votre titre et vos antécédents.

— Je sais être discret, protesta Benedict.

— Vous ne savez pas être ordinaire.

Comme si *elle* pouvait l'être. Avec ce visage et ce corps ! Où qu'elle aille, elle ferait tourner les têtes. Les hommes la suivraient, langue pendante.

Il serra les poings. Qu'elle parte seule, dans la nuit, dans une voiture de louage, sans même une servante…

C'était impensable.

— Vous ne pouvez pas voyager seule, décréta-t-il d'un ton péremptoire dans lequel tout autre interlocuteur aurait reconnu une fin de non-recevoir.

— Ces trois dernières années, j'ai voyagé seule.

Se retenant difficilement de la secouer, il desserra les poings et s'exhorta au calme.

— Vous étiez avec votre fille. Les gens ne se comportent pas de la même façon avec une femme seule et avec une mère accompagnée de son enfant.

— C'est absurde, lâcha-t-elle. Cette discussion est une perte de temps. Je vais faire ce que j'avais prévu.

Elle retourna auprès du tas d'affaires et entreprit de nouer le coin des draps.

Comment la retenir ? s'interrogea Benedict. Devait-il l'assommer, la ligoter, ou l'attacher à un meuble très lourd ?

— Arrêtez, jeta-t-il du ton sec qu'il réservait aux membres du Parlement trop bruyants. Oubliez le prêteur sur gages. Nous allons combiner nos forces.

— Nous ne pouvons pas…

— Vous ne nous laissez pas le choix, femme obstinée que vous êtes. Je me ferais pendre plutôt que de vous laisser partir seule.

Tandis qu'il attendait qu'elle rassemble son chapeau, sa veste et les diverses affaires qu'elle estimait nécessaires, Benedict tenta de rétablir le lien entre sa langue et son cerveau.

Il ne parlait *jamais* aux femmes de cette façon.

Il était toujours très patient avec elles.

Mais elle…

Elle était un problème à elle seule.

Les choses ne s'améliorèrent pas lorsqu'elle sortit de la maison après s'être brièvement arrêtée pour parler avec Mme Briggs.

— Un cabriolet ? s'écria-t-elle en regardant fixement la voiture découverte au bord du trottoir.

— Vous auriez préféré un carrosse avec mes armoiries et quatre chevaux ? Et un cocher en livrée ?

— Mais ce cabriolet ne conviendra pas ! Il est bien trop élégant.

— C'est une voiture de louage, elle a besoin d'une couche de peinture et elle a au moins dix ans. Vous n'avez pas la moindre idée de ce qu'est un véhicule élégant. Montez.

Elle prit le bras qu'il lui offrait, le regard rivé sur Thomas qui tenait les chevaux.

— Nous ne pouvons pas voyager avec un domestique, décréta-t-elle.

« Patience », s'exhorta Benedict.

— Il faut bien que quelqu'un s'occupe des chevaux, expliqua-t-il posément. Vous ne vous rendrez même pas compte de sa présence. Il sera assis sur le siège arrière et contemplera le paysage en ne s'occupant que de ses pensées.

Elle lui tira sur le bras pour le forcer à s'incliner et se hissa sur la pointe des pieds pour lui murmurer à l'oreille :

— Vous devez avoir perdu la tête. Les serviteurs sont d'affreux bavards, pires que les vieilles dames. Demain à cette heure-ci, tout Londres saura ce que vous avez fait et avec qui.

Son souffle caressait l'oreille de Benedict, et il percevait avec acuité les doigts minces agrippés à son bras.

Sans répondre, il la souleva et l'installa dans la voiture. Comme il grimpait à côté d'elle, elle murmura :

— Puis-je vous rappeler que nous sommes au XIXe siècle, et non au IXe ? Ce genre de comportement a passé de mode en même temps que les cottes de mailles et les guimpes.

Thomas se hâta de monter sur le siège du laquais.

Benedict donna aux chevaux le signal de départ avant de répondre :

— Je n'ai pas l'habitude de m'expliquer, madame Wingate, commença-t-il.

— Manifestement.

Il grinça des dents. S'obligea à cesser, et se rappela la règle suivante : Les femmes et les enfants, qui possèdent de plus petits cerveaux, doivent être traités avec patience en fonction de leurs moindres capacités de raisonnement.

Aussi reprit-il avec toute la patience requise :

— Thomas n'a pas été élevé à Londres. C'est un campagnard qui a grandi dans notre propriété du Derbyshire. Bien qu'il soit actuellement mon valet de pied, il est aussi compétent avec les chevaux que n'importe lequel de mes palefreniers. C'est lui qui accompagnait Peregrine à ses leçons de dessin, et je ne lui aurais pas confié une tâche aussi délicate si je n'avais une totale confiance en sa discrétion.

Mme Wingate lâcha un petit soupir irrité.

— Pardonnez-moi de douter de votre jugement, répliqua-t-elle. Cela ne me regarde pas, après tout, s'il se révèle erroné. Je ne suis pas responsable de l'héritier du marquis d'Atherton. Ce n'est pas moi qui serais jetée à bas de mon piédestal si le monde apprend que j'ai non seulement permis, mais encouragé mon neveu à s'associer avec les personnes les plus scandaleuses de Londres. Ce n'est pas moi qui…

— Je regrette que vous n'ayez pas entendu parler de la règle « Le silence est d'or ».

— Je ne suis pas un politicien. J'ai l'habitude de dire ce que je pense.

— J'aurais pensé que l'anxiété au sujet de votre fille vous occuperait entièrement l'esprit.

— Je doute qu'Olivia ait à souffrir de quoi que ce soit, rétorqua Bethsabée. J'espère seulement qu'il en ira de même pour les innocents qui croiseront son chemin.

7

Bien que le cabriolet soit trop voyant pour des gens qui souhaitaient se fondre dans la foule, Bethsabée dut admettre qu'il présentait certains avantages, la vitesse et la maniabilité entre autres.

Ils arrivèrent au coin de Hyde Park peu avant que les cloches de l'église voisine ne sonnent 6 heures.

Sans être aussi animé que durant la journée, l'endroit n'était pas pour autant désert. Le porteur d'eau continuait à apporter des seaux aux fiacres qui attendaient les clients. Des soldats bavardaient sous un réverbère. Une marchande de lait remportait ses bidons vides vers Knightsbridge. L'employé de l'octroi resterait à son poste toute la nuit.

Parmi tous ces gens, une personne au moins avait dû être là dans l'après-midi. Si Olivia était passée, l'une d'entre elles l'avait sûrement remarquée.

Ce fut donc Bethsabée qui descendit de voiture, Rathbourne ayant fini par se rendre à ses arguments, quoique de mauvaise grâce, après une discussion farouche. Il était convenu qu'elle le retrouverait un peu plus loin, en face de la caserne des Horse Guards.

La première personne à qui elle s'adressa fut le porteur d'eau. Il se souvint sans peine d'Olivia. Et il ne fut pas le seul. Comme on pouvait s'y attendre, elle avait déclenché un esclandre.

Peu après, Bethsabée remontait dans le cabriolet.

— Alors ? s'enquit Rathbourne.

— Nat Diggerby a été traîné devant un juge pour trouble à l'ordre public, annonça-t-elle. Fidèle au style des DeLucey, Olivia l'a abandonné avant de se trouver un autre pigeon. Une marchande de pâtés l'a entendue raconter à un jeune fermier une histoire émouvante au sujet de sa mère malade au chevet de laquelle cette chère enfant voulait se rendre.

Elle décrivit la scène qui avait suivi et ajouta :

— Lord Lisle a la fibre chevaleresque. Olivia, elle, l'aurait laissé tomber sans scrupules. Mais il semble que quelqu'un ait inculqué à ce garçon le sens des responsabilités.

Ce quelqu'un, soupçonnait-elle, était lord Rathbourne. Malgré l'apparente désinvolture avec laquelle il parlait de son neveu, elle avait senti dès le début un lien fort entre eux. La colère, difficilement contenue, qu'elle avait perçue lorsqu'il avait évoqué la façon dont lord Atherton s'occupait de son fils prouvait combien cet enfant était important à ses yeux. Les folies d'Olivia risquaient de compromettre cette relation.

« Typique », songea Bethsabée tristement. Chaque fois qu'un DeLucey surgissait, l'existence d'au moins une personne subissait des transformations radicales, et rarement en mieux.

— Bien que ses parents ne s'en soient pas rendu compte, Peregrine est plutôt mûr pour son âge, dit Rathbourne comme le cabriolet s'ébranlait. Il jugerait impensable de laisser une fille de douze ans voyager sans personne pour la protéger.

— Dans les classes inférieures, à douze ans on est pratiquement un adulte, observa Bethsabée. Olivia n'a pas eu une existence protégée. En outre, elle a hérité du don familial pour se tirer d'affaire à coups de mensonges ou de subterfuges. L'histoire de la mère malade en est un parfait exemple. Je me demande pourquoi je gaspille tant d'argent en l'envoyant à l'école alors qu'elle pourrait gagner une fortune en écrivant des mélodrames pour le théâtre ou les périodiques à sensation.

Il lui jeta un coup d'œil.

— Vous ne pouvez être aussi froide et cynique. Je ne le croirai pas.

— Il ne faut pas avoir le cœur tendre avec Olivia, riposta-t-elle. Elle en profiterait. C'est une enfant terrible. On peut soit admettre ce fait, soit le nier et la regarder courir à sa perte. Je refuse de la laisser courir à sa perte. Par conséquent, je ne peux me montrer sentimentale à son sujet ou prétendre qu'elle est comme les autres.

Il y eut un silence. Bethsabée le laissa s'étirer. Lord Rathbourne était choqué par sa dureté, naturellement. Étant un aristocrate de sexe masculin, il n'avait aucune idée de ce que c'était que d'élever un enfant difficile. Peu de femmes de son milieu le savaient. D'autres qu'elles se chargeaient d'élever leurs enfants.

Elle ne souligna pas ce fait. Elle ne voulait pas susciter sa pitié. Elle ne voulait même pas qu'il l'apprécie – la partie raisonnable d'elle ne le voulait pas, en tout cas. La Bethsabée sensée était contente que cette crise les ait poussés à se quereller. L'hostilité les garderait à distance raisonnable l'un de l'autre.

Au bout d'un moment, il grommela :

— Ils sont donc partis dans la charrette d'un fermier. Vous savez dans quelle direction ?

— Le fermier a proposé de les emmener jusqu'à Brentford. Elle doit vouloir aller à Bristol.

— Bristol, quel curieux endroit pour dissimuler un trésor.

— Il n'y a pas de trésor. C'est une légende, rien de plus. Edmund DeLucey n'était pas non plus vraiment un pirate. Je l'ai expliqué cent fois à Olivia. Un beau gaspillage d'énergie.

— Et quelle est la vérité ?

— Mon arrière-grand-père a songé à devenir pirate, c'est vrai. Mais il s'est vite lassé. C'était un dandy. Les pirates, a-t-il découvert, étaient des brutes grossières, sales et vêtues de haillons. En plus, comme ils étaient loin d'être intelligents, ils n'arrêtaient pas de s'estropier, de se tailler en pièces, de se noyer ou de se faire pendre. La contrebande convenait mieux à Edmund. Jouer au chat et à la souris avec les autorités était hautement amusant. Il aimait tout particulièrement faire des incursions audacieuses à l'entrée de la Severn, pas très loin de la demeure ancestrale.

— Ah, oui, fit Rathbourne. J'avais oublié. Les… euh… les autres DeLucey.

— Les bons, précisa-t-elle.

— Les moins amusants. Le château familial se trouve près de Bristol, si je me souviens bien.

— Tous les membres de ma famille savent où se trouve Throgmorton, ils savent aussi qu'ils n'ont pas intérêt à s'en approcher à moins de cent kilomètres. Cependant, ils ne se lassent pas de parler d'Edmund. Jack, peut-être parce qu'il avait aussi un caractère rebelle, ne se lassait jamais d'en entendre parler. Et Olivia n'était encore qu'un bébé qu'il lui racontait déjà les prouesses de son ancêtre. Je pensais qu'en grandissant, elle comprendrait que l'histoire du trésor enfoui n'était qu'une fable, comme les contes des *Mille et Une Nuits*.

— Qu'il y ait un trésor n'est pas une hypothèse complètement absurde. Un contrebandier peut aisément amasser une fortune.

— Certes, admit-elle. Mais est-ce qu'il l'enterrerait ?

— C'est douteux.

— Cela n'a pas de sens. Edmund était un panier percé. Pourquoi enterrer son trésor au lieu de le dépenser ? J'ai souligné ce point à maintes reprises. Je ne peux vous dire combien de fois nous avons eu cette discussion, Jack, Olivia et moi. C'était devenu un jeu avant de s'endormir. « Où pensez-vous qu'Edmund DeLucey a enterré son trésor, maman ? demandait Olivia tandis que nous la bordions. Je lui répondais : « Les hommes comme lui n'enterrent pas de trésor. Ils dépensent leur argent ou leur or au fur et à mesure qu'ils le gagnent en boissons, jeu et femmes de mauvaise vie. » Après quoi, elle demandait à Jack : « Où pensez-vous qu'il a enterré son trésor, papa ? » Et son père répondait : « Juste sous le nez de sa famille. C'est là que je l'aurais caché, moi. J'aurais attendu la nuit et je l'aurais enterré au pied du mausolée dans lequel tous les ancêtres révérés tombent en poussière. Toute ma fortune malhonnêtement gagnée enfouie dans un territoire sacré. Et j'en rirais chaque fois que j'y penserais. »

Elle entendit Rathbourne émettre un petit soupir.

— Je vous choque, monsieur ?

Ils arrivaient à l'octroi de Hogmire Lane. Il arrêta le véhicule.

— Oui, je suis choqué, c'est vrai. Votre mari mettait son enfant au lit. Il lui racontait des histoires avant de dormir. C'est stupéfiant.

Trop de charrettes passaient pour que l'employé de l'octroi se souvienne d'une en particulier, avec ou sans jeunes passagers.

Mais cette route étant la route normale pour rejoindre Bristol, Benedict la continua donc. À son grand dépit, il fut contraint de ralentir l'allure, car si la chaussée était pavée, et par conséquent moins poussiéreuse, elle était aussi plus étroite et plus encombrée.

Conduire après la tombée de la nuit était difficile. Les lanternes du cabriolet éclairaient le véhicule, mais pas la route. Les réverbères n'offraient qu'une lumière chiche. Benedict tenta de se concentrer sur la route et d'y garder les yeux fixés tandis que la voix de Bethsabée Wingate s'écoulait en lui.

Il savait comment laisser les voix féminines flotter autour de lui tout en réfléchissant à de graves questions : les vétérans et les veuves de guerre, l'inefficacité des méthodes policières et l'absurdité de certaines lois anglaises.

Cette fois, il n'en fut pas capable. Il ne parvint pas à détourner son attention de Bethsabée Wingate. Il l'écoutait, buvait chacune de ses paroles. L'ignorer lui était impossible. Il était trop intensément conscient de sa présence à ses côtés, sur ce siège étroit. La seule façon d'éviter de la toucher était de se pelotonner dans l'angle. Attitude peu commode pour conduire en plus d'être ridicule.

Par conséquent, ils entraient fréquemment en contact, hanche contre hanche, cuisse contre cuisse.

Et chaque heurt rappelait à Benedict la dernière fois qu'ils étaient réellement entrés en contact, quelques semaines plus tôt... la saveur de sa bouche, l'odeur de sa peau et la faim impérieuse qu'elle avait réveillée en lui.

Pour tenter d'oublier sa proximité physique, il l'écouta avec attention. Le résultat fut qu'il voulut en savoir plus sur Jack Wingate.

L'image qu'il en devinait à travers ses propos ne correspondait pas au portrait que la bonne société avait brossé de lui : la victime d'une sirène dépourvue de cœur, un homme détruit par une passion fatale, se morfondant loin du monde auquel il appartenait.

Le Jack Wingate dont parlait sa veuve semblait avoir trouvé le bonheur dans un milieu qui lui convenait. À en juger par ses commentaires sur le trésor et l'endroit où il devait être enterré, il semblait plus proche des Horribles DeLucey que sa femme. Intrigué, Benedict eut envie de creuser un peu le sujet.

Il était doué pour enquêter avec subtilité et pousser les autres à tenir des propos imprudents. Mais il ne se le permettait que dans un but politique. Autant cela lui semblait justifié pour soutenir une cause valable ou écraser un adversaire, autant utiliser de telles méthodes dans une conversation d'ordre privé lui paraissait honteux.

Fouiner dans les affaires personnelles d'autrui était l'occupation préférée des esprits mesquins.

Il n'avait certainement jamais eu l'intention d'offrir des aperçus sur sa propre vie privée. Mais il était si troublé, si distrait par la présence de Bethsabée Wingate que, comme un encombrement les retenait peu après Kensington House, les mots jaillirent avant que son cerveau ait pu les soupeser.

— Oui, je suis profondément choqué. J'ai toujours pensé que c'était aux nurses de mettre les enfants au lit et de leur raconter des histoires. Les pères, eux, veulent savoir pourquoi vous avez attaché votre petit frère au pied du lit et lui avez coupé presque tous les cheveux à l'aide de votre canif.

Il avait à peine prononcé ces paroles qu'il le regrettait déjà. Mais il n'eut guère le temps de se tracasser. Un espace venait de se libérer dans la masse compacte de véhicules qui obstruaient la route. Il s'y glissa en hâte et franchit l'obstacle.

Bien qu'il se concentrât sur la manœuvre, il sentit le regard de sa passagère sur son visage comme si elle y avait posé la main… et sut que pas un mot ne lui avait échappé.

— Pourquoi avez-vous fait cela ? demanda-t-elle.

— Nous jouions à être dans les Colonies américaines, répondit-il en s'efforçant de prendre un ton amusé. J'étais un chef indien.

À cause de ses yeux et de ses cheveux noirs, il était *toujours* un chef indien.

— Geoffrey était un prisonnier anglais et je l'ai scalpé.

Elle éclata d'un rire si espiègle qu'il faillit sourire.

— Vous n'étiez pas un enfant parfait, commenta-t-elle.

— Pas le moins du monde.

Il avait détesté les boucles dorées, les yeux d'ambre et l'air angélique de Geoffrey.

— J'aurais aussi scalpé Alistair si j'avais pu mettre la main sur lui, mais il était en sécurité avec sa nurse.

Elle demeura silencieuse. Bien qu'il eût été bien avisé d'en faire autant, il poursuivit :

— Les nurses appelaient mes frères les « petits anges dorés ». Ils n'avaient rien d'angéliques, mais ils le paraissaient.

— Vous auriez dû scalper aussi les nurses. Pour leur stupidité.

— Je n'étais qu'un enfant de huit ou neuf ans. Geoffrey et Alistair étaient blonds, et j'étais brun. S'ils étaient de petits anges dorés, qu'est-ce que j'étais, moi ? Un petit diable noir ?

— Que pouviez-vous penser d'autre ? dit-elle avec chaleur. À votre place, j'aurais fait exactement la même chose.

Il lui jeta un bref coup d'œil.

— Non, vous ne l'auriez pas fait.

— Parce que je suis une fille ? répliqua-t-elle en haussant les sourcils.

— Les filles ne se conduisent pas ainsi.

— Comme vous nous connaissez mal. Tous les enfants sont des petits diables, même – ou peut-être surtout – les filles.

— Pas *tous* les enfants, protesta-t-il. En tout cas, pas longtemps. Et certainement pas quand on est l'aîné. Dès que le deuxième arrive, on se retrouve accablé de responsabilités. On n'est plus vraiment un enfant. « Tu dois veiller sur ton frère, Benedict », disent les grandes personnes. « Cède, il est plus petit que toi » ou bien : « Tu devrais être plus sage, Benedict. C'est toi, l'aîné. Tu dois donner l'exemple. »

— C'est ce que vous disait votre père ?

— Plus ou moins. Je me souviens mal de ses sermons, à part la fin. Il soupirait et disait qu'il regrettait de ne pas avoir eu de filles.

— Ce n'était rien de plus que l'exaspération. Peu d'hommes – et aucun aristocrate – échangeraient leurs garçons contre des filles.

— Il parlait sérieusement. Il n'a cessé de le répéter depuis.

— Encore aujourd'hui ?

— Oui.

— Pourquoi ? Vous êtes tous sortis de l'âge difficile. Vous êtes tous adultes, à présent.

— Pas à sa satisfaction.

Elle pivota carrément sur le siège pour le regarder.

— Même vous ? Lord Perfect ?

— Je suis parfait selon les critères moyens, précisa-t-il. Les critères de mon père sont très éloignés de la moyenne. Rien chez lui n'est moyen. Je ne suis même pas sûr qu'il soit un être humain. Quoi qu'il en soit, ajouta-t-il en hâte, jamais il ne nous a raconté d'histoires avant de dormir. J'ignorais que des parents faisaient ce genre de choses.

— Alors il est peu probable que ç'ait été le cas de ceux de Jack. Ce sont les Horribles DeLucey qui ont dû le corrompre.

— Pas forcément, dit Benedict. Vous avez dit que c'était un rebelle. Comme Peregrine, votre mari voulait une vie différente. Peut-être était-il non conformiste de nature.

Et avec les DeLucey, Jack Wingate avait dû faire l'expérience du genre de liberté dont il n'aurait jamais pu jouir dans la société dite respectable.

— Il n'a eu aucun mal à s'adapter, c'est vrai, admit Bethsabée. Mais il était capable de faire la différence entre la réalité et la fiction. Je ne suis pas sûre que mes proches le soient. Ils brodent des contes fantastiques, et si leurs mensonges sont aussi convaincants, c'est sans doute parce qu'ils y croient. Olivia leur ressemble. C'est la seule façon d'expliquer cette quête absurde dans laquelle elle s'est lancée.

— Elle a besoin d'une gouvernante, dit Benedict – avant de se maudire d'avoir proféré pareille ânerie.

Et pourquoi pas une armée de domestiques, pendant qu'il y était – et une maison à la campagne, loin de Londres et de ses influences pernicieuses ?

Le visage en feu, il attendit une remarque sarcastique à propos des classes aisées qui ignoraient tout des réalités de la vie.

Elle le surprit une fois de plus.

— Je ne peux qu'être d'accord. Cela vient en numéro deux sur ma liste. L'école de Mlle Smithson est une bonne école, mais ce n'est pas la même chose. J'ai eu une gouvernante. Un dragon. Même mon père avait peur d'elle. Mais c'était l'objectif. Si elle n'avait pas été capable d'intimider mon père, elle n'aurait eu aucune chance de m'impressionner.

— Êtes-vous en train de me dire que vous n'étiez pas une petite fille bien élevée ?

— De qui aurais-je appris à me conduire correctement ?

— Vous avez dû l'apprendre de quelqu'un. Vous êtes une dame.

En guise de réponse, elle se tourna face à la route, et croisa les mains sur ses genoux.

— Vous l'êtes, insista-t-il. C'est indiscutable – et je suis expert en la matière.

— J'y ai été obligée, dit-elle d'une voix tendue. Ma mère avait des ambitions pour moi.

— D'où la gouvernante dragon.

— Et j'admets avoir des ambitions pour Olivia.

— Vous voulez l'empêcher de courir à sa perte, fit-il en contournant un véhicule qui était mené d'une main peu sûre. Une noble ambition.

— Vous n'avez pas à faire preuve de tact. Je devine ce que vous pensez.

— J'en doute.

En réalité, il ne savait trop lui-même ce qu'il pensait. Il était conscient de son exaspération, due aux encombrements qui les retardaient. Il était conscient de son inquiétude pour Peregrine et Olivia, à cause du temps qui passait et de la nuit qui tombait. Il était conscient de la femme assise près de lui, de sa chaleur et de leur proximité… et, plus dangereux encore, de la fascination qu'elle lui inspirait, que lui inspiraient ses propos et la façon dont son cerveau fonctionnait.

Son cerveau ! Le cerveau d'une femme !

Mais inutile de tourner autour du pot. Ce qui le mettait extrêmement mal à l'aise, c'était l'espèce de lien qui se tissait entre eux, et lui faisait baisser la garde et dire des choses qu'il n'aurait jamais imaginé dire à qui que ce soit, et surtout pas à une femme.

En même temps, il était conscient du gouffre qui les séparait, et savoir qu'il ne devait pas tenter de le combler le mettait en colère. Et c'était peut-être cette colère qui l'inquiétait le plus.

En tout cas, il n'avait plus sa tête à lui. Pour réfléchir, il avait besoin d'ordre, or, pour l'heure, il se débattait en plein chaos.

— Ma mère était résolue à ce que je me marie dans la noblesse, reprit-elle d'une voix crispée, le corps rigide. Je devais être la clef qui rouvrirait les portes de la bonne société aux Horribles DeLucey.

Son ton et sa posture en disaient long sur ce que l'ambition de sa mère lui avait coûté. Elle avait été blessée – ou peut-être humiliée –, et profondément, sinon elle se serait exprimée avec son humour habituel. Il avait envie d'en savoir plus… mais la Raison le lui déconseilla. Il ne s'intéressait déjà que trop à cette femme.

— Toutes les mères veulent que leur fille fasse un beau mariage, commenta-t-il d'un ton léger dans l'espoir que cette légèreté se communiquerait à la conversation. Elles rusent, complotent, mentent sans aucun scrupule. Mon père aussi se comporte ainsi, ajouta-t-il après une pause.

— Votre *père* ? s'exclama Bethsabée, stupéfaite.

— Je sais, c'est choquant. Mais il ne réserve pas ses machinations qu'à la politique. Il a décidé que mes frères épouseraient des femmes riches – et jusqu'à présent, il a obtenu gain de cause. Même avec Rupert, qu'il considérait comme un cas désespéré.

— Et vous ?

— Oh, on m'a toujours épargné ces vulgaires considérations financières. J'hériterai de tout.

Le sujet dut avoir distrait Mme Wingate de ses souvenirs douloureux, car elle parut se détendre légèrement.

— Toutes les mères de la haute société ont dû pousser leur fille vers vous, dit-elle. Encore maintenant, j'imagine.

Il haussa les épaules.

— Je ne crois pas que j'étais vraiment conscient de leurs stratagèmes à l'époque. C'est plus évident aujourd'hui, vu de l'extérieur. Je n'y avais pas réfléchi, mais ce doit être pénible pour les filles – du moins celles qui sont pourvues d'un minimum de sensibilité et d'intelligence. Ces subtilités m'échappaient. Je remarquais d'abord leurs visages et leurs silhouettes, ensuite je vérifiais si leurs voix étaient agréables, et je terminais par leur maintien.

— Vous me surprenez. À vous entendre, on dirait que choisir une épouse, c'est comme choisir un cheval à – comment s'appelle l'hôtel des ventes déjà ? Taver…

— Tattersall's.

— Tattersall's. Est-ce ainsi que les hommes voient les fameuses réceptions mondaines qui ont lieu à l'Almack's ? Vous ne tenez aucun compte du caractère ou de la personnalité des jeunes filles ?

— Qu'elles soient invitées à ces réceptions est une garantie suffisante quant à leur caractère.

Chercher une jeune fille qui n'y était pas admise ne lui avait jamais traversé l'esprit. Être dispensé de faire un mariage d'argent n'impliquait pas que l'héritier de lord Hargate pouvait épouser qui il voulait. Ou quand il le voulait. Benedict connaissait les règles, il savait ce qu'on attendait de lui.

Et Ada ? S'était-elle soumise aux règles ou avait-elle suivi l'élan de son cœur ? Il n'en avait aucune idée – et cela en disait long, non ?

— En d'autres termes, ces jeunes filles étaient des vierges de bonne famille et c'était tout ce que vous aviez besoin de savoir, observa Bethsabée. Des bêtes de race pure…

— Je suis l'héritier du comte de Hargate, l'interrompit-il un peu sèchement. Je ne pouvais me permettre le luxe de m'offrir un coup de foudre, si c'est ce que vous voulez dire.

— Ce n'est pas ce que je veux dire. Vous parlez de mariage, d'un engagement pour la vie, pourtant, l'amour ne fait pas partie du paysage.

— C'est absurde, grommela-t-il. Je ne pouvais pas sillonner le monde, comme un héros de Byron, en quête de l'amour de ma vie, si une telle chose existe.

— Et l'*amitié* de votre vie ? L'amie et la compagne ? Grands dieux, Rathbourne, comment avez-vous choisi ?

— Je ne vois pas en quoi ce sujet peut vous intéresser, répliqua-t-il de ce ton glacial calqué sur celui de son père, et réputé laisser ses victimes muettes.

Elle l'envoya promener d'un geste désinvolte de la main.

— Ne faites pas l'enfant. C'est extrêmement intéressant. J'ai l'impression de visiter un pays exotique et de tenter de comprendre les mœurs des indigènes. Moi, je n'ai pas choisi. Je n'avais que seize ans et je suis tout simplement tombée follement amoureuse. Mais j'ai tort d'insister. Visiblement, le sujet vous est encore douloureux. J'avais oublié que vous n'êtes veuf que depuis peu, acheva-t-elle d'un ton radouci.

Le cœur de Benedict battait la chamade et il dut faire appel à toute sa maîtrise pour ne pas communiquer son agitation aux chevaux. Par chance, ils arrivaient à l'octroi de Kensington. Il attendit non sans impatience que l'employé récupère son dû et ouvre la barrière.

Ils la franchissaient lorsqu'il se souvint de la présence de Thomas, juste derrière eux. Ses oreilles s'embrasèrent comme il songeait à ses révélations sur son père et ses frères.

Eh bien, tant pis ! Peu importait que le valet ait saisi des bribes de conversation par-dessus le grondement des roues, le martèlement des sabots sur les pavés, les hennissements des chevaux, et les exclamations peu aimables des cochers. Benedict n'était pas en état d'être raisonnable.

— Je vous rappelle que nous ne sommes pas seuls, jeta-t-il néanmoins.

— Je vous avais dit de ne pas emmener de domestique, riposta-t-elle.

— Je regrette de vous avoir emmenée, vous. Vous… Nom de nom ! À cause de vous, j'ai oublié de demander à l'employé s'il avait vu les enfants.

Il arrêta la voiture. Avant que Thomas ait eu le temps de bondir pour tenir les chevaux, Mme Wingate descendait.

— J'y vais. Vous êtes trop énervé.

Sans un regard en arrière, elle se dirigea vers l'octroi, ses hanches se balançant d'une manière scandaleusement provocante – au grand plaisir d'une foule d'hommes qui s'efforcèrent de manœuvrer leurs véhicules pour qu'elle puisse passer.

Benedict n'attendit pas de voir combien de collisions elle causait, il n'arracha pas non plus les impudents de leurs sièges pour leur fracasser le crâne contre un mur – toutes choses qu'aurait faites Rupert, mais qui auraient totalement manqué de dignité –, il la rattrapa en quelques enjambées.

— Je ne suis pas énervé. Je suis parfaitement capable de…

— Je n'aurais pas dû évoquer lady Rathbourne de manière aussi irréfléchie. Je vous demande pardon.

— Inutile de larmoyer. Ada est morte il y a deux ans et elle… et elle…

Il lâcha un soupir exaspéré.

— Oh, très bien. C'était une étrangère pour moi. Voilà. Est-ce que votre cœur tendre est réconforté ?

Bethsabée regrettait d'avoir ouvert la porte ce soir-là. Rathbourne la troublait davantage encore qu'elle l'avait craint. Elle aurait pu supporter la proximité physique sans trop de dégâts, mais la proximité mentale fissurait dangereusement ses défenses.

— Non, que vous disiez des bêtises ne me réconforte pas du tout, rétorqua-t-elle. Combien de temps avez-vous été marié ?

— Six ans.

— Alors, votre femme n'a pu être une étrangère, décréta-t-elle en s'immobilisant. J'insiste pour que vous retourniez dans la voiture. Vous attirez beaucoup trop l'attention.

Il regarda autour de lui les véhicules qui franchissaient l'octroi.

— Si je ne m'abuse, tous les spectateurs sont des hommes, et c'est vous qu'ils regardent.

— À leurs yeux, je ne suis qu'un joli morceau. Ils me fixent, mais leur cerveau n'est pas de la partie. Voulez-vous qu'ils se mettent à réfléchir – et à se demander qui est cet aristocrate qui me suit pas à pas en me fusillant du regard ?

Sans cesser de la fusiller du regard, il s'inclina brièvement et rebroussa chemin.

Lorsqu'elle le rejoignit, quelques minutes plus tard, il l'attendait à côté de la voiture, montre en main.

— Alors ? demanda-t-il.

— Nous avons pris la bonne direction.

Elle se hâta de monter dans la voiture avant qu'il ne l'y installe. Non pas que cela l'ennuyât d'être manipulée de façon aussi péremptoire. C'était plutôt que cela lui plaisait trop : l'aisance avec laquelle il la soulevait, la force et la chaleur qui émanaient de lui et, surtout, la sensation de ses mains sur elle.

C'était beaucoup trop dangereux. Le souvenir de son baiser, des semaines auparavant, la hantait encore. Elle ne se souvenait que trop bien de sa grande main sur sa nuque, et de l'effondrement simultané de sa volonté et de son sens moral qui en avait résulté.

Elle s'installa le plus loin possible de lui sans que ce soit trop visible et ils repartirent. La route étant moins encombrée, ils roulèrent plus vite. Tandis qu'il se concentrait sur la conduite, elle lui répéta ce qu'avait dit l'employé de l'octroi.

Par le plus grand des hasards, il connaissait le fermier qu'elle avait décrit. Celui-ci s'appelait Jarvis, et faisait régulièrement l'aller et retour entre Londres et Brentford. Bien que l'employé ne se souvînt pas précisément du moment où le jeune fermier était passé, il pensait que c'était entre une et deux heures plus tôt. Il se rappelait avoir vu des enfants dans la charrette, mais n'y avait pas prêté attention parce que Jarvis emmenait souvent les siens ou ceux de ses voisins.

— Dans ce cas, il est inutile que nous nous arrêtions pour enquêter avant d'avoir atteint Brentford, déclara Rathbourne. Si la route demeure raisonnablement dégagée, nous y serons vers 8 heures. À ce moment-là, ils auront au maximum une heure d'avance. Nos chances seront alors assez bonnes de les retrouver avant qu'ils aient déniché un autre véhicule pour poursuivre leur route – après tout, Brentford n'est pas Hyde Park. Mon neveu a dû deviner que je suis à sa recherche. S'il n'est pas parvenu à convaincre votre fille de faire demi-tour, il s'ingéniera à ralentir leur progression.

— Cela paraît assez raisonnable. Le problème, c'est qu'Olivia n'est pas du tout raisonnable.

— Elle n'a que douze ans. Elle n'a pas d'argent et son compagnon n'approuve pas ce voyage. Même si elle se trouvait dans des circonstances plus prometteuses, elle ne pourrait guère aller loin.

Peregrine découvrit rapidement qu'il aurait pu ralentir Olivia si le reste du monde avait été moins naïf.

Le fermier avait suggéré qu'ils s'arrêtent à l'auberge des *Pigeons*, à Brentford, et se recommandent de lui auprès du tenancier afin qu'il leur trouve une voiture. Peregrine décida en son for intérieur qu'il insisterait pour faire une pause, le temps de manger quelque chose. Ce qui lui donnerait peut-être la possibilité de laisser un message pour son oncle.

Cela faisait probablement des heures que ce dernier avait découvert sa disparition. Il n'avait malheureusement pas beaucoup d'indices. Si Peregrine s'était douté qu'il ne parviendrait pas à retenir Mlle Wingate, il en aurait laissé. Mais, voilà, cela ne lui avait pas traversé l'esprit.

Cependant, oncle Benedict était si intelligent qu'il avait dû tout deviner et était sûrement déjà à leurs trousses. Après tout, enquêter était un peu sa marotte. Il connaissait les policiers de Bow Street et leurs méthodes. Ses enquêtes parlementaires l'avaient amené à étudier d'innombrables criminels et autres personnages louches. Les retrouver serait pour lui un jeu d'enfant. Surtout s'il traînassait suffisamment.

Malheureusement, Olivia ne se dirigea pas directement vers l'auberge. Elle attendit au bord de la route qu'il n'y ait plus personne, puis, à la grande horreur de Peregrine, elle ôta sa robe, sous laquelle, il le découvrit, bouche bée, elle portait des habits de garçon. Du châle qui contenait ses affaires, elle sortit une casquette, la coiffa et fourra ses cheveux à l'intérieur. Il ne lui resta plus qu'à rouler sa robe et à la glisser dans son balluchon.

Après quoi, au lieu d'entrer dans l'auberge, elle déambula dans la cour, parlant aux uns et aux autres. N'osant la démasquer, Peregrine ne put que l'observer avec inquiétude, jusqu'à ce qu'il comprenne ce qu'elle voulait. À ce moment-là, il était trop tard pour intervenir.

S'étant approchée de jeunes valets qui pratiquaient un jeu de dés plutôt compliqué, elle leur demanda de lui apprendre à jouer.

Résultat, en moins de temps qu'il n'en faut pour le dire, elle obtint non seulement tout l'argent des valets qui ne s'étaient pas méfiés, mais aussi le trajet jusqu'à Hounslow dans la voiture de leur maître qu'ils devaient ramener après réparation.

8

Le propriétaire de l'auberge des *Pigeons*, à Brentford, n'avait pas vu de garçon et de fille. Il connaissait bien Jarvis, mais ne l'avait pas vu non plus. Le jeune fermier avait dû rentrer directement chez lui sans faire de détour par l'auberge, comme cela lui arrivait parfois pour boire une pinte de bière.

Benedict et Mme Wingate n'en apprirent pas plus des autres personnes qu'ils interrogèrent. Thomas eut plus de chance en bavardant dans la cour avec des domestiques. Deux « gars », inconnus dans le pays, et les deux domestiques d'une famille des environs avaient été vus ensemble, raconta-t-il.

— L'un des « gars » ressemblait à lord Lisle. Même taille, même couleur de cheveux. L'autre avait les cheveux roux et des taches de rousseur.

Benedict jeta un coup d'œil à Mme Wingate.

— S'habiller en garçon n'a pas dû être difficile pour Olivia, dit-elle. Elle a pu se fournir à bas prix chez un prêteur sur gages. Avoir un peu d'argent n'a pas dû non plus être insurmontable. Elle a le talent des DeLucey pour les jeux de hasard, et mes sermons n'y changent rien.

Quelle que soit la façon dont elle s'y était prise, il était évident qu'Olivia avait obtenu qu'on les emmène jusqu'à Hounslow.

La suite du trajet s'effectua plus rapidement que prudemment. Ils avaient perdu un temps précieux à Brentford, et Benedict n'avait plus besoin de ralentir pour scruter les charrettes qu'ils dépassaient.

Il était 9 heures passées. Le temps qu'ils atteignent Hounslow, la plupart des habitants dormiraient. Mais ils trouveraient d'abondants signes de vie dans les auberges. Les écuries de M. Chaplin étaient bien fournies et tout le monde s'arrêtait chez lui pour changer de chevaux. Avec tant de voyageurs qui allaient et venaient, on pouvait être sûr d'avoir des nouvelles des enfants.

C'était du moins ce que se disait Benedict, tout en s'efforçant d'ignorer son inquiétude grandissante. En dépit de ce que Mme Wingate avait dit de sa fille, il avait quitté Londres avec la certitude de retrouver son neveu en quelques heures. Il avait refusé d'envisager l'alternative : une poursuite qui se prolongerait plusieurs jours. Des jours durant lesquels Peregrine et Olivia risquaient d'avoir un accident ou de croiser la route de personnes malveillantes. Des jours durant lesquels Benedict se reprocherait de n'avoir pas mieux surveillé son neveu tandis que la hanche ou la cuisse de Mme Wingate heurterait sa hanche ou sa cuisse, et que sa voix se répandrait en lui.

En outre, plus ce voyage se prolongeait, plus ils risquaient de rencontrer quelqu'un qui les reconnaîtrait… et déclencherait le scandale de la décennie.

Lorsqu'il aperçut les bâtiments alignés le long de la route, Benedict faillit pousser un cri de soulagement. Hounslow. Enfin !

Au *George*, le temps que le valet d'écurie change leurs chevaux, Mme Wingate obtint des nouvelles. Les deux « gars » voyageaient à présent avec un paysan de Cranford Park, le domaine du comte de

Berkeley. L'un des domestiques de l'auberge, qui se trouvait être le neveu dudit paysan, lui indiqua comment se rendre chez son oncle qui, il en était sûr, hébergerait les « gars » pour la nuit.

Cela parut à Benedict l'éventualité la plus probable.

La route qui longeait Hounslow Heath étant déserte, il poussa les chevaux au galop aussi souvent que la chaussée le permettait. Aucun bandit de grands chemins ne surgit de l'obscurité. Heureusement pour eux, car Benedict avait glissé une paire de pistolets sous le siège et il n'était pas d'humeur à discuter.

Arrivé à Cranford Bridge, il tourna dans l'allée qui traversait le domaine de Berkeley. Les indications qu'on leur avait fournies étaient précises et ils trouvèrent aisément le cottage.

Ils trouvèrent aussi les deux gars qui avaient été invités à y passer la nuit. C'était bien des garçons, mais ni l'un ni l'autre n'était Peregrine.

— Comptez jusqu'à vingt, conseilla Bethsabée lorsqu'ils regagnèrent la route.

Il était près de minuit, ils avaient perdu une heure et demie et, bien évidemment, Rathbourne fulminait.

Il s'inquiétait pour son neveu, elle le savait, mais elle savait aussi que, pour la plupart des hommes, la peur est une émotion trop dérangeante pour qu'on s'y abandonne. Comme les autres, il la dissimulait sous le lourd tapis de la colère.

— Je ne suis pas un enfant, répliqua-t-il.

— Bien. Alors vous ne piquerez pas de colère quand je vous dirai que nous devons nous arrêter à la prochaine auberge.

— Nous nous sommes arrêtés dans chaque maudite auberge de chaque maudit petit groupe de taudis qui se donne le nom de village ! Et qu'est-ce qu'on en a tiré ? Les niaiseries d'un idiot du village après l'autre, à peine capable de relier un verbe à un sujet, de distinguer un garçon d'une fille, et un garçon de douze ans d'un enfant. Celui que nous venons de réveiller – qui n'a pas huit ans, je parie – n'est pas du tout roux. Ses cheveux sont bruns, de la couleur exacte de la bouse des vaches du Derbyshire et…

— Celle-ci, coupa-t-elle comme ils passaient devant l'auberge du *Cerf Blanc*.

Il jura, mais, contrairement à beaucoup d'hommes, ne laissa pas ses émotions affecter sa manière de conduire. En deux temps trois mouvements, il mena le cabriolet devant l'entrée de l'auberge.

Elle ne put cependant le convaincre de l'attendre et, laissant Thomas en charge du véhicule, ils entrèrent ensemble dans l'auberge. Le patron était encore debout, car une diligence, le Coursier, n'en était partie qu'une demi-heure plus tôt après voir débarqué une famille de cinq personnes. C'était leur premier voyage en diligence et cela ne leur avait pas plu du tout.

— Je leur ai dit que ce serait pareil dans toutes les pataches. S'ils n'aiment pas voyager avec le premier venu et son frère qui ne s'est pas lavé depuis qu'il a fêté Waterloo, ils auraient dû prendre la malle-poste ou bien louer leur propre voiture. C'est une chambre que vous voulez ? Eh bien, vous n'avez pas de chance, ils m'ont pris jusqu'au dernier lit.

— Mon frère et moi sommes à la recherche de deux jeunes cousins, expliqua Bethsabée. Ils étaient en visite chez nous à Londres. Après avoir assisté au spectacle d'une troupe de comédiens ambulants, ils se sont mis en tête de les rejoindre. Nous pensons qu'ils se dirigent vers Bristol.

Elle décrivit Olivia et lord Lisle, et précisa qu'ils avaient pu se déguiser.

— Oh, ceux-là ! fit le patron. Ils ont dit qu'ils rentraient chez eux parce que leur mère était malade. Enfin, c'est ce que le plus jeune a raconté au cocher. Le plus grand ne disait pas grand-chose, il n'avait pas l'air d'accord.

Rathbourne, qui attendait en piaffant d'impatience, s'écria :

— Ils ont parlé au cocher ? Ils sont montés dans la diligence ?

— Eh bien, il y avait de la place, puisque les autres étaient descendus. Et ils avaient de quoi payer jusqu'à la prochaine station, Salt Hill.

Salt Hill était à moins de dix kilomètres et les chevaux étaient frais, car Rathbourne avait décidé de les changer au *Cerf Blanc*. La diligence couvrant cette distance en moins d'une heure, selon l'aubergiste, Rathbourne semblait déterminé à l'imiter, ce qui convenait à Bethsabée. Plus il leur faudrait de temps pour retrouver les enfants, plus sa conscience la tourmenterait. Si elle avait utilisé plus astucieusement ses fonds limités, se disait-elle, elle aurait pris une gouvernante et rien de tout ceci ne serait arrivé.

— Vous êtes bien silencieuse, observa Rathbourne au bout d'un moment. J'espère que la vitesse ne vous effraie pas.

Les dernières nouvelles semblaient l'avoir rasséréné. Bethsabée n'avait plus l'impression d'être assise auprès d'un volcan au bord de l'éruption.

— Je pensais aux enfants. Je n'ai pas fait du bon travail avec Olivia, je lui ai laissé trop de liberté.

— La plupart des filles de mon milieu n'en ont quasiment aucune. Pas surprenant qu'elles soient si étroites d'esprit. Vous vous étonniez que je n'aie pas songé à chercher une épouse qui soit une amie ou une compagne. Comment aurais-je pu espérer trouver parmi ces femmes enfants une véritable compagne ?

— C'était injuste de ma part de critiquer votre choix. Je n'ai pas choisi mon mari sur des critères rationnels, et il n'a sûrement pas fait usage de son cerveau lorsqu'il m'a choisie.

— Aucune fille des classes supérieures n'oserait se lancer dans une « noble quête », même si une ou deux pourraient en rêver. Aucune ne saurait comment se rendre seule d'un endroit à un autre. Nous devrions au moins admirer le cran d'Olivia. Et elle a fait monter Peregrine à bord d'une diligence ! Sans elle, il aurait été privé de cette expérience.

— Oui, énumérons tout ce dont il aurait été privé, renchérit Bethsabée. Le plaisir de voyager dans un véhicule dangereusement bondé, sale et peu stable. La promiscuité d'individus avinés qui auraient bien besoin d'un bain. Voyager à l'extérieur n'est pas mieux que voyager à l'intérieur. Dedans, on ne peut pas dormir parce qu'on est constamment bousculé et écrasé. Dehors, on n'ose pas dormir parce qu'on craint de tomber. Quels que soient vos compagnons de voyage, il est sûr qu'au moins l'un d'eux sera malade. Même dehors, l'odeur est effroyable – et n'oublions pas les puces et la vermine que vos compagnons de voyage répandent généreusement.

— Peregrine est un garçon, lui rappela Rathbourne. Les garçons n'ont pas peur de la saleté ni de la vermine, et leur odorat n'est pas délicat. Rappelez-vous qu'il a partagé un dortoir avec d'autres pensionnaires. Les garçons sont des créatures répugnantes. C'est votre fille qui sera mal à l'aise.

Olivia n'était pas la fille la plus pointilleuse du monde en matière de propreté, songea Bethsabée.

Et Peregrine et elle seraient plus en sécurité à bord d'une diligence qu'en marchant le long d'une route déserte. Mais le temps filait, et Rathbourne et elle s'éloignaient de Londres.

— J'étais tellement sûre que nous les aurions retrouvés à l'heure qu'il est, avoua-t-elle.

— Moi aussi.

— Que ferons-nous s'ils ne sont pas à Salt Hill ?

— Ils ne peuvent pas aller bien loin aux petites heures du matin et sans argent. Votre fille aura raconté une histoire poignante à l'aubergiste et gagné une place auprès de l'âtre, si ce n'est un lit en compagnie d'une servante. Si les tenanciers ont le cœur dur, elle aura exercé ses talents sur les palefreniers et nous trouverons nos fuyards assoupis dans la paille.

Après une pause, il ajouta :

— Quand j'ai su qu'ils étaient dans la diligence, et par conséquent à peu près en sécurité, je me suis aperçu que je m'inquiétais pour Peregrine comme s'il était un tout petit enfant sans défense. C'est loin d'être le cas. C'est un garçon précoce, et les garçons ont du ressort. Je me suis rappelé que, bien qu'intelligent et curieux, il n'a jamais vécu de véritable aventure.

— Et vous ? Quand vous étiez enfant ?

À peine eut-elle prononcé ces mots qu'elle eut envie de les ravaler. Il fallait vraiment qu'elle cesse de l'interroger sur lui-même.

Il ne répondit pas tout de suite. Il devait chercher un moyen poli de dévier la conversation sur un sujet moins personnel, supposa-t-elle, soulagée.

— J'ai vécu beaucoup d'aventures, dit-il enfin. Je m'enfuyais à la première occasion.

Elle tourna brusquement la tête et contempla son profil parfait.

— Vous plaisantez. Comment le fils d'un comte parvient-il à s'enfuir ? Et pourquoi le ferait-il ?

— Si c'était facile à faire, ça ne vaudrait pas le coup. Mais berner les grandes personnes était un sport piquant. Je m'enfuyais quand je m'ennuyais, ou quand j'étais énervé, ou… eh bien, quand j'en étais malade d'être *gentil*. Une fois, j'ai disparu pendant trois jours.

Bethsabée n'eut aucun mal à se le représenter jeune garçon. À imaginer la lueur espiègle dans ses yeux sombres.

Était-ce cette lueur qui l'avait attirée ?

Son cœur s'emballa.

— Olivia et Lisle ne disparaîtront *pas* pendant trois jours, assura-t-elle.

— Il est certain que cela compliquerait les choses.

— Les compliquer ? Ce serait un *désastre*.

Trois jours, assise à côté de lui, à sentir sa chaleur et sa force, à écouter sa voix grave dans l'obscurité, à regarder ses grandes mains gantées.

— Je ne peux pas m'absenter si longtemps en votre compagnie, reprit-elle d'une voix tranchante. J'ai raconté à Mme Briggs que j'étais appelée auprès d'une tante malade et que vous aviez très gentiment proposé de m'y emmener. J'ai dit que je risquais de rentrer tard.

— Vu les circonstances, je doute que nous soyons rentrés avant l'aube, répliqua-t-il. Il nous faudra un prétexte. Vous m'avez raconté que vous veniez d'une longue lignée de menteurs accomplis, et j'ai remarqué comme vous aviez joliment menti à l'aubergiste du *Cerf blanc*. J'ai presque cru que vous étiez ma sœur. Presque, ajouta-t-il en la regardant.

Il affichait ce sourire qui n'en était pas tout à fait un, et pouvait être interprété de tant de manières : amusement, moquerie, cynisme, condescendance. Elle le perçut aussi dans sa voix. On eût dit un chuchotement qui flottait dans la nuit avant de se glisser dans son cou et de descendre le long de sa colonne vertébrale.

— J'ai dit la première chose qui m'est passée par la tête.

— Je ne doute pas que vous trouviez quelque chose d'aussi simple et d'aussi convaincant pour justifier la prolongation de votre absence. Ah, ce doit être le pont de la Coln !

Elle scruta l'obscurité. Il avait une vue plus perçante qu'elle, à l'évidence.

— Vous connaissez cette histoire épouvantable qui court sur l'auberge de *L'Autruche*, à Colnbrook ? reprit-il.

— C'est la première fois que j'entends parler de cet endroit

— Oh, pourtant, l'histoire est célèbre. Il y a plusieurs siècles, l'auberge s'appelait *L'Hospice*. Les commerçants qui faisaient régulièrement l'aller et retour entre Bath, Reading et Londres s'y arrêtaient souvent. Chose étrange, soixante d'entre eux y sont entrés et n'en sont jamais ressortis Ils se sont tout simplement volatilisés, avec leurs marchandises. On aurait pu penser que les autorités s'en inquiéteraient, mais non. Et puis, une nuit, un riche marchand du nom de Thomas Cole, qui avait souvent séjourné là sans problème, a disparu. Contrairement aux autres, cependant, il réapparut au bout de quelques jours. Son corps, bouilli mais entier, a été retrouvé flottant dans la rivière.

— *Bouilli ?* s'écria Bethsabée. Vous parlez sérieusement ?

— Vous savez qu'autrefois les têtes des malfaiteurs étaient plantées sur des piques à titre d'avertissement pour les autres ? Mais peut-être ignorez-vous que ces têtes étaient d'abord bouillies afin qu'elles se conservent plus longtemps.

— C'est répugnant !

— Ça se fait toujours en Égypte. Cet été, mon père a reçu une tête, dans un panier, de la part de Mohammed Ali, le pacha d'Égypte. C'était celle de l'individu censé avoir tué mon frère. Mais, comme c'était prévisible, Rupert a défié la loi des probabilités et a réapparu, bien vivant, juste après l'arrivée de la tête.

— Des choses étranges arrivent dans votre famille. Vous n'avez pas tenté de scalper Rupert ? C'était un petit ange aux cheveux dorés lui aussi ?

— Ciel, non ! De loin, certaines personnes nous confondaient. Mais revenons à Thomas Cole, enchaîna-t-il avant qu'elle ne pose d'autres questions personnelles. Les gendarmes ont enfin entrepris de fouiller l'auberge. Et ils ont découvert que, dans l'une des chambres, le lit était posé sur une trappe au-dessous de laquelle se trouvait une cuve d'eau bouillante. Lorsqu'on poussait un loquet sous la trappe, celle-ci s'ouvrait, le lit basculait et son occupant glissait dans la cuve.

— Ils le faisaient bouillir ? *Vivant* ?

— Oui. Les aubergistes s'assuraient que leur client allait se coucher suffisamment ivre pour qu'il ne tente pas de sauver sa peau ni même de crier.

— C'est innommable.

— Les gens peuvent faire des choses innommables. Pour des raisons absurdes ou sans aucune raison. Dans le cas présent, cependant, la justice a triomphé. L'aubergiste Jarman et sa femme ont été arrêtés, jugés, condamnés et pendus haut et court. Ensuite, l'endroit a été connu sous le nom de Thomas-Cole-in-the-Brook[1], et aujourd'hui Colnbrook,

Ayant franchi le pont, ils s'engagèrent dans une rue étroite. Ils passèrent devant deux auberges silencieuses. Un peu plus loin, les fenêtres de la

1. *Brook* signifie rivière en français. *(N.d.T.)*

fameuse *Autruche* étaient éclairées et des rires avinés en jaillissaient.

Le cabriolet approchait de l'entrée lorsque trois hommes en sortirent en chancelant. L'un d'eux bascula la tête la première et s'affala sur le sol. Rathbourne parvint à arrêter l'attelage de justesse, ce qui n'empêcha pas l'un des deux autres ivrognes de l'apostropher.

— Pourquoi que tu regardes pas où que tu vas ? T'aurais pu le tuer, espèce de foutue tête de hareng !

Le troisième homme s'empara des rênes du cheval de droite.

— C'est bon. Ils iront nulle part.

— Je suis tout à fait capable de retenir mes chevaux, déclara Rathbourne d'un ton posé. Vous feriez mieux de ramasser votre ami.

En guise de réponse, l'ivrogne numéro trois l'invita cordialement à faire quelque chose d'anatomiquement impossible.

Le numéro deux se rendit plus utile. Il remit sur pied son camarade et l'emmena jusqu'au banc adossé au mur de l'auberge.

L'autre, qui n'avait pas remarqué l'inquiétude de l'animal dont il secouait les rênes, continuait de spéculer sur les défaillances sexuelles de Rathbourne, ses préférences pour les jeunes garçons et les brebis pleines, et le nombre d'hommes difformes avec qui sa mère pouvait l'avoir engendré.

L'autre le cherchait visiblement, mais Rathbourne, affichant un flegme tout aristocratique, se contenta de chuchoter à Bethsabée :

— Existe-t-il spectacle plus répugnant qu'un ivrogne à 1 heure du matin ? J'en doute.

D'une voix plus audible, il reprit :

— Veuillez accepter mes excuses pour cet incident, monsieur. Votre ami ne risque plus rien, à présent. Je suggère que vous fassiez tous les trois une petite sieste sur le banc pendant que nous vous débarrasserons de notre présence.

L'ivrogne numéro trois offrit de lui enfoncer une partie de son anatomie dans la gorge.

— Dois-je vous rappeler qu'il y a une dame ? fit Rathbourne.

— Oh, et une jolie dame ! s'exclama l'ivrogne numéro deux en abandonnant son ami sur le banc. Ch'sais bien quel genre de dame se promène à c't'heure de la nuit.

Il se dirigea en titubant vers le cabriolet, le visage tordu dans ce que Bethsabée supposa être une tentative de clin d'œil.

— Pourquoi que tu laisserais pas ce vieux type à tête de furoncle et son valet de cœur s'amuser comme y préfèrent ? Et pourquoi que tu viendrais pas avec moi, à la place, mon joli petit merle ?

Il agrippa l'accoudoir de Bethsabée d'une main et, de l'autre, s'empoigna l'entrejambe.

— J'ai là un truc plus gros et plus fort pour que tu te perches dessus.

— Pas ce soir, répondit Bethsabée. J'ai la migraine.

— Ôtez votre main de la voiture, ordonna Rathbourne d'une voix dure.

— Oui, m'sieur. Tout de suite, vot'majesté.

Il lâcha l'accoudoir et agrippa la cheville de Bethsabée.

— C'est ça que je préfère.

Avant que Bethsabée ait pu réagir, Rathbourne s'était levé. Il passa devant elle, laissa tomber les rênes et la cravache sur ses genoux, et bondit sur l'ivrogne qui s'effondra sous lui. Se relevant, le vicomte souleva son adversaire et le tira jusqu'au banc où il prit le temps d'assommer celui qui s'y trouvait déjà et faisait mine de vouloir se redresser.

Lâchant enfin les rênes, l'ivrogne numéro trois s'élança au secours de ses camarades. Rathbourne fit volte-face, l'agrippa et le jeta contre la porte de l'auberge.

Bethsabée avait eu à peine le temps de ramasser les rênes que tout était fini.

Elle fixa Rathbourne.

Il croisa son regard et haussa les épaules.

Il revenait vers la voiture quand la porte de l'auberge s'ouvrit et qu'une foule titubante se rua dehors.

Bien que Rathbourne se soit retrouvé seul contre trois, Bethsabée était restée où elle était, surprise, mais aucunement inquiète. Ses assaillants étaient en effet à peine capables de marcher et encore moins de se battre.

Mais lorsqu'une demi-douzaine d'individus se précipitèrent sur lui et le firent tomber, elle attrapa le fouet et se jeta dans la bagarre. Elle commença par fouetter tout ce qui passait à sa portée puis, gênée par la foule, elle inversa sa prise et frappa toutes les têtes accessibles du manche du fouet.

— Laissez-le, espèces de lâches! criait-elle en décochant des coups de pied pour faire bonne mesure.

Quelqu'un tenta de lui arracher le fouet, mais elle lui enfonça le genou dans les parties. Il hurla en se pliant en deux.

Surpris ou effrayés par tant d'énergie de la part d'une femme, les hommes s'écartèrent, et Rathbourne parvint à se relever. À peine fut-il sur pied, cependant, que le plus costaud de ses assaillants se jeta de nouveau sur lui, suivi aussitôt d'un autre. Estimant qu'il pourrait aisément s'en défaire, Bethsabée se chargea de maintenir les autres à distance.

De son côté, Thomas n'était pas resté inactif. Le voyant cogner deux têtes l'une contre l'autre, elle se demanda qui veillait sur l'attelage. Mais déjà d'autres hommes arrivaient, sortant des auberges devant lesquelles ils étaient passés.

Elle n'eut pas le temps de voir s'ils se joignaient à l'échauffourée ni de quel côté ils se rangeaient, car quelqu'un tentait de la tirer hors de la mêlée. Elle se tortilla pour se libérer et lui décocha un coup de poing dans le nez. Il recula en titubant. Puis un autre individu attira son attention et elle retourna au combat.

Elle vit vaguement Rathbourne frapper un homme, puis un autre. Deux ou trois hommes volèrent dans les airs, et un fracas de verre brisé retentit. Plusieurs gisaient à terre, d'autres se raccrochaient aux réverbères. Elle aperçut Thomas qui repoussait un homme du cabriolet.

Les chevaux se cabrèrent, les gens s'écartèrent, et l'attelage s'éloigna. Personne ne tenait les rênes.

Bethsabée n'aurait su dire combien de temps l'échauffourée dura – quelques minutes sans doute bien qu'elle eût l'impression de se battre depuis des jours et des jours.

Soudain une voix s'éleva au-dessus du vacarme, haute et claire :

— Au nom de Sa Majesté, je vous ordonne de vous disperser et de garder le silence pendant que je donne lecture de la loi.

L'ordre fut répété deux fois, et le silence se fit peu à peu.

— Notre Souverain Seigneur et Roi ordonne que toutes les personnes assemblées se dispersent immédiatement et regagnent en paix leurs domiciles ou leurs lieux de travail sous peine de sanctions prévues par la loi édictée l'an 1 du règne du roi George 1er afin de prévenir les attroupements séditieux. Que Dieu protège le Roi.

Les hommes commencèrent à reculer en marmonnant. Les derniers arrivés partirent les premiers. Puis ceux du premier groupe qui étaient encore debout s'écartèrent, certains en claudiquant.

Bethsabée regarda Rathbourne. Sa redingote était déchirée, il n'avait plus ni cravate ni chapeau. Ses cheveux se dressaient ici ou là sur son crâne et la sueur les faisait friser sur les tempes. Son visage était si sale qu'elle était incapable de dire s'il était blessé. Leurs regards se croisèrent, et il lâcha un rire bref en secouant la tête.

Elle s'approcha. Mouvement purement instinctif. Ce fut aussi l'instinct qui la poussa à toucher le visage de Benedict.

— Vous êtes blessé ?

Il rit de nouveau, lui prit la main et y appuya la joue.

— Elle me demande si je suis blessé. Folle créature que vous êtes ! À quoi pensiez-vous donc ?

— Je n'ai pas réfléchi. Ils vous avaient jeté à terre… Ce n'était pas juste. J'étais furieuse.

Il lui lâcha la main pour tenter de la recoiffer.

Elle s'était jetée dans la bagarre sans réfléchir, et ne réfléchit pas davantage lorsque, inclinant la tête, elle l'appuya contre la poitrine de Rathbourne.

— J'avais peur qu'ils vous aient blessé, murmura-t-elle.

— Et vous, madame l'écervelée ? Vous n'avez pas pensé que vous pourriez être blessée ?

— Non, je n'y ai pas pensé. Cela m'était égal.

Elle sentit la grande main de Rathbourne se poser sur sa nuque, et sa poitrine se soulever et s'abaisser sous sa joue. Elle sentait son propre cœur battre encore follement, et son souffle sortir en saccades irrégulières.

Puis elle entendit Rathbourne murmurer dans ses cheveux :

— L'homme qui nous a lu la loi sur les attroupements séditieux de façon si émouvante approche. Préparez-vous à mentir.

9

Le plus gros de la foule avait disparu dans la nuit – ceux qui étaient capables de se déplacer, en tout cas. Les trois ivrognes du début gisaient là où ils étaient tombés.

Thomas aussi avait disparu. Benedict espéra qu'il avait tenté de rattraper le cabriolet.

L'homme se présenta : Henry Humber, propriétaire de l'auberge du *Taureau* et représentant de l'ordre local. C'était un homme d'une quarantaine d'années, solidement bâti, et qui semblait heureux d'avoir l'occasion d'exercer son autorité. La façon dont il examinait les hommes à terre et les fenêtres cassées, et regardait ici et là tout en griffonnant sur un petit carnet ne présageait rien de bon. Les deux grands gaillards qui l'accompagnaient étaient manifestement là pour décourager toute opposition.

Néanmoins, il aurait été assez simple de régler cette affaire si Benedict avait pu dire la vérité.

Il lui aurait suffi de prendre l'accent traînant et les manières glaciales dont il usait pour écraser les arrivistes et les idiots, et d'expliquer qu'il était en route pour une affaire urgente. Il lui aurait suffi d'écrire le nom et l'adresse de son homme de loi au dos de l'une de ses cartes de visite et la tendre au représentant de l'ordre. Ils n'étaient pas éloignés de la civilisation au point que son nom ne dise rien à personne.

L'ayant reconnu, on le laisserait poursuivre son chemin. Si nécessaire, quelqu'un s'assurerait qu'il dispose d'un véhicule et de chevaux frais. On lui proposerait un rafraîchissement et, très probablement, des excuses pour ce « malentendu ».

Mais dire la vérité était exclu. Il ne pouvait être lui-même ni se comporter comme il le faisait d'ordinaire. Seul, il pourrait aisément survivre aux conséquences sociales d'une bagarre avec une bande de rustres à quelque trente kilomètres de Londres. Les gens penseraient qu'il avait été agressé ou grossièrement provoqué. Tout le monde savait que lord Rathbourne – contrairement à son mouton noir de frère, Rupert – n'avait pas l'habitude de se battre et se donner en spectacle.

Mais Benedict n'était pas seul. Il était avec une femme, une femme connue, belle et beaucoup trop excitante.

Courageuse, aussi, et peut-être un peu folle.

Il n'en revenait pas qu'elle ait sauté de la voiture et se soit lancée dans la bagarre. Elle avait manié le fouet avec une énergie et une efficacité surprenantes. Il avait entendu deux hommes crier sous ses coups et en avait vu plus d'un courir se mettre à l'abri. S'il n'avait pas eu tant à faire de son côté, il en aurait ri.

Tout aussi incroyable, et moins drôle, avait été sa propre conduite.

Il avait participé à une rixe sur la voie publique avec une bande de paysans ivres.

À cause d'une femme.

Il s'était d'abord montré parfaitement raisonnable. Sachant qu'on ne pouvait raisonner des ivrognes ni espérer qu'ils se comportent raisonnablement, il avait ignoré les insultes dont il faisait l'objet.

Il avait trouvé plus difficile d'ignorer les remarques grossières adressées à Mme Wingate, mais avait néanmoins serré les dents et fait la sourde oreille.

Puis l'individu avait touché Mme Wingate.

Et Benedict s'était trouvé dans l'obligation de le tuer.

À présent, elle se trouvait près de lui, cramponnée à son bras. À la lumière des lanternes, il vit que son indignation allait croissant tandis que Humber vitupérait contre les étrangers qui déboulaient dans de paisibles villages pour y semer le désordre.

Ses grands yeux bleus s'écarquillaient et lançaient des éclairs, sa belle poitrine se soulevait et s'abaissait rapidement, et sa bouche délicieuse béait de stupéfaction.

Ému, comme n'importe quel homme l'aurait été, par cette troublante vision d'une passion à peine contenue, Benedict fut un peu lent à la prier de garder son calme.

Comme il ouvrait enfin la bouche, elle explosa ;

— Je n'en crois pas mes oreilles ! Trois ivrognes ont arrêté notre voiture au beau milieu de la nuit alors que nous traversions le village tranquillement. L'un d'eux a posé la main sur moi. Mon mari a défendu mon honneur. Une foule de pochards s'est répandue dans la rue et a tenté de le tuer. Et *nous* sommes coupables ?

Humber répliqua que les trois premiers avaient trop bu pour se tenir debout, et qu'ils étaient par conséquent incapables de blesser qui que ce soit, et que les autres étaient simplement venus au secours de leurs amis. Il indiqua les dégâts causés à son établissement et aux maisons voisines, pots de fleurs renversés et vitres brisées.

Avant que Mme Wingate ait pu trouver d'autres arguments, Thomas émergea de la nuit avec le cabriolet, lequel ne paraissait pas trop abîmé, constata Benedict avec soulagement.

— C'est à vous ? s'enquit Humber. Et c'est votre serviteur ? Eh bien, il va aller avec vous et la voiture restera à l'auberge. Vous la récupérerez lorsque vous aurez réglé l'affaire avec le juge lundi prochain.

— *Lundi ?* répétèrent Benedict et Bethsabée d'une même voix.

— Notre châtelain, M. Pardew, ne tiendra pas séance avant, expliqua Humber. Son épouse refuse que des mécréants souillent son salon le samedi et le dimanche.

Comme beaucoup de magistrats locaux, le sieur Pardew siégeait dans son salon. Et, comme eux, il n'avait sûrement qu'une connaissance superficielle de la loi. Ses jugements se fondaient probablement sur ce qu'il estimait être le bon sens, à quoi s'ajoutaient ses penchants personnels et ceux de sa femme.

Cela ne faisait pas forcément une mauvaise justice, et cela n'ennuyait pas Benedict. Ce qui l'ennuyait, en revanche, c'était le nom du magistrat – qui ne lui était que trop familier –, et la possibilité que quelqu'un ait réveillé ce brave homme et qu'il soit en chemin.

Inclinant la tête, il murmura à l'oreille de Mme Wingate :

— Nous ne pouvons pas nous attarder. Je ne dois pas rencontrer ce Pardew. Il me connaît. C'est un bavard incorrigible.

Plus distinctement, il reprit :

— À mon grand regret, lundi…

— Oooh, gémit soudain Mme Wingate.

Elle lâcha le bras de Benedict, fit quelques pas chancelants en direction d'Humber, et s'évanouit.

Au début, Benedict ne soupçonna rien. Lorsqu'il la vit porter la main à la tête et vaciller, il cessa de respirer et de penser. Il s'avança cependant pour la rattraper, mais elle s'affala contre Humber, qui s'en chargea à sa place.

Le cœur de Benedict se remit à battre tandis que, les yeux plissés, il regardait Mme Wingate onduler étrangement et jusqu'à ce que ses seins se pressent contre le large torse d'Humber.

Ce dernier ne semblant pas pressé de l'écarter, Benedict songea à le tuer, *lui aussi*.

À cet instant, une grande et forte femme munie d'une lanterne apparut. Un manteau d'homme recouvrait ce qui devait être une chemise de nuit. Elle les rejoignit d'une démarche déterminée.

— Humber, qu'est-ce qui te retient si longtemps ?

Mme Wingate laissa échapper un petit gémissement.

Humber se hâta de passer à Benedict le fardeau aux formes pulpeuses.

— Bertha, fit-il. Que fais-tu là à cette heure ? Tu vas attraper la mort.

— Comment veux-tu que je dorme avec ce boucan ?

Mme Wingate gémit à nouveau.

Benedict baissa les yeux sur elle. Elle avait perdu son chapeau et ses cheveux étaient dénoués. La tête rejetée en arrière, elle exposait sa gorge blanche, et ses seins fermes et ronds se dressaient vers le ciel. Ses lèvres étaient entrouvertes, ses yeux clos…

Il avait enfin deviné qu'elle jouait la comédie, mais c'était tout. Son cerveau ne fonctionnait pas moitié aussi bien que d'autres parties de son corps, situées plus bas.

Elle était sale et échevelée, et cela n'arrangeait pas la situation.

Il mourait d'envie de lui arracher ces vêtements souillés et usés, de la dépouiller jusqu'à ce qu'elle soit nue, et de…

…la *laver*.

…Lentement…

…du haut du crâne jusqu'aux orteils.

Il s'efforça, non sans peine, de se ressaisir.

— Très chère, dit-il d'une voix rauque. Dites-moi quelque chose.

Elle papillota des cils et, progressivement, reprit connaissance. *Feignit* de reprendre connaissance.

Benedict chercha un endroit où la poser, dans l'espoir que cela l'aiderait à reprendre son sang-froid.

Les ivrognes numéro un et deux ronflaient avec application près du banc. Benedict les poussa du pied et installa Mme Wingate sur ledit banc. Avant qu'il ait pu s'écarter, elle lui attrapa la main.

Bien qu'il eût désespérément besoin de mettre un peu de distance entre eux, il s'assit près d'elle. Se rappelant qu'il était censé être son époux, il lui entoura les épaules du bras et se força à ne plus penser aux bains.

— Mon cher, je crains que mon mal n'empire, dit-elle d'une voix faible, mais audible. Ce n'est pas bon signe : une autre crise, si vite après la dernière.

Elle étouffa un sanglot.

Ah, elle se mourait donc.

— Non, non, vous allez mieux, assura Benedict en lui tapotant la main. C'était le choc – tous ces hommes, ces cris, cette violence. Vous avez eu peur.

Pas autant que les individus qui s'étaient trouvés à l'autre extrémité de son fouet, il l'aurait parié.

Elle secoua la tête.

— Non, je m'affaiblis, dit-elle avec un merveilleux courage. J'avais tant espéré revoir ma chère Sarah avant… avant… enfin, vous savez.

Benedict ne savait pas, mais il en avait une vague idée, aussi joua-t-il le jeu.

— Vous la verrez bientôt, ma chère, je vous le promets.

— Oh, je l'espère tant. C'est la seule et ultime chose que je désire. Mais s'il nous faut attendre lundi… il sera peut-être trop tard. Je crains que mes forces ne m'abandonnent avant.

Cette scène émouvante avait attiré l'attention de l'autre couple, comme Mme Wingate l'avait sans doute espéré.

— La dame est malade ? demanda Mme Humber en fusillant son mari du regard.

— Comment j'aurais pu le deviner ? Elle était – enfin, je veux dire, elle m'avait l'*air* parfaitement robuste. Et, à ce qu'on m'a dit, elle maniait le fouet il y a seulement un instant.

Benedict aida Mme Wingate à s'adosser au mur de l'auberge, et rejoignit l'aubergiste et sa femme.

— Si vous pouviez la voir à la lumière du jour, vous reconnaîtriez les signes, leur dit-il à mi-voix. Je ne sais pas où elle a trouvé la force de venir à ma rescousse. C'était folie de sa part, vu son état… mais c'est une femme si cou-courageuse.

Sa voix se brisa.

— Elle possède une énergie surprenante pour une grande malade, s'étonna Humber.

— Elle veut absolument revoir sa sœur, bien que le voyage puisse s'avérer fatal, expliqua Benedict. J'ose croire que quelque instinct sûr la guide. Les médecins peuvent s'être trompés, après tout, et on peut espérer que la joie des retrouvailles et le changement d'air lui rendront ses forces. C'est le désespoir qui nous pousse à voyager de nuit. Elle craint de ne pas arriver à temps.

L'expression de Mme Humber se fit plus sévère encore.

— Elle n'était pas du tout malade tout à l'heure, se défendit son mari. Tu ne l'as pas vue à ce moment-là, Bertha.

— J'en ai vu assez.

— Et regarde un peu ce qu'il a fait, reprit l'aubergiste en désignant les hommes à terre. Et puis il y a les fenêtres cassées. Le châtelain voudra…

— Le châtelain, tu parles ! Il se fiche bien que ces soûlards se fracassent le crâne. Fais-leur payer la casse, à *eux* ! Et ne me parle plus du châtelain. Je ne suis pas née d'hier, pas vrai ?

— Voyons, Bertha, protesta Humeber.

— Pas de « voyons, Bertha » !

Elle se tourna vers Benedict.

— Je suis désolée de cet incident, monsieur, enchaîna-t-elle. Mais, si j'étais vous, je ne voyagerais pas si tard avec la dame. D'abord, l'air nocturne ne lui fera aucun bien. Ensuite, à cette heure de la nuit, c'est surtout des ivrognes et des débauchés qui traînent dehors. De jolies créatures comme elle ne peuvent que les pousser au pire. Partez, maintenant – et je la couvrirais mieux, si j'étais vous.

Quelques minutes plus tard, Benedict, Mme Wingate et Thomas quittaient Colnbrook.

Aucun d'eux ne remarqua le sieur Pardew qui déboulait d'une petite route. Il s'arrêta au croisement pour laisser passer le cabriolet et le suivit des yeux en fronçant les sourcils.

— Il s'en est fallu de peu, déclara Rathbourne tandis qu'ils franchissaient le pont. J'avais dans l'idée de faire signe à Thomas, de vous soulever dans mes bras et de courir vers la voiture. Je pensais que si nous les prenions par surprise, les acolytes de Humber seraient trop lents à réagir et qu'en un clin d'œil nous serions en train de galoper vers la liberté.

— C'était une meilleure idée que la mienne, avoua Bethsabée. Mais j'ai vu une femme arriver et, aussitôt, j'ai pensé à tomber dans les bras du mari.

— Votre idée était brillante. C'était une scène délicieuse. Meilleure que n'importe quelle farce de théâtre.

Rassemblant les rênes et le fouet dans une seule main, il glissa le bras sur les épaules de Bethsabée et l'étreignit doucement. Elle sentit son menton sur sa tête.

— Vous étiez merveilleuse, dit-il d'une voix grave. Complètement folle d'être venue à mon secours, mais merveilleuse quand même.

Elle avait envie de se blottir contre lui. Maintenant que tout danger était écarté, elle tremblait.

— J'avais peur qu'ils ne vous fassent du mal, souffla-t-elle.

Il la serra plus étroitement.

— Vraiment, vous aviez peur ?

Il se racla la gorge.

— Mais pas autant que les hommes qui ont eu affaire à vous quand vous avez bondi dans la mêlée, ajouta-t-il d'un ton plus léger. Quel spectacle !

— J'ai eu l'occasion de m'entraîner, dit-elle.

Se rappelant soudain qui et ce qu'elle était, elle s'obligea à s'écarter.

Rathbourne parut se ressaisir, lui aussi. Il reprit les rênes des deux mains et reporta son attention sur la route.

— Ma famille a voyagé sur le Continent pendant la guerre, expliqua-t-elle. Mon père m'a appris à utiliser un pistolet et un fouet – au cas où nous tomberions sur une bande de soldats errants, disait-il. En réalité, nous avons eu plus de problèmes avec les nombreuses victimes de mes parents qu'avec des soldats en maraude.

— Si votre fille a autant de ressources que vous, je n'ai aucune raison de m'inquiéter pour Peregrine. Je sais qu'en cas de besoin, il peut se défendre – comme l'a découvert Nat Diggerby. En tout cas, tant qu'ils seront dans la diligence, ils ne risqueront rien.

— Certes. Mais nous avons perdu énormément de temps. À quelle distance sommes-nous de Salt Hill ?

— Environ cinq ou six kilomètres.

— Pressez les chevaux.

Rathbourne pressa les chevaux, mais cela ne servit à rien.

À Salt Hill, Mme Edkins, la tenancière du *Moulin* leur répondit qu'un seul passager était descendu de la diligence. Une dame âgée qui, en ce moment même, dormait dans l'une des chambres de l'auberge. La réveiller pour l'interroger parut inutile, car Mme Edkins avait longuement discuté avec elle.

Elle put ainsi raconter qu'à Cranford Bridge, la voiture avait pris à bord deux garçons qui avaient quitté Londres pour rejoindre leur maman mourante. La vieille dame avait eu pitié d'eux et leur avait donné quelques pièces. Ce n'était pas beaucoup – par prudence, elle voyageait avec peu d'argent sur elle –, mais cela paierait le trajet jusqu'à Twyford.

— À quelle distance sommes-nous de Twyford ? s'enquit Bethsabée.

— Environ vingt kilomètres, répondit Benedict. Comme c'est ennuyeux ! Moi qui espérais prendre un bain, il semble que je vais devoir me contenter de la pompe dans la cour.

— Vous avez voulu voir de quoi étaient capables vos chevaux et vous avez eu un accident ? demanda

Mme Edkins qui, en dépit de sa saleté et du désordre de sa tenue, le contemplait d'un air admiratif.

— Nous sommes tombés sur une bande de rustres complètement ivres à Colnbrook, expliqua Bethsabée.

— Vous auriez dû voir l'état de nos adversaires, quand ma femme en a eu fini avec eux, ajouta Rathbourne avec fierté.

Bethsabée le suivit des yeux tandis qu'il empruntait le passage menant à la cour de derrière, émerveillée par sa capacité à ne paraître qu'un peu ébouriffé alors qu'elle-même...

La pensée se volatilisa à l'instant où son regard descendit des épaules larges aux hanches étroites. Il marchait d'une façon bizarre.

Elle le rattrapa en courant.

— Vous êtes blessé ?

— Certainement pas, répondit-il sans s'arrêter. Je veux juste m'asperger d'eau froide pour me nettoyer un peu.

Quoi qu'il dise, il penchait nettement du côté droit.

— Vous êtes blessé, insista-t-elle. Il faut que je vous examine. C'est peut-être une côte cassée.

— Je n'ai rien de cassé. Tout juste un muscle froissé. Le muscle qui me sert à jeter les gens dans les fenêtres est un peu raide faute d'entraînement.

— Madame Edkins ! appela-t-elle.

L'aubergiste se hâta de les rejoindre.

— Mon mari est blessé. Il me faudrait de l'eau chaude.

— Non, vous n'en avez aucunement besoin, protesta-t-il. Madame Edkins, ne vous donnez pas ce mal. Il est 2 heures du matin passées, ajouta-t-il en adressant un regard sévère à Bethsabée. Vous n'allez pas mettre cette auberge sens dessus dessous pour un muscle froissé.

Il s'écarta, mais ce simple mouvement le fit ciller.

— Ne l'écoutez pas, dit Bethsabée à l'aubergiste. C'est un homme, et vous savez comment sont les hommes.

— Oh que oui ! Je vais vous apporter de l'eau tout de suite. Et quelque chose à manger, peut-être, et à boire aussi, pour fortifier monsieur.

— Non, protesta Rathbourne de son ton le plus impérieux. Surtout pas…

Sa bouche se tordit. Il émit un son étranglé.

Bethsabée le regarda avec inquiétude.

C'est alors qu'il éclata d'un rire énorme qui ébranla les murs du passage.

Une fois qu'il eut commencé, ce fut comme si un barrage avait cédé.

Il ne pouvait s'arrêter de rire. Il revoyait la scène dans laquelle Mme Wingate répondait d'une voix placide : « Pas ce soir. J'ai la migraine », à l'ivrogne qui venait de lui faire une proposition obscène.

Puis celle où elle tombait dans les bras d'Humber, et l'expression offusquée de Mme Humber, et sa brève remarque : « J'en ai vu assez. »

Et il riait de plus belle, secoué de spasmes incoercibles.

S'appuyant au mur, il tenta de reprendre son souffle – mais il revit un homme lever les bras pour se protéger du fouet que Mme Wingate maniait avec ardeur, et le fou rire le reprit.

Combien de temps cela dura, il n'en eut aucune idée. Lorsqu'il se calma enfin, il était à bout de souffle et au bord du vertige. Il se redressa tant bien que mal, s'essuya les yeux et tituba vers la cour.

Il sentit les deux femmes le suivre des yeux.

Mais elles se contentèrent de regarder.

Benedict s'était débarrassé du plus gros de la poussière et rafraîchi lorsque Thomas le rejoignit. Il lui tendit une serviette, ravi de constater que son maître n'avait pas été blessé.

— Je n'ai pas eu de vrais problèmes, sauf quand ces rustres m'ont jeté à terre, avoua Benedict. Ç'aurait pu mal tourner pour moi à ce moment-là si Mme… euh, ma chère épouse n'était pas intervenue.

Il retint un gloussement.

— Mme Woodhouse, monsieur, précisa Thomas à voix basse. Madame s'est présentée sous le nom de M. et Mme Woodhouse, mais je ne sais pas si elle vous a baptisé John ou George.

— Peu importe, assura Benedict. Nous allons repartir sous peu.

Thomas se racla la gorge, soudain mal à l'aise.

Benedict le regarda.

— Qu'y a-t-il ?

— Mme Woodhouse a demandé un salon privé, répondit Thomas. Je serais venu plus tôt vous aider, mais elle a voulu que j'allume le feu.

— Et tu lui as obéi. Alors que tu savais que je voulais partir d'ici le plus vite possible.

— Oui, monsieur.

— As-tu peur d'elle, Thomas ?

— Je l'ai vue bondir de la voiture lorsque ces hommes vous ont jeté par terre. Elle a été plus rapide que moi. Je n'ai pu m'empêcher de penser qu'elle prenait à cœur vos intérêts. Et, quant à avoir peur ou non, monsieur, je préfère ne pas me trouver sur sa liste noire. C'est pourquoi j'ai allumé le feu, comme elle me le demandait.

— Je vois.

— Elle a commandé de l'eau chaude, des pansements et de la nourriture, poursuivit le valet. Elle veut que vous mangiez… dès qu'elle aura soigné vos blessures.

— Je ne suis pas blessé. Ne l'ai-je pas déjà dit ?

— Monsieur, avec tout le respect que je vous dois, il est bien connu que les dames veulent toujours nous faire avaler des pilules, nous envelopper dans du plâtre ou un cataplasme, répondit Thomas. Peu importe qu'on en ait besoin ou pas. Autant se laisser faire, puisque ça rend la dame heureuse et que ça évite une querelle.

Bien qu'il saisît la sagesse de ce point de vue, Benedict n'ignorait pas qu'il serait stupide, sinon suicidaire, de laisser Bethsabée Wingate poser les mains sur lui, ne fût-ce que pour y appliquer un onguent. Son sang-froid légendaire avait montré d'inquiétantes fissures : la bagarre, l'étreinte dans le cabriolet, la crise de fou rire.

Si elle le touchait, si elle se tenait trop près de lui, durant trop de temps, alors qu'il n'avait pas de tâche importante à mener à bien, comme conduire un attelage, pour l'occuper et l'empêcher de penser à elle, il risquait fort de commettre une erreur fatale.

En conséquence, il ne pouvait se ranger à l'avis de Thomas.

Il ne pouvait céder aux craintes de Mme Wingate concernant d'éventuelles blessures ni à son besoin féminin de soigner.

Sa décision prise, il rendit la serviette à son domestique. N'ayant pas de peigne, il aplatit avec les doigts ses cheveux qui, il en était sûr, se dressaient en tous sens. Il fut tenté de demander à Thomas s'il était vraiment mal coiffé, mais se retint.

Ce n'était pas juste. Rupert et lui avaient hérité de la crinière noire de leur mère, mais les cheveux de Rupert n'étaient jamais aussi absurdement indisciplinés.

Non qu'il enviât le moins du monde son cadet, qui ne cessait de se retrouver dans le pétrin, et dont la vie n'était que chaos. Comment Daphné, cette femme intelligente et rationnelle, tolérait-elle une telle imprévisibilité, un tel désordre, Benedict ne le comprendrait jamais.

De toute façon, l'état de ses cheveux n'avait aucune importance. Il ne se rendait pas à un bal à l'Almack's. Il n'était pas sur le marché du mariage. Il n'essayait pas de trouver l'Épouse Parfaite.

Quant à tenter de plaire à Bethsabée Wingate, le Devoir et la Raison le lui interdisaient formellement.

C'est ainsi que, espérant qu'il ne ressemblait pas trop au clown Grimaldi, Benedict pénétra dans l'auberge, déterminé à remettre tout, y compris Bethsabée Wingate, à sa place.

10

Bethsabée s'était elle aussi débarrassée du plus gros de la poussière, mais à la manière d'une dame, c'est-à-dire avec la cuvette et le broc que lui avait apportés Mme Edkins.

Celle-ci ne lui avait cependant fourni ni miroir ni épingle à cheveux, et Bethsabée essayait de se coiffer sans l'aide de ces accessoires lorsque la porte du salon privé s'ouvrit.

— Vous avez corrompu mon valet, déclara Rathbourne tout de go.

Sa cravate humide avait été nouée à la hâte. Sa veste et son gilet n'étaient pas boutonnés.

Des boucles mouillées pendaient sur son front tandis que d'autres se dressaient sur son crâne tels des tire-bouchons.

Il ne s'était pas contenté de s'asperger, il avait mis la tête sous l'eau, découvrit-elle, au désespoir. Il était *mouillé*.

Et elle mourait d'envie de plonger les doigts dans sa chevelure en bataille. De lui arracher ses vêtements et de laisser ses mains errer là où il leur était interdit d'errer.

La faute en revenait à la bagarre. La réaction de Rathbourne lorsque l'ivrogne l'avait touchée… la façon dont il était venu à bout de ses adversaires, les jetant ici et là sans effort apparent… le danger…

Elle avait adoré cela.

Avait trouvé cela excitant.

Une réaction typiquement DeLucey.

Elle enfonça une épingle dans le nid à rats sur sa tête.

— Je suis une DeLucey, lui rappela-t-elle sombrement. Nous corrompons tout le monde.

— Vous ne me corromprez pas. Vous pouvez peut-être réduire Thomas en esclavage, mais je ne suis pas Thomas et je n'ai pas l'habitude qu'on me dicte mes actes. Venez, nous devons partir.

Elle se raidit.

— Moi non plus, je n'ai pas l'habitude qu'on me dicte mes actes. Je refuse de bouger d'ici tant que je ne serai pas certaine que vous n'avez pas une côte cassée.

— Je n'ai aucune côte cassée.

— Vous ne pouvez en être sûr. Tout à l'heure, dans le passage, vous marchiez en penchant à droite.

— J'essayais de ne pas rire.

— Après aussi vous marchiez bizarrement.

— J'avais la tête qui tournait d'avoir autant ri.

Elle aussi avait eu la tête qui tournait tandis qu'elle le regardait rire à gorge déployée. Une émotion sans nom l'avait soudain saisie, car il ressemblait tellement à un jeune garçon, un gredin sale et mal élevé, si éloigné de la perfection, si *humain*.

Il était bel et bien humain, c'est-à-dire fragile, comme tout le monde. Cet accès de fou rire avait pu aggraver ses blessures.

— Cela ne prendra qu'un moment, insista-t-elle. Ne pouvez-vous m'accorder…

— Je ne suis pas idiot, madame Win… madame Woodhouse. Si j'avais une côte cassée, je le saurais.

À cause de la douleur, vous voyez. Ce n'est pas parce que je suis viril et stoïque que je n'ai jamais mal. Et en ce moment je ne souffre pas.

— La réaction peut être tardive. Parfois, il s'écoule des heures avant que le choc ou l'excitation se dissipe et, alors, la douleur…

— Je ne suis ni choqué ni excité, et nous n'allons pas nous attarder ici des heures, coupa-t-il. Je m'en vais, madame. Vous pouvez venir ou rester, à votre guise.

Sur ce, il tourna les talons et sortit.

Il s'attendait qu'elle le suive comme un mouton.

Un instant plus tard, il rentrait dans le salon au pas de charge.

Bras croisés, Bethsabée n'avait pas bougé.

— Vous vous obstinez pour le plaisir de vous obstiner, lança-t-il. Vous avez décidé de me défier chaque fois que l'occasion s'en présenterait. Comme à Londres. Eh bien, vous ne pouvez pas gagner à tous les coups.

— Mais vous, si ?

— Je refuse de rester ici à me quereller avec vous. C'est absurde.

— Je refuse d'être traitée comme une enfant, riposta-t-elle. Ne prenez pas ce ton avec moi. Et ne tournez pas en ridicule mon inquiétude parfaitement raisonnable. Des côtes cassées peuvent se révéler fatales.

L'expression de Rathbourne se radoucit.

— Bien sûr que cette inquiétude est raisonnable. Je ne devrais pas la prendre à la légère.

Elle se détendit et décroisa les bras.

Il s'approcha d'elle, l'air contrit.

— Vous m'en parlerez autant que vous voudrez, reprit-il en cherchant sa main. Dans la voiture.

Elle recula, mais il fut plus rapide et la souleva dans ses bras.

— Oh, non ! s'écria-t-elle. Vous n'utiliserez pas ces méthodes primitives avec moi. Reposez-moi immédiatement.

Elle lui décocha un coup de poing dans la poitrine.

— Faites attention à ma côte cassée, mon amour, dit-il en riant.

— Je ne suis pas votre amour, espèce de brute sarcastique et arrogante, rétorqua-t-elle en se tortillant pour se libérer. Vous n'êtes pas mon seigneur et maître. Vous ne…

— Vous faites une scène.

— Je n'ai même pas commencé, assura-t-elle comme ils arrivaient à la porte. Un pas de plus et je…

La bouche de Rathbourne se plaqua sur la sienne.

Le monde bascula et s'obscurcit.

Il referma la porte, s'adossa au battant, la bouche toujours soudée à celle de Bethsabée.

Non ! Non ! rugissait une voix scandalisée dans la tête de Benedict.

Trop tard.

Elle avait entrouvert les lèvres et ses mains lui agrippaient les épaules.

Elle acceptait son baiser, le lui rendait avec une pointe de défi. Il le sentit se répandre dans sa bouche tel du feu liquide.

Elle continua de se tortiller pour qu'il la repose sur le sol, mais sa bouche ne lâcha pas la sienne pour autant. Tandis qu'elle glissait lentement à terre, les courbes tendres de son corps caressèrent le sien, allumant un incendie en lui.

Il devait absolument la lâcher. *Tout de suite.*

Il lui suffisait d'ôter le bras de sa taille. Mais il ne le fit pas. Il la maintint contre lui alors que leur baiser se muait en une sorte de duel, audacieux, exigeant.

La passion.

La passion n'était pas permise. Jamais. La passion était folie, chaos. Il connaissait quantité de règles contre la passion.

« NON ! supplia une voix en lui. Repoussez-moi. Marchez-moi sur le pied. Vous savez comment vous défendre. »

Elle se cramponnait à lui, une main lui étreignant le bras comme un étau.

Il entendit les voix de la Raison et du Devoir glapir leurs interdits, mais le simple contact des doigts de Bethsabée sur le dos de sa main, celle qu'il laissait sur la porte pour la maintenir fermée jusqu'à ce qu'il trouve la force de lâcher Bethsabée, les fit taire.

Elle lui prit le poignet, et il ne put s'empêcher de tourner la main pour nouer ses doigts aux siens. L'intimité de ce contact le fit souffrir, et le mit en colère. Cette femme était faite pour lui. Pourquoi diable lui était-il interdit de la faire sienne ?

Interrompant leur baiser, il enfouit le visage dans le cou de Bethsabée, goûta sa peau, inhala son parfum, et retrouva toutes les sensations qu'il avait tenté d'oublier avec tant de détermination. Puis, incapable de s'en empêcher, il promena les mains sur le dos souple, suivit la courbe de la taille mince, l'évasement des hanches pleines. Vit-elle là un défi ? Ou bien éprouvait-elle le même désir fou que lui ? Quoi qu'il en soit, ses mains s'insinuèrent sous sa redingote, puis sous son gilet et s'attardèrent sur sa chemise alors qu'elle savait – *forcément* – qu'il désirait éperdument les sentir sur sa peau.

Il tâtonna à la recherche des lacets qui fermaient sa robe, les trouva sur le devant. Ce ne fut pas une mince affaire que de les dénouer, d'écarter le tissu de sa camisole, de glisser les mains dans son corset pour s'emparer de ses seins.

Elle retint son souffle.

« Dites-moi d'arrêter, ne me demandez pas d'arrêter », lui enjoignit-il en silence.

Elle s'écarta, juste assez pour tirer sur son corset et le défier du regard. Levant les bras, elle prit sa tête entre ses mains et l'attira à elle. Il entendit un petit soupir de plaisir lui échapper lorsqu'il promena les lèvres sur le doux renflement de ses seins.

Après quoi, ce ne fut plus que *je veux* et *il me faut, j'ai besoin* et *c'est à moi, moi, moi*.

Le fauve commandait.

Il lui retroussa ses jupes, puis son jupon jusqu'à ce que, enfin, sa main atteigne la peau douce au-dessus des bas, puis plus haut encore, jusqu'au cœur chaud, humide, accueillant de son intimité.

Il voulut déboutonner son pantalon, mais déjà elle effleurait son sexe palpitant de la main, et il dut plaquer la bouche sur son épaule pour s'empêcher de crier comme un gamin qui découvre le plaisir pour la première fois.

Il tremblait d'impatience, mais la main de Bethsabée était là, et c'était une torture si exquise qu'il ne put se résoudre à l'écarter. Il sentit un bouton sauter, puis le suivant. Son sexe se tendait sous le tissu et il s'apprêtait à l'aider – à s'aider lui-même, car il n'en pouvait plus d'attendre – lorsqu'elle cria et recula en lâchant un juron en français.

Une vive douleur : voilà ce qui avait ramené Bethsabée à la raison.

— Qu'y a-t-il ? fit Benedict d'une voix rauque.

Elle hésitait entre rire et pleurer.

— Ma main, répondit-elle. Ma main, merci, mon Dieu. Allez au diable, Rathbourne ! Vous savez bien que nous ne pouvons pas faire cela.

— Que j'aille au diable ? répéta-t-il. *Moi ?* Qu'est-ce qu'elle a votre main ? ajouta-t-il moins rudement.

— Je crois qu'elle a cassé le nez de quelqu'un, et maintenant ça me fait un mal de chien.

— Montrez-moi.

Elle s'écarta le temps de remettre de l'ordre dans sa tenue, et qu'il en fasse autant. Ses seins sortaient à demi de son corset, son jupon était tire-bouchonné à la taille et ses jupes tout de travers. Mais elle n'avait jamais eu honte de son corps et, pour l'heure, ce qu'il pouvait en voir lui importait peu. À vrai dire, elle lui aurait volontiers laissé voir et faire tout ce qu'il voulait, avec enthousiasme même.

Parce qu'elle était entichée de lui et que, quoi qu'elle fasse, elle demeurait une DeLucey à cent pour cent.

Elle le laissa lui prendre la main et l'examiner.

— Vos doigts sont enflés, annonça-t-il. Vous dites que vous avez frappé quelqu'un sur le nez ?

— Oui.

— À cause de moi.

— Oui, à cause de vous. Je n'allais pas vous laisser seul face à ces brutes. Pour commencer, vous n'auriez pas dû vous battre. C'était ridicule de faire un drame parce que cet ivrogne m'avait attrapé la jambe. J'étais parfaitement capable de lui décocher un coup de pied s'il insistait. Cela dit, c'était charmant de votre part. Chevaleresque.

— Ce n'était pas charmant. C'était ridicule. Si je ne m'étais pas comporté comme un imbécile – comme Rupert –, nous serions loin à l'heure qu'il est, et aucun de nous ne serait blessé, ou n'imaginerait l'autre blessé et, surtout, nous n'aurions pas été à un cheveu de faire ce que, nous le savons tous deux, nous ne devons pas faire.

— Eh bien, nous ne l'avons pas fait, riposta-t-elle, incapable de dissimuler ses regrets.

— Non, en effet.

Il regarda sa main, la porta à ses lèvres et en effleura chaque phalange. Puis il la lâcha et contempla Bethsabée. Un soupir lui échappa.

— Je suis responsable du désordre de votre tenue, je ferais mieux de l'arranger.

— Je peux le faire moi-même.

— La douleur vous a arraché un cri alors que vous vous en preniez à un simple bouton de pantalon. Comment croyez-vous pouvoir relacer votre robe ?

Bonne question.

Comme elle le lui avait fait remarquer, la douleur se déclenchait parfois tardivement. Sauf que c'était elle qui souffrait, pas lui. Dommage que la douleur ne se soit pas déclarée un peu plus tôt. Elle n'aurait ainsi pas eu à affronter le fait navrant qu'elle était une catin DeLucey de plus.

— J'imagine que cela me prendrait plusieurs heures, accompagné de cris et jurons divers, admit-elle. Vous avez raison, il est préférable que vous vous en chargiez.

Elle regarda fixement la base de son cou tandis qu'il remettait abruptement son corset en place, redressait sa camisole, y fourrait ses seins, et laçait sa robe.

— Je doute que les dames comme il faut déboutonnent les pantalons des messieurs, observa-t-elle comme il resserrait le lien de son jupon.

— Elles ne le font pas aussi souvent que le souhaiteraient les messieurs, avoua-t-il en lissant ses jupes.

Bien qu'ils aient de quoi payer leur trajet jusqu'à Twyford, Peregrine et Olivia n'allèrent pas jusque-là.

À Maidenhead, où la voiture s'arrêta pour changer de chevaux, Peregrine s'extirpa d'entre ses voisins trop gros et pas très propres. Durant les dix derniers kilomètres, il avait dû inhaler leur haleine puante et supporter leurs ronflements sonores. Il n'en aurait pas trop souffert s'il avait eu quelque chose d'intéressant à faire ou à regarder, mais ce n'était pas le cas. Résultat, il était aussi exaspéré que fatigué et affamé.

— Je m'arrête ici, annonça-t-il à Olivia. Tu peux descendre avec moi ou continuer ton chemin. Je m'en fiche.

Il bondit dehors, et fit quelques pas dans la cour de l'auberge en inspirant avidement l'air frais de la nuit. Puis il regarda autour de lui. C'était la première fois qu'il se trouvait seul, de nuit, dans une ville inconnue. À l'exception de l'auberge, encore animée, tout était calme.

Il avait envie de calme, lui aussi, afin de pouvoir réfléchir. Et il voulait dormir, comme tout le monde.

Il avait passé l'après-midi et la soirée dans un état de tension très pénible, à se demander sans cesse ce qu'Olivia allait bien pouvoir inventer, et à quel moment le ciel leur tomberait sur la tête.

Il était déjà tombé, comprit-il soudain. S'enfuir avec Olivia Wingate, quelles que soient ses raisons, serait lourd de conséquences.

Si lord Rathbourne les avait rapidement rattrapés, comme il l'avait espéré, les choses se seraient arrangées sans problème. Il n'aurait eu qu'à expliquer pourquoi il avait agi comme il l'avait fait, et son oncle aurait compris. C'était un homme avisé et rationnel.

Mais on était déjà samedi, jour où ils étaient censés partir pour l'Écosse. Même s'il avait eu les moyens de louer une voiture – ce qui n'était pas le cas –, Peregrine doutait de pouvoir regagner Londres à temps pour éviter le désastre. À l'heure qu'il était, tous les serviteurs d'oncle Benedict devaient savoir qu'il se passait quelque chose. Et une fois les serviteurs au courant, le monde entier l'apprendrait rapidement.

Il aurait dû se douter que tout ce qui concernait Olivia Wingate s'appelait calamité. Il aurait dû la laisser partir avec Nat Diggerby.

Mais, alors, il aurait été privé de cette aventure.

Et, à vrai dire, il n'était pas pressé d'aller à Édimbourg où il se morfondrait et souffrirait mille vexations dans cette nouvelle école d'où il serait promptement renvoyé.

Ce qui l'ennuyait, c'était que lord Rathbourne soit mécontent au point de décider qu'il lui causait plus de soucis qu'il n'en valait la peine, et que ses parents soient si contrariés qu'ils lui interdisent toute visite à son oncle. Hormis cela, accompagner Olivia dans sa quête folle ne l'aurait pas dérangé. Pour un jeune homme qui ambitionnait de naviguer sur le Nil, voyager jusqu'à Bristol pouvait se révéler une expérience utile.

Mais il fallait songer à lord Rathbourne, et l'attendre.

Il retourna à *L'Ours*, la plus grande et la plus animée des nombreuses auberges de Madenhead. Olivia était plantée devant l'entrée, les bras croisés.

— Tu es censé être mon écuyer. Les écuyers sont loyaux et fidèles. Ils n'abandonnent par leurs chevaliers.

— J'ai faim et j'ai envie de dormir.

— Ici, c'est impossible. C'est la plus grosse auberge de Maidenhead. Une chambre nous coûtera les yeux de la tête, et on ne nous laissera sûrement pas nous reposer dans un coin de la salle commune. Et à cette heure de la nuit, je n'ai aucun moyen de gagner de l'argent, ajouta-t-elle en jetant un regard alentour.

— Gagner ? Tu veux dire *embobiner* les gens pour les dépouiller.

Elle haussa les épaules.

— Ton père te donne de l'argent. Moi, je dois travailler pour en avoir.

Peregrine doutait qu'on puisse appeler « travail » les mensonges et les tricheries, mais il était trop fatigué pour en débattre.

— C'est vrai, mon père me donne de l'argent. Et j'en ai un peu sur moi.

Les yeux d'Olivia s'étrécirent.

— D'abord, ce n'est pas grand-chose, reprit-il. Ensuite, ce n'est pas la peine de me regarder comme ça parce que je ne t'ai jamais menti à ce sujet.

— Tu n'as jamais dit que tu avais de l'argent.

— Tu n'as pas posé la question. M'as-tu une seule fois demandé mon avis, mon aide ou mon opinion ?

Sans attendre la réponse, il enchaîna :

— Je vais t'offrir un souper, et peut-être un lit si nous avons de la chance, à condition que tu me promettes de ne parler à personne de notre mère mourante – ou de gens qui n'existent pas.

— Pourquoi cela ?

— Parce que ce n'est pas chic.

— Pas *quoi* ?

— Chic.

— Tu veux dire que ce n'est pas *convenable*, fit-elle d'un ton railleur.

Peregrine ouvrit la porte de l'auberge.

— C'est comme quand un grand costaud s'en prend à un plus petit. Voilà ce que je veux dire, acheva-t-il en lui faisant signe d'entrer.

— Oh, fit-elle en s'exécutant.

Après quoi, elle garda le silence, ce qui convenait à Peregrine.

L'auberge était effectivement très chère, aussi durent-ils se contenter d'une chambre de la taille d'un placard et de grabats destinés aux serviteurs. Bien que lord Lisle n'ait jamais connu conditions plus spartiates, y compris au collège, il était profondément endormi lorsque lord Rathbourne traversa Maidenhead à 3 h 30 du matin.

Benedict prêta à peine attention à Maidenhead. Il consacra le premier silence tendu du voyage à tenter de recouvrer son célèbre sang-froid, à rassembler ce qui lui restait de fibre morale et à chasser l'esprit étranger qui avait pris possession de lui.

Puis Mme Wingate ouvrit la bouche, et tout vola en éclats.

— Je pense qu'il serait préférable que nous nous séparions à Twyford. Je vais emmener Olivia à Bristol et essayer de régler cette stupide histoire de trésor une fois pour toutes.

— À Bristol ? répéta-t-il, abasourdi. Vous vous êtes aussi cogné la tête à Colnbrook ?

— Vous et moi ne pouvons regagner Londres ensemble, et si vous voulez éviter un drame, vous devez rentrer à Londres sans tarder. C'est aujourd'hui que vous deviez partir pour l'Écosse, non ?

— Peu importe. Vous ne pouvez pas voyager seule.

— Je serai avec Olivia.

— Vous n'avez pas d'argent.

— J'en ai un peu.

— Ce doit être très peu. Quand je suis arrivé chez vous, vous vous apprêtiez à porter des affaires chez le prêteur sur gages.

— Olivia et moi avons toujours voyagé avec très peu d'argent. Ce n'est pas comme si j'avais l'intention de louer une chaise de poste. Nous pouvons marcher.

— Jusqu'à *Bristol* ? Vous êtes folle ? Cela représente plus de cent cinquante kilomètres.

Il se rappela les réactions des hommes devant la démarche ondulante de Bethsabée à l'octroi de Kensington. Et elle se proposait de balancer ces hanches-là le long des cent cinquante kilomètres de route que parcourait une cohorte de mâles.

— C'est hors de question, décréta-t-il. Je ne le permettrai pas.

Elle se tourna pour le regarder. Son genou heurta sa cuisse, et il serra les dents.

— D'où diable vous est venue l'idée que vous aviez votre mot à dire sur mes faits et gestes ? demanda-t-elle. Oh, et puis, peu importe ! J'avais oublié que commander à tout le monde est une habitude chez vous. Très bien, monsieur, allez-y. Dites-moi ce que je suis autorisée à faire et ce qui m'est interdit. Je préfère passer la suite de ce trajet à rire plutôt qu'à me ronger les sangs au sujet de ma fille exaspérante.

— Vous la trouvez exaspérante, et pourtant, vous avez l'intention de vous plier à ses fantaisies. Qu'avez-vous en tête exactement ? Une visite au mausolée de vos aïeux en pleine nuit ? Je vois cela d'ici. La mère et la fille dissimulées sous de grands manteaux à capuches, la première munie d'une bêche et la seconde d'une lanterne.

— Comme beaucoup de grands domaines, Throgmorton est ouvert aux visiteurs certains jours. Je l'emmènerai afin qu'elle constate par elle-même que le terrain autour du mausolée est un jardin bien entretenu. Elle comprendra alors que si un trésor avait été enterré là, les jardiniers ou les ouvriers qui travaillent dans le parc l'auraient trouvé depuis belle lurette. Après quoi, peut-être que nous nous amuserons à chercher les cachettes des contrebandiers.

— Autrement dit, vous ne comptez pas rentrer à Londres avant un certain temps.

Il aurait dû s'en réjouir. Il ne serait pas tenté de chercher à la revoir à son retour d'Écosse, et avec le temps, ce béguin maudit lui passerait.

— Sûrement pas, répondit-elle. Vous serez à Édimbourg avec votre neveu. Qu'y a-t-il d'intéressant pour moi – pour quiconque – à Londres quand lord Rathbourne n'y est pas ?

Il lui jeta un coup d'œil. Elle se détourna, l'air impassible, mais il avait eu le temps d'entrapercevoir la lueur joyeuse dans ses yeux.

— Vous vous moquez de moi.

— Au contraire, monsieur, assura-t-elle. J'essaie désespérément de contenir le chagrin que me cause votre départ imminent. Je souris bravement, je ne ris pas. Enfin, je ne ris pas beaucoup.

Quoique contrarié, Benedict ne put s'empêcher de sourire à son tour. Il était véritablement ensorcelé.

— Il n'y aura pas de quoi rire si nous ne prenons pas garde, reprit-elle plus sérieusement. Il faut que nous nous séparions dès que nous aurons retrouvé les enfants et que vous emmeniez immédiatement Peregrine en Écosse. Si vous n'avez qu'un jour ou deux de retard, ses parents ne feront pas d'histoire.

— Ils font toujours des histoires. Mais ce n'est pas eux le pire. À l'heure qu'il est, mes gens doivent avoir compris qu'il se passe quelque chose d'anormal. L'un d'eux parlera, une rumeur prendra forme et circulera. Je vais avoir besoin d'un bon mensonge.

— Moi aussi, je vais en avoir besoin pour expliquer à Mme Briggs mon absence prolongée.

— Écrivez-lui un mot lorsque nous serons à Twyford, suggéra Benedict. Vous devez rester au chevet d'un parent malade. Je veillerai à ce que ce message lui parvienne rapidement. Quant à moi, peut-être devrais-je raconter que Peregrine s'est mis en tête de rejoindre une troupe de comédiens en tournée. Ou qu'il est tombé sous le charme de la fille d'un marchand ambulant et qu'il l'a suivie. C'est le genre d'ânerie romanesque que ses parents accepteraient sans discuter.

— Ils connaissent mal lord Lisle, non ? Même moi, qui ne le connais que depuis quelques semaines, je ne croirais pas une seconde à cette histoire.

— Ce que je ne peux croire, c'est qu'ils aient mis au monde un tel enfant. Tous les Dalmay sont excessifs sur le plan émotionnel, et ils ont tendance à se dénicher des conjoints de même tempérament.

— Ce garçon est donc une erreur de la nature. Cela arrive tout le temps. Je regrette qu'il n'en ait pas été de même pour Olivia.

— Peregrine aurait alors été privé de cette aventure, observa Benedict.

« Et moi aussi », ajouta-t-il à part soi.

Une aventure dont la fin approchait trop rapidement.

— Si seulement il ne s'agissait que de cela, dit Bethsabée. Mais ce n'est pas le cas, et je n'ai pas l'intention de la laisser s'en tirer impunément. Rathbourne, reprit-elle après une pause, que ferons-nous si l'on découvre que nous avons voyagé ensemble ?

Cette possibilité existait. L'obscurité n'était pas un bouclier sûr. Quelqu'un avait pu les reconnaître au cours de leur équipée.

Les commérages circulaient rapidement, il le savait.

Il se souvint des propos échangés dans son club au sujet de Jack Wingate. Ce mélange de mépris et de pitié. Il entendait encore le dégoût dans la voix de son père lorsqu'il avait parlé des Horribles DeLucey.

Benedict avait vu maintes fois ce qui se passait lorsqu'un ou une malheureuse faisait l'objet d'un scandale : les gloussements et les chuchotements derrière les éventails, les ricanements, les sous-entendus, les caricatures exposées dans les vitrines des marchands de journaux.

La perspective de subir ce genre de traitement n'était pas plaisante à envisager. Mais la perspective que Bethsabée Wingate en soit la victime était carrément intolérable.

— Nier est la seule réponse raisonnable, dit-il.

— Vous croyez vraiment que c'est aussi simple ? Qu'il nous suffit de dire : « C'est faux » ?

— Non. Nous prétendrons qu'il s'agit là d'une erreur. Nous hausserons un sourcil. Nous nous permettrons un léger sourire condescendant. Si les gens insistent, nous afficherons l'air d'extrême ennui de celui qui s'efforce de rester poli, et nous dirons : « Ah bon ? » ou bien « Vous m'en direz tant. »

Il accompagna ses propos des mimiques appropriées.

— C'est excellent, reconnut-elle. Mais êtes-vous sûr que cela suffira ?

— Il faut l'espérer.

Des lumières scintillaient au loin.

— Cela ressemble à Twyford, reprit-il. Nous ferions bien de décider de ce que nous ferons lorsque nous aurons récupéré les enfants.

Ils y consacrèrent quelques minutes. Expérience plus mélancolique qu'il ne s'y attendait.

Il n'eut cependant pas à endurer longtemps cette mélancolie, car à Twyford ils apprirent que personne n'était descendu de la diligence.

Ils reprirent la route, en direction de Reading.

11

Le ciel s'éclaircissait lorsque lord Rathbourne et Mme Wingate achevèrent leur tour des auberges de Reading. Bethsabée était sur le point de s'effondrer, bien qu'elle refusât de l'admettre.

Ils se tenaient près du bureau de vente des billets de l'auberge de *La Couronne*, et scrutaient les voitures qui arrivaient et repartaient tout en se querellant quant à la conduite à tenir.

— Cela devient ridicule, dit-il. Nous avons perdu un temps précieux à croire sur parole des aubergistes et des domestiques à moitié endormis. Autant attendre ici que le Coursier regagne Londres et interroger le cocher.

— Cela prendra des heures. Les enfants doivent être à mi-chemin de Bristol à présent.

— Si vous faisiez montre d'un peu de logique, vous verriez combien c'est improbable, répliqua Benedict aussi patiemment qu'il le put. Ce ne sont que des enfants qui seront bientôt sans le sou. Ils doivent compter sur leur astuce, la gentillesse et la naïveté d'inconnus. Même votre fille, que Satan ne désavouerait pas selon vous, ne peut voyager rapidement sans louer une chaise de poste. Pour se l'offrir, il lui faut se transformer en bandit de grands chemins, c'est-à-dire se poster dans un bosquet près de la route et trouver une victime prête à lui tendre une bourse particulièrement lourde.

Mme Wingate lui adressa un regard noir.

— Savez-vous, Rathbourne, à quel point vous êtes détestable lorsque vous adoptez ce ton de supériorité condescendante ?

— Le problème, c'est que vous êtes fatiguée, affamée, inquiète, et que votre main vous fait souffrir. Vous espériez une issue heureuse et rapide, et vos espoirs ont été anéantis. En conséquence de quoi, vous êtes trop abattue pour constater que je suis parfait et que je ne peux donc être détestable.

Elle le regarda, de haut en bas, puis de bas en haut.

— Votre femme vous a-t-elle déjà jeté des objets à la figure ? s'enquit-elle.

— Non, admit-il en cillant, non seulement parce que la question l'avait pris au dépourvu, mais parce qu'il n'arrivait pas à imaginer Ada faisant ce genre de choses.

— Était-elle une erreur de la nature, comme lord Lisle ? Vous avez dit que tous les Dalmay étaient excessifs sur le plan émotionnel, et pourtant, elle ne vous a jamais rien lancé au visage.

— Non, en effet. Nous ne nous sommes jamais disputés. Nous étions des étrangers, je vous l'ai dit.

— Il se peut qu'elle n'ait pas été aussi sujette aux émotions que vous le prétendez. Peut-être le semblait-elle seulement, comparée à vous. Une légère démonstration de sentiment ou une petite erreur de logique peut apparaître extrême à un homme tellement déterminé à tout contrôler.

— Jusqu'à il y a peu, j'imaginais que je contrôlais à peu près ma vie. À présent, j'ai perdu mon neveu, un énorme scandale plane à l'horizon tel un nuage menaçant, et il y a *vous*.

Et le pire, c'était qu'il s'amusait.

Le pire, c'était qu'il était soulagé de n'avoir toujours pas retrouvé les enfants.

Il devait être fou. Tout ce à quoi il tenait était en danger. Il le savait.

Mais cela faisait une éternité qu'il n'avait pas pris le moindre risque. Il avait oublié combien cela pouvait être stimulant.

— Lady Rathbourne devait être fort stoïque, observa Mme Wingate. Je ne vois pas d'autre explication au fait qu'en six années de mariage elle ne vous a jamais rien lancé à la figure.

— Un Dalmay a autant de chances d'être stoïque que moi de me voir pousser des nageoires. Mais si vous avez envie que nous nous querellions au sujet de ma femme, de ma belle-famille, ou d'autre chose pourquoi ne pas le faire devant un bon petit déjeuner ?

— Je n'ai pas faim, répliqua-t-elle en passant la main dans ses cheveux emmêlés. Je suis trop contrariée pour avoir faim.

— Si nous ne nous arrêtons pas pour manger et nous reposer, Thomas ne pourra faire ni l'un ni l'autre.

Elle regarda le valet qui parlait avec l'un des palefreniers, et fronça les sourcils.

— Il est debout depuis plus de vingt-quatre heures, continua Benedict impitoyablement. Il a à peine mangé depuis notre départ de Londres, il y a environ douze heures. Il a voyagé sur le siège le plus inconfortable du cabriolet. Il s'est battu contre des ivrognes. Il…

— Très bien, vous avez gagné. Une heure, alors.

— Deux.

Elle ferma les yeux.

— Trois heures seraient peut-être préférables, hasarda-t-il. Vous vous sentez mal ?

— Je ne me sens pas mal, riposta-t-elle en rouvrant les yeux. Je comptais jusqu'à vingt.

Bethsabée ne se querella pas avec lui au sujet de sa femme ou d'autre chose durant le petit déjeuner. Elle était trop occupée à ne pas s'effondrer tête la première dans l'assiette d'œufs au bacon et pommes de terre qu'il lui avait fait servir.

Après le repas, elle tituba jusqu'à la chambre qu'il lui avait réservée, et se dirigea droit vers le lit. Elle escalada tant bien que mal les trois matelas et s'affala sur l'oreiller.

Lorsqu'elle reprit conscience, une femme de chambre lui parlait et le soleil inondait la pièce. De toute évidence, la matinée était déjà bien avancée.

— Vous voulez qu'on apporte maintenant le bain que vous avez commandé ? demandait la servante.

Bethsabée s'assit et regarda autour d'elle. Elle avait séjourné dans d'innombrables auberges, mais jamais dans une chambre aussi belle. Une table de toilette, une commode et un grand miroir étaient alignés contre un mur. En face se trouvaient une petite table et des fauteuils. Des rideaux d'un blanc immaculé ornaient la fenêtre et le baldaquin. Les draps étaient propres et secs, et un bon feu brûlait dans l'âtre.

Et maintenant, elle allait avoir droit à un bain. Avec de l'eau chaude et du savon parfumé. Dans une baignoire de cuivre dressée au milieu d'une grande chambre, chaude et ensoleillée. Un luxe inouï.

Pas pour Rathbourne.

— Que ne donnerais-je pour un bain, avait-elle dit – ou plutôt marmonné au cours du petit déjeuner.

Et il avait dû le signaler à Thomas, qui l'avait répété à quelqu'un, et personne n'y avait trouvé à redire.

À présent, deux serviteurs apportaient la baignoire, suivis d'une troupe d'autres serviteurs chargés de brocs.

Dès qu'ils furent sortis, elle poussa le verrou et se déshabilla.

Après le petit déjeuner, Benedict et Thomas s'étaient retirés dans le cagibi destiné au domestique du client de la grande chambre réservée au nom de M. et Mme Bennett. Laissant Mme Wingate jouir en solitaire des trois matelas superposés, lord Rathbourne avait dormi sur un étroit lit de camp, et Thomas sur le sol à côté de lui.

Au réveil, Benedict fit un brin de toilette dans la grande cuvette que Thomas avait empruntée. Il allait s'asseoir pour enfiler ses bottes lorsqu'il entendit chuchoter dans le corridor.

— Ce n'est sûrement pas lord Rathbourne.

— La maîtresse dit que si. Elle l'a reconnu près du bureau d'achat des tickets.

— Elle devait rêver.

— Comment veux-tu, elle dort jamais ? Elle a dit que c'était lui, en personne, avec un serviteur.

— Peut-être qu'il voulait prendre la diligence.

— Elle dit qu'il a jamais fait une chose pareille. Elle dit qu'il est descendu ici. Et maintenant, il faut que je découvre pourquoi il s'est pas arrêté à *L'Ours* comme d'habitude. Elle voudrait savoir quelles raisons il a de nous préférer *La Couronne*, alors que toutes ces années, lui et sa famille s'arrêtaient chez nous chaque fois qu'ils allaient à Reading.

Benedict retint un juron.

Il n'aurait pas dû s'arrêter à Reading. Il était trop connu, et pas seulement à l'auberge de *L'Ours*.

— Elle s'attend quand même pas que tu lui poses la question !

— De toute façon, même si elle me le demandait, je le ferais pas. Tu me prends pour un idiot ? Je vais interroger son serviteur.

— Si c'est bien son serviteur. Si elle s'est pas imaginé des choses qui n'existent pas.

Sans attendre que l'homme frappe ou tende l'oreille pour guetter des signes de vie dans le cagibi, Benedict poussa doucement le verrou de la porte qui donnait sur le couloir, puis ouvrit tout aussi doucement celle qui donnait sur la grande chambre.

Il la refermait avec précaution quand un cri étranglé le fit tressaillir.

Il se retourna. Et se figea.

Mme Wingate, qui s'était dressée dans la baignoire pour attraper la serviette sur le dossier d'une chaise, s'était figée elle aussi.

Benedict retrouva sa langue.

— Je vous demande par…

— Ohhh…

Elle glissa, chancela.

Il traversa la chambre en trois enjambées, la rattrapa juste avant qu'elle ne bascule en avant et la souleva hors de la baignoire qui oscilla sur ses pieds, éclaboussant le sol.

Elle était humide, et glissante comme une anguille, et elle se débattait – pour s'accrocher à lui ou se dégager, il n'aurait su dire. S'efforçant de ne pas la lâcher, Benedict heurta la chaise. Il perdit l'équilibre sur le sol mouillé et tomba, Mme Wingate sur lui.

Il tenta d'attraper la serviette, mais la chaise était trop loin. Entre-temps, Mme Wingate s'était retrouvée à califourchon sur lui, et ses seins, ses splendides seins nus, s'égouttaient sur lui tandis qu'elle tentait de se relever. Les mains de Benedict glissèrent sur son postérieur mouillé. Son magnifique postérieur complètement nu.

Elle était trempée, et ses courbes somptueuses étincelaient dans la lumière du matin.

Elle cessa soudain de bouger, son regard bleu soudé au sien, ses mains plaquées sur le sol de part et d'autre de son corps.

L'eau gouttait de son menton sur celui de Benedict.

Elle pencha la tête.

Elle lécha les gouttes d'eau.

Il demeura parfaitement immobile. « C'est l'occasion de tester mon sang-froid, se dit-il. Je peux – je dois – résister. »

Elle releva la tête et le regarda, de ses grands yeux dont le bleu s'était assombri.

Il laissa son regard glisser plus bas. Là où la peau était douce, et blanche, et... rose.

Rose, la couleur de l'intimité féminine.

Une minuscule gouttelette brillait sur la pointe érigée d'un sein.

Pourquoi devait-il résister ? Il ne s'en souvenait plus. Soulevant la tête, il lécha la gouttelette.

Elle frissonna, et une autre goutte glissa sur le cou de Benedict. Elle s'inclina en avant, posa les lèvres à cet endroit. La goutte d'eau était fraîche et la peau humide de Bethsabée aussi. Mais sa bouche était chaude, et cette chaleur pénétra en lui, se répandit jusque dans ses reins. Son sexe durcit avant même que leurs lèvres se joignent, tremblantes de désir. Ce fut un baiser tremblant lui aussi, comme le premier pas hésitant dans un lieu interdit.

Interdit, oui, absolument.

Et inévitable.

La saveur et la texture de la bouche de Bethsabée – impossibles à oublier – eurent raison de son hésitation. Il se rua dans le royaume interdit, comme un fou.

Il prit sa tête entre ses mains pour s'abreuver longuement à ses lèvres. Elle s'effondra sur lui, et son corps humide imprima une trace humide sur ses vêtements, ce qui, loin de le rafraîchir, l'embrasa tout entier.

Il l'écarta le temps d'arracher ses vêtements, sans se soucier des boutons qui volaient et du tissu qui se déchirait. En un instant, il se retrouva aussi nu qu'elle. Il la plaqua contre lui, la réchauffa de sa chaleur, parcourut avidement son corps de ses mains, savourant ses formes somptueuses, la courbe gracieuse de ses épaules, le contour parfait de ses seins dont l'extrémité rose se dressait sous ses paumes.

Elle l'explorait avec une avidité comparable, et il dut faire un effort pour se contrôler tandis que les mains douces le dépouillaient des dernières particules de retenue ; il ne pensait plus – si l'on peut appeler pensée ce désir fou – qu'à être en elle.

Cela n'arriverait qu'une fois dans sa vie, il le savait confusément. Il devait donc faire durer cet instant aussi longtemps que possible. Cette femme, il ne l'aurait plus jamais, il devait donc prendre tout ce qu'il pourrait obtenir, et donner tout ce qu'il avait à donner. C'est pourquoi, de la bouche et des mains, il prit possession du doux renflement de son ventre, de l'évasement délicat de ses hanches et des contours tendres de ses cuisses. Ces dernières étaient trop proches de là où il voulait être, mais il n'eut pas la force de s'écarter.

Il glissa la main entre ses jambes, et l'y maintint là où il faisait chaud et humide, là où un délicieux bouton de rose se dissimulait au milieu des boucles douces. Il le caressa, et elle retint son souffle, puis le relâcha avec un gémissement étouffé tout en se pressant contre ses doigts.

Il fallait qu'il la prenne maintenant, mais il la voulait complètement. Une reddition absolue et inconditionnelle.

Il écarta les replis délicats, s'aventura plus loin, et sa chair brûlante lui étreignit les doigts. Il se retint, et continua ses caresses jusqu'à ce que son corps entier vibre et qu'elle rende les armes dans un petit cri étranglé.

Alors, enfin, il lui releva les jambes et s'enfonça en elle. L'emprisonnant entre ses cuisses, elle se cambra pour mieux l'accueillir, répondit à ses assauts en ondulant follement. Elle prenait une joie animale à le recevoir en elle, et il sentit qu'il ne pourrait se rassasier d'elle.

Il n'eut d'autre choix que de s'abandonner complètement.

Il était perdu et ne voulait pas être retrouvé. Le monde était un asile de fous et il ne voulait pas recouvrer la raison.

Il ne voulait qu'elle. Il laissa la passion les emporter là où bon lui semblait jusqu'à l'ultime sursaut d'extase. Il l'étreignit avec force, la garda contre lui durant la brève et douce traversée du néant. Il la serrait encore dans ses bras lorsque le monde se remit lentement à tourner sur son axe.

Bethsabée demeura blottie dans les bras de Benedict bien plus longtemps qu'elle n'aurait dû. Il lui suffisait d'inhaler l'odeur de sa peau pour qu'elle ait la sensation d'avoir bu une coupe de champagne de trop.

Elle reposait douillettement entre ses bras, la tête sur sa poitrine, la main sur son épaule, une jambe glissée entre les siennes. Elle avait envie de rester là où elle avait désiré être, semblait-il, dès qu'elle avait posé les yeux sur lui. Elle voulait faire semblant de croire que c'était là sa place.

Mais elle n'était que trop consciente du soleil et des bruits de la ville.

Elle s'écarta. Ou du moins essaya. Benedict resserra son étreinte. Elle le repoussa. En vain.

— Il faut que vous me lâchiez, souffla-t-elle.

— Vous êtes émue. Je savais que cela se produirait.

— Non, je ne suis pas émue, mentit-elle.

La langueur de l'amour se dissipant, c'était la panique qui menaçait de l'envahir. Sa réputation était ruinée désormais. Complètement. Et elle avait tout détruit. L'avenir d'Olivia était...

— Vous ne pensez pas rationnellement, reprit-il. Je le sens. Vous êtes agitée alors que vous devriez être calme et satisfaite. Après tout, nous n'avons fait que ce que nous rêvions tous deux de faire depuis...

— Parlez pour vous.

— Si je vous dégoûte, vous avez une curieuse façon de le montrer.

— Je ne voulais pas vous blesser.

Il rit doucement.

— Bien sûr que vous êtes satisfait, poursuivit-elle. Vous avez obtenu ce que vous vouliez.

— Pas vous ?

Il tordit le cou pour la regarder et ajouta :

— Si c'est le cas, je serais heureux de réparer les oublis.

— Ce n'est pas ce que je voulais dire. Je voulais dire que vous êtes un homme et que faire l'amour ne signifie rien pour vous. Il n'en va pas de même pour moi. Je ne peux pas simplement me tourner de l'autre côté et m'endormir. Surtout quand mon univers si soigneusement organisé tombe en morceaux – et que je n'ai personne d'autre que moi à blâmer.

Il y eut un bref silence, puis il dit doucement :

— Je ne devrais pas avoir à vous rappeler qu'il faut être deux pour faire ce que nous avons fait. Et que je ne me suis pas débattu pour me dégager de vos rets.

Elle se rappela son envie irrésistible de lécher la petite goutte qui perlait sur le menton de Rathbourne… Envie à laquelle elle avait cédé. Quelle invitation plus dévergondée aurait-elle pu lui adresser ?

Elle aurait dû se cacher la figure de honte, mais la honte n'était pas dans son caractère.

— Non, en effet, vous ne vous êtes pas du tout débattu.

— Il semblerait que je manque tristement de sens moral.

— C'est vrai, approuva-t-elle en lui caressant le torse. Bien sûr, je préfère cela. Mais vous allez énormément décevoir la bonne société. Vous savez ce qu'ils diront, n'est-ce pas ? continua-t-elle, impitoyablement.

Si elle n'affrontait pas les faits, à haute voix, elle s'autoriserait à espérer. Pour en avoir plus. Pour que tout s'arrange… quand bien même elle savait que cette histoire ne pouvait que mal finir.

— Ils diront qu'un homme de votre caractère aurait dû pouvoir résister aux manœuvres d'une vulgaire catin.

— Vous n'êtes pas une vulgaire catin, répliqua-t-il, crispé.

— Très bien. Une catin peu ordinaire.

— Bethsabée…

Entendre son prénom prononcé par cette voix de basse la surprit et la remua, mais pas autant que la lueur de colère qui s'alluma dans les yeux noirs.

— Je ne permettrai à personne de dire une chose pareille à votre sujet, déclara-t-il. À vous non plus, je ne le permets pas.

Il s'empara de sa main, la porta à ses lèvres et en embrassa chaque doigt.

— Cessez de dire des bêtises, murmura-t-il en reposant sa main sur sa poitrine avant de la couvrir de la sienne.

Sa main était grande et chaude, et ce simple geste la calma. Elle s'aperçut soudain que la sienne ne la faisait plus souffrir.

— Ma main va mieux, dit-elle.

— C'est parce que vos humeurs ont trouvé un meilleur équilibre.

Il tourna la tête.

— Comme ce lit, là-bas, a l'air confortable. Et comme le sol est dur.

— Votre lit n'était pas confortable ? Où avez-vous dormi ?

Il desserra son étreinte et elle s'assit. Il l'imita et elle en profita pour le détailler à loisir : des kilomètres et des kilomètres de chair masculine musclée qui, durant un moment, lui avait appartenu. Elle aurait dû être satisfaite mais, telle une jeune fille qui éprouve son premier béguin, elle était loin d'être rassasiée.

Oh, cela allait lui coûter cher !

— J'ai dormi, et je me suis lavé, répondit-il. Au moins, je ne suis pas venu à vous avec toute ma crasse – non que je sois entré ici avec l'intention de vous violer – euh, je veux dire, d'être violé.

Son regard sombre glissa sur elle, s'attarda sur ses seins, et un sillon de feu traça son chemin jusqu'au creux du ventre.

Elle se hâta de se lever.

Se détournant, il attrapa sa chemise.

— Je vous croyais encore endormie, reprit-il. J'avais l'intention de me cacher sous le lit. Mais voilà que vous vous êtes dressée, telle Vénus sortant de l'onde – et, si je puis me permettre, la Vénus de Botticelli ne vous arrive pas à la cheville.

Il enfila sa chemise par la tête et se redressa à son tour.

À croire qu'elle n'avait jamais reçu de compliment. Il était inutile de lui rappeler qu'elle avait trente-deux ans et qu'elle avait mis un enfant au monde, car elle rougit, exactement comme l'innocente jeune fille qu'elle n'était plus, et quelque chose comme du plaisir dansa dans son cœur.

La danse s'interrompit abruptement lorsqu'il rapporta les propos des domestiques dans le couloir.

— Mais n'ayez pas peur, ajouta-t-il vivement. L'aubergiste ne vous a pas vue.

S'il était rare qu'elle parvienne à interpréter son attitude, lui, en revanche, lisait en elle comme dans un livre ouvert.

Son malaise grandit.

— Elle *vous* a vu, contra-t-elle. Ce qui signifie que nous ne devons pas partir ensemble.

Elle alla récupérer ses vêtements sur la chaise et les regarda avec dégoût.

— J'aurais dû au moins emporter un peu de linge propre.

Il s'approcha de la fenêtre et jeta un coup d'œil dehors. Si sa longue chemise ne le recouvrait que trop, le contre-jour permettait cependant de voir parfaitement son corps, et Bethsabée ne se priva pas d'examiner sa silhouette élancée… ses hanches étroites, son postérieur ferme…

Elle réprima un gémissement.

— La cour de l'auberge est animée, dit-il. Samedi est jour de marché à Reading. Je suis sûr qu'on peut exaucer votre vœu.

— Vous êtes fou ? s'écria-t-elle. Vous ne pouvez pas sortir m'acheter des dessous.

— Il existe peu de tâches dont je me chargerais avec autant de plaisir, avoua-t-il en pivotant face à elle, le visage grave, mais les yeux brillants. Néanmoins, vu les circonstances, il est préférable que je la confie à un autre. Je vais demander à Thomas…

— Pas votre *valet* !

— … d'envoyer une servante.

— S'il ne s'agit que de cela, je peux le faire moi-même. Personne ne me connaît à Reading. Mais ce n'est pas nécessaire.

Elle aurait aussi bien pu s'adresser à un fauteuil. Il avait déjà trouvé le cordon de la sonnette et tirait dessus.

— Vous ne pouvez pas sortir ainsi, remarqua-t-il. Et vous n'avez pas envie de remettre les habits que vous portiez.

— Peu importe ce dont j'ai envie. Je me ferai une raison.

— Et pourquoi diable ?

— C'est exactement ce que Jack me…

Un petit coup à la porte la fit se précipiter derrière les rideaux du lit.

— Ah, Thomas, fit Rathbourne en entrebâillant la porte.

Le reste de la conversation se réduisit à des murmures – un grondement sourd de la part de Rathbourne –, puis la porte se referma.

Bethsabée émergea d'entre les rideaux.

— Cela va prendre un peu de temps, annonça-t-il.

— Vous avez perdu l'esprit ! s'écria-t-elle. Nous n'avons été que trop insouciants. Nous avons gaspillé un temps précieux.

— Je crois qu'il est temps d'admettre que nous avons perdu les enfants. Ils peuvent être derrière nous, devant nous, à côté de nous, ou juste sous notre nez, mais nous ne les avons pas trouvés et il est peu probable que nous y parvenions aujourd'hui. Plus le temps passe, plus nous risquons de nous égarer. Nous pouvons aller jusqu'à Chippenham, mais de là, deux routes mènent à Bristol que nous ne pourrons explorer simultanément.

Le cœur de Bethsabée battait douloureusement. Même sans connaître l'existence d'une autre route à partir de Chippenham, elle avait abouti à la même conclusion : ils devaient se séparer. Pensée qu'elle avait tenue à distance, en même temps que le désespoir qui l'accompagnait.

Rien d'étonnant à ce qu'elle ait cédé si facilement au désir. Au fond de son cœur, elle savait le scandale inévitable.

— Inutile de prendre cet air consterné, reprit-il. Tout n'est pas perdu. Il faut simplement étudier le problème à tête reposée.

Bethsabée ne voulait pas étudier le problème. Elle avait envie de s'effondrer à genoux et pleurer comme une enfant. Elle ne voulait plus être une grande personne. Elle ne voulait plus avoir à arranger les choses, à nettoyer derrière les autres, et à tirer le meilleur parti de la situation.

— Arrêtez, dit doucement Benedict qui avait deviné ses pensées à son expression.

Il la rejoignit, l'entoura de ses bras. Et elle fondit en larmes.

Un petit orage qui passa vite, mais durant lequel il la soutint.

— Vous êtes fatiguée, chuchota-t-il quand elle se fut calmée.

— Je ne suis pas fatiguée. J'ai dormi des heures.

— Vous vous comportez comme un enfant qui a besoin de sa sieste.

— Que savez-vous des enfants qui ont besoin de siestes ?

Il marmonna quelque chose, puis la souleva dans ses bras et la déposa sans ménagements sur le lit.

Elle se redressa.

— Je ne suis pas une enfant et je n'ai pas besoin de *sieste* !

— Eh bien, moi, si, rétorqua-t-il en s'allongeant sur le matelas à côté d'elle.

— Alors, dormez si ça vous chante.

Elle tenta de s'écarter, mais un bras solide s'enroula autour de sa taille et la retint.

— Nous ne pouvons pas dormir dans le même lit, argua-t-elle. C'est chercher les ennuis.

— Je sais.

Il la hissa sur lui.

Elle s'était efforcée de réfléchir, de se montrer responsable.

Mais il suffisait qu'il la réclame de cette façon impérieuse, possessive, et ses défenses – ce qu'il en restait – volaient en éclats.

— Ce n'est pas juste, souffla-t-elle en approchant sa bouche de la sienne.

— Non, ça ne l'est pas.

Leurs lèvres se rencontrèrent et se soudèrent, et elle fut de nouveau une très jeune femme au sang vif et chaud. Ils s'embrassèrent sauvagement, et elle plongea tête la première dans le plaisir, se délectant de la saveur de sa bouche, de la chaleur de son corps, de son odeur de grand et bel animal.

Sous les mains musclées qui la parcouraient avidement, elle semblait de la glaise, malléable, impuissante. Elle crut qu'elle allait mourir de plaisir sous ses caresses, puis elle le souhaita ardemment. Oh, Seigneur, ce bonheur qu'elle éprouvait, et ce frisson qui lui hérissait la peau !

Entichée. Réduite à l'état d'esclave.

Tant pis.

En cet instant, il lui appartenait. Elle interrompit leur baiser, se redressa et, prenant les mains de Benedict, les fit glisser de son ventre à ses seins. Elle les maintint là et arqua le dos, en proie à un plaisir purement animal.

— Mon Dieu, gronda-t-il, vous finirez par me tuer, Bethsabée.

Il l'attira à lui, s'empara de sa bouche avec fougue, avant de déposer une pluie de baisers sur son cou. Dans sa hâte à le sentir en elle, elle voulut se saisir de son sexe, mais, avant qu'elle en ait eu le temps, il la fit basculer sous lui. Il lui prit ses mains, les maintint de chaque côté de sa tête, puis, la fixant de son regard noir insondable, il esquissa un sourire et murmura :

— À moi de vous tuer un peu.

Il s'inclina et laissa une traînée de baisers sur son épaule, le long de son bras, jusqu'à sa main. Lorsqu'il lui lécha le poignet, elle se tortilla, folle de désir.

C'était une torture, une délicieuse torture.

Il lui infligea quelques autres délicieuses caresses de son cru, puis, des lèvres et de la langue, entreprit de se frayer un lent chemin jusqu'à son ventre. Haletante, elle se laissa submerger par une vague de frissons après l'autre. Elle n'était plus que sensations étranges et merveilleuses. Sa bouche et ses mains envoyaient des messages lascifs dans son ventre au point qu'elle se mit à trembler.

Elle était à deux doigts de perdre l'esprit lorsqu'il guida sa main jusqu'à son sexe. Velouté, brûlant, palpitant. Elle s'en empara sans hésiter et l'introduisit en elle. C'était si bon qu'elle faillit pleurer de soulagement.

Enfin !

— Oui, souffla-t-elle tandis qu'il plongeait en elle.

Et elle l'encouragea encore et encore, parce que c'était là ce pour quoi elle était née : posséder cet homme, être possédée par lui.

Sans obligation ni interdit. Sans réserve ni bon sens. Seule comptait l'union de leurs corps :

former un seul être, se livrer entièrement à la passion.

Oui, oui, oui, je te veux je te veux je te veux...

Enfin survint l'ultime paroxysme, l'extase étincelante, et *oui, oui, oui... je t'aime.*

12

Lorsque Benedict se réveilla, il baignait dans le parfum de Bethsabée. Elle était lovée contre lui, les fesses pressées contre son ventre. Ce que son sexe avait remarqué avant même qu'il se réveille complètement. Sa main soutenait un sein parfaitement rond. Il enfouit le visage dans son cou.

Il se conduisait en mauvais garçon et en égoïste.

Un nuage sombre était suspendu au-dessus de leurs têtes.

Il allait être englouti dans le scandale de la décennie.

Et il s'en moquait.

C'était inévitable. Ils paieraient tous deux très cher leur péché.

Dans ce cas, autant pécher jusqu'au bout.

Elle s'agita un peu, puis se réveilla.

— Rathbourne ? fit-elle d'une voix ensommeillée.

— Oui, c'est bien moi, qui tiens l'un de vos seins. S'il vous plaît, ne bougez pas. C'est délicieux.

— Il doit être au moins midi.

— Vraiment ?

— Combien de temps comptez-vous prétendre que tout va bien et que nous ne courons pas à la catastrophe ?

— Rien ne va, et la catastrophe n'est pas loin, c'est vrai. Alors autant profiter des derniers moments. « Toujours dans mon dos j'entends/Le chariot ailé du temps qui approche. » Écoutons le poète Marvell et tirons le meilleur parti du moment présent.

— Je pense que nous l'avons fait, Rathbourne. Je doute qu'il y ait davantage à en tirer.

— Pour une artiste, vous avez une imagination scandaleusement limitée.

— Je suis aussi une mère, riposta-t-elle. À peine ai-je ouvert les yeux que j'ai commencé à me ronger les sangs au sujet d'Olivia et de lord Lisle.

Ah, bon... il était donc temps de revenir sur terre.

Il ne protesta pas lorsqu'elle se dégagea de son étreinte et s'assit. Autant se régaler de la vue de son corps nu pendant qu'il en avait encore la possibilité. Sur ce point, elle était vraiment conciliante. Après avoir fait l'amour la première fois, elle n'avait pas tenté de se couvrir, mais s'était déplacée dans la chambre sans gêne aucune – jusqu'à ce que Thomas frappe à la porte. Benedict sourit.

— Vous me prenez pour une stupide femme.

— Je vous revoyais vous ruer derrière les rideaux du lit quand Thomas est passé.

Elle lâcha un soupir.

— Parfois, je regrette de ne pas être aristocrate de sexe masculin. Et de ne pouvoir laisser à quelqu'un d'autre le soin de se tracasser à ma place.

Il s'assit à son tour, regonfla les oreillers et s'y appuya, les mains croisées derrière la nuque.

— Vous n'étiez pas aussi anxieuse hier. J'étais impressionné par votre détachement.

— C'était avant. Lorsque je croyais que nous allions les retrouver à quelques kilomètres de Londres. J'étais sûre que nous les rattraperions avant qu'ils n'aient un accident ou qu'ils ne tombent dans les griffes d'un individu sans scrupules. À ce moment, la personne la moins scrupuleuse de l'histoire me semblait être Olivia.

— Elle est vraiment si vilaine que cela ?

— Elle a passé beaucoup trop de temps avec des gens qui ignorent ce qu'est un principe moral. Ces gens sont certes plus amusants à fréquenter qu'une maman qui ne cesse de vous sermonner ou de vous gronder. Jack, lui au moins, avait quelque influence sur elle... Je sais qu'il est difficile d'imaginer Jack Wingate, l'écervelé, enseigner à un enfant les bonnes manières et les principes, reprit-elle avec un petit rire. Mais c'était un gentleman, et il se comportait comme tel. En outre, il savait gronder sa fille de façon à la... toucher. Mais c'était il y a plus de trois ans, et elle ne se souvient que des choses amusantes que son père racontait, comme l'histoire du trésor. Et, moi, je ne sais pas lui parler comme lui le faisait.

« Moi, si », songea Benedict, et son cœur se serra comme si elle le tenait dans son poing.

— Alors, vous avez une raison de moins de vous tracasser, la rassura-t-il. Quels que soient ses défauts, Olivia ne semble pas naïve. Les gens malhonnêtes auront du mal à la tromper. Quant à Peregrine, nous savons qu'il ne croit personne sur parole. Cela ne signifie pas qu'ils ne courent aucun risque, mais cela accroît leurs chances d'autant.

Il y eut un bref silence. Puis elle lâcha un soupir agacé.

— Rathbourne, c'est méchant de votre part de tenir des propos sages et rassurants alors que je m'étais préparée à vous traiter d'obtus et à déclencher une querelle.

— Mais c'est ce que je fais depuis aussi longtemps que je me souvienne. Je passe la moitié de mon temps à démêler les embrouillaminis, à calmer les gens, à les ramener à la raison. C'est ainsi qu'on m'a élevé. C'est la façon dont mon père procède. C'est aussi la mienne... Non que j'aie quoi que ce soit contre une petite querelle. Rien de plus revigorant. J'en suis presque à regretter de ne pas m'être montré suffisamment obtus. Mais vous devez vous attendre à ce genre de déception lorsque vous avez affaire à un homme parfait.

— Je vais peut-être vous lancer des objets à la figure, juste pour le principe, l'avertit-elle.

Il s'esclaffa et l'attira dans ses bras. Elle le gratifia d'un baiser avant de se libérer et de sauter à bas du lit.

Ravalant sa contrariété, comme la vie lui avait appris à le faire, Benedict se concentra sur le problème au sujet duquel il n'était pas censé tenir des propos sages et rassurants.

Heureusement pour Bethsabée, Rathbourne se leva aussi. Il était bien trop tentant, allongé ainsi sur le lit, son torse musclé doré par les rayons du soleil, le cheveu en bataille. Qu'il soit couvert jusqu'à la taille importait peu. Les draps froissés suffisaient à lui donner un petit quelque chose d'indécent... Et elle doutait d'avoir la force de résister à la tentation de grimper à côté de lui... Sur lui...

Elle se détourna pour faire un brin de toilette.

Comme elle s'emparait de sa camisole, il s'écria :

— Non, non !

Elle le regarda.

Il avait enfilé sa chemise et son pantalon. Pour un aristocrate, il s'occupait de lui-même avec une efficacité remarquable.

Il tira sur le cordon de la sonnette.

— Les domestiques ont dû vous dénicher une tenue à l'heure qu'il est. Thomas est très consciencieux. Hier, comme je m'apprêtais à partir, j'ai sottement supposé que je n'aurais pas besoin de linge propre. Il s'est contenté de me jeter un regard indulgent – comme à un enfant un peu niais, car pour les bons serviteurs nous sommes tous des enfants, vous savez –, et il a emballé du linge et je ne sais quoi d'autre.

— Dommage qu'il n'ait rien prévu pour moi.

— Il a dû se débrouiller pour pallier cet oubli.

Rathbourne avait raison, découvrit-elle quelques minutes plus tard, comme Thomas lui glissait un gros tas de vêtements par la porte entrouverte. Il aurait aussi poussé une femme de chambre dans l'étroite ouverture si Benedict ne lui avait pas affirmé qu'il était parfaitement capable d'aider « Mme Bennett » à s'habiller.

Thomas et la personne qu'il avait recrutée avaient acheté une tenue complète, robe et chapeau compris.

— Il n'a pu trouver cela au marché, déclara Bethsabée comme Rathbourne soumettait la robe à son approbation. Vous l'avez envoyé chez une couturière – et je crains que cela n'ait coûté les yeux de la tête parce qu'elle a dû vendre des vêtements promis à une autre cliente et les retoucher en hâte.

— Les couturières ont toujours des vêtements orphelins dans leurs boutiques. Leur clientèle est féminine, et les femmes sont connues pour changer d'avis. J'imagine qu'elle était ravie de trouver à les vendre et qu'elle a fait les modifications nécessaires sans protester. Mais peu importe. Est-ce que cela vous plaît ?

C'était une robe toute simple en mousseline blanche, ornée de volants dans le bas. Thomas, ou la servante qu'il avait envoyée, avait aussi acheté une petite veste en soie bleu vif et un chapeau assorti.

Bethsabée n'avait pas eu de tenue aussi élégante depuis une éternité. Mais accepter un tel cadeau était impossible. Ce serait proclamer qu'elle était la catin de Rathbourne.

— C'est ravissant, répondit-elle.

Il sourit, d'un sourire de gamin enchanté qui lui arracha un morceau de cœur, y laissant un vide si douloureux qu'elle en eut le souffle coupé.

Sensation momentanée.

Elle n'était pas amoureuse, pas du tout.

Elle s'était offert une folie, un caprice passionné, mais ce n'était que cela : un caprice, une pensée folle.

Elle avait le béguin, oui, elle était sous le charme, oui, et probablement depuis qu'elle l'avait vu à l'Exposition égyptienne.

Ce n'était pas de l'amour.

— La question est : cela vous ira-t-il ? dit-il en la couvant d'un regard brûlant.

C'était le moment de dire : « Je vous remercie, mais je ne peux accepter. Merci, mais je dois me contenter de mes propres vêtements… ceux que j'ai décousus, retournés, et réassemblés… ceux que j'ai raccommodés, et raccommodés, et raccommodés jusqu'à ce qu'il ne reste quasiment plus rien du vêtement d'origine… ceux que j'ai lavés et relavés jusqu'à ce qu'on ne puisse plus deviner leur couleur. »

Qui essayait-elle de berner ?

Elle avait couché avec un homme qui n'était pas son mari. Elle était *bel et bien* une catin.

Alors, autant être une catin heureuse, non ?

— Je vais faire en sorte que cela m'aille.

Elle aurait préféré se passer de l'assistance de Benedict, mais les vêtements achetés par Thomas étaient de ceux qu'on ne peut ajuster seule. Ses robes et ses corsets habituels s'attachaient sur le devant. Ceux-ci, dans le dos.

— Je vais avoir besoin de votre aide pour le corset, annonça-t-elle après avoir enfilé la camisole.

— Alors je ferais bien de me concentrer sur des sujets graves.

Il reposa le gilet qu'il s'apprêtait à passer et s'approcha d'elle.

— Est-ce que le scandale suffira ? s'enquit-elle. Ou la disparition de deux enfants ? Ou bien les deux ?

Il se planta derrière elle et se mit au travail.

— Ces deux sujets feront admirablement l'affaire, répondit-il. Réfléchissons froidement à la marche à suivre pour retrouver les enfants.

Réfléchir froidement était en cet instant au-delà des possibilités de Bethsabée. Elle était trop consciente des mains qui s'affairaient dans son dos, de l'intimité de l'instant, de son côté étrangement domestique.

Heureusement, Rathbourne se montra aussi apte à réfléchir froidement qu'à se débrouiller avec les complications de sa tenue.

— Voici les trois options qui me viennent à l'esprit, enchaîna-t-il. Un, nous continuons à faire ce que nous avons fait jusqu'à présent. Deux, nous retournons au dernier endroit où l'on nous a parlé d'eux. Trois, nous prévenons les autorités et nous lançons des recherches officielles.

— Mon Dieu !

— J'ai trop serré ?

— Non, c'est juste que… Peu importe, soupira-t-elle. C'est stupide de s'inquiéter encore de l'ampleur du scandale que nous allons déclencher.

— Ce n'est pas stupide, protesta-t-il. Il y a des degrés dans le scandale. Des recherches officielles nous assureront le degré le plus élevé. Il s'agira de faits – de faits publiés – et pas simplement de ragots. Nier sera impossible.

Il aida Bethsabée à se glisser dans le jupon.

— Il y a une autre possibilité, reprit-il en lui passant la robe par la tête. Nous pouvons aller jusqu'à Bristol et les attendre devant les grilles de Throgmorton Park.

C'était comme de choisir le moindre d'entre quatre maux.

Elle tira sur la robe pour la mettre d'aplomb.

— Elle me va d'autant plus remarquablement que je ne l'ai pas essayée, commenta-t-elle.

— J'ai conseillé à Thomas de trouver une servante qui ait à peu près votre taille.

— Je ne suis pas sûre d'être très à l'aise à l'idée que Thomas ait si soigneusement examiné ma silhouette.

— Ne soyez pas ridicule. Thomas est un domestique, mais c'est aussi un homme. Les seuls hommes qui ne remarquent pas votre silhouette sont soit morts soit aveugles. Tant qu'ils gardent leurs mains dans leurs poches, personne n'aura à les tuer, et vous n'aurez pas de raison d'être gênée.

Surprise, elle se tourna à demi pour le regarder.

— Restez tranquille, ordonna-t-il en tirant sur sa robe. Je n'ai pas fini.

Elle obéit docilement, sachant qu'elle avait à peu près autant de chances de déchiffrer son expression que de comprendre un texte en sanscrit.

Sa tâche achevée, il recula, les sourcils froncés.

Embarrassée, elle alla se contempler dans le miroir.

— Ce n'est pas parfait, observa-t-elle en lissant la jupe. Mais c'est très bien, vu les circonstances.

— Ah, oui, les circonstances, répéta-t-il. Ces maudites circonstances que nous avons suffisamment négligées comme cela. Alors, quelles sont vos préférences pour la suite, madame ? demanda-t-il en enfilant son gilet.

Lord Rathbourne n'était pas le seul à avoir examiné froidement les faits et décidé de tirer le meilleur parti de l'aventure.

À 10 heures ce matin-là, Peregrine comprit que son oncle avait dû s'égarer en chemin et qu'ils ne seraient jamais à Édimbourg à temps pour éviter la catastrophe. Il réfléchit donc à la situation tandis qu'il attendait son petit déjeuner dans la salle à manger de l'auberge.

Quels étaient les faits ?

Il n'avait pas envie d'aller à Édimbourg.

Il détestait l'école et les professeurs.

Pour couronner le tout, ses parents allaient sûrement lui interdire de rendre visite à son oncle, ce qui rendrait les prochaines années extrêmement désagréables à vivre.

Il avait donc tout intérêt à profiter au maximum du présent.

Le petit déjeuner arriva alors qu'il en arrivait à cette conclusion.

L'esprit enfin libre, il attaqua son assiette avec appétit. La chambre et les repas avaient grandement entamé ses fonds, mais il refusait de se tracasser pour cela. Un explorateur n'était-il pas censé être plein de ressources ?

Il serait demeuré dans cet état d'euphorie si Olivia n'avait continué à se taire. Ce dont il ne s'aperçut qu'après avoir nettoyé son assiette.

— Tu as à peine parlé depuis hier soir, observa-t-il soudain. Tu es malade ?

— Je réfléchissais.

Il aurait préféré qu'elle s'abstienne de réfléchir, mais comment l'en empêcher ?

Il hocha prudemment la tête.

— Comment allons-nous obtenir qu'on nous emmène jusqu'à Bristol si les gens n'ont pas pitié de nous ? reprit-elle en baissant la voix. Si raconter que nous avons une mère mourante, ce n'est pas chic, comment faire ? Nous ne pouvons pas dire la vérité, on nous ramènerait directement à Londres.

Peregrine considéra la question. La veille au soir, son but était Londres. Ce matin, il avait changé, c'était Bristol. Mais, évidemment, elle l'ignorait.

— Ce ne serait pas tricher que de dire quelque chose qui se rapproche de la vérité. Par exemple, que nous allons chercher fortune à Bristol.

— Ce n'est pas de la triche ? fit-elle en haussant un sourcil.

— C'est vrai en ce qui te concerne. Et cela ne fera pas pleurer les gens – comme cette pauvre vieille dame qui nous a donné de l'argent pour aller jusqu'à Twyford. Si ça se trouve, elle avait plus besoin de cet argent que nous. Peut-être qu'à cause de nous, elle devra se priver de côtelettes toute une semaine.

Olivia le dévisagea un moment. Puis elle regarda la salle à manger bondée.

— Oh, très bien, fit-elle avec un haussement d'épaules. Nous allons chercher fortune. Mais laisse-moi parler. Ton accent te trahit.

Peregrine avait l'accent propre aux membres de la haute société, il n'y pouvait rien. Contrairement à Olivia, il n'était pas capable d'en changer à volonté, en fonction de son interlocuteur.

Ils allèrent régler l'aubergiste, qui, après les avoir examinés avec une attention qui mit Peregrine mal à l'aise, leur demanda s'ils voulaient un cheval.

Olivia regarda son compagnon. Il fit non de la tête.

Une fois dehors, il expliqua :

— Il ne me reste que trois shillings. J'aimerais les garder en cas d'urgence.

— J'ai entendu dire dans la salle à manger que c'est jour de marché à Reading. Nous aurions plus de chance là-bas, mais c'est à quinze kilomètres. Tu as déjà fait quinze kilomètres à pieds, milord ?

— Ne m'appelle pas ainsi, siffla-t-il en jetant un regard inquiet alentour. Quinze kilomètres ? Pas de problème.

Il n'avait jamais parcouru une telle distance à pied, mais il serait mort plutôt que de l'avouer à Olivia.

Il n'eut cependant pas à prouver sa vaillance. Cinq kilomètres plus loin, un jeune couple proposa de les emmener à bord de leur charrette anglaise. Comme l'aubergiste, la dame ne put cacher sa curiosité. Elle n'arrêtait pas de se retourner pour regarder Peregrine, qui fut soulagé d'arriver à Reading.

C'était le milieu de l'après-midi et la ville était très animée.

— Il faut faire quelque chose pour toi, décréta Olivia. Tu as une allure beaucoup trop aristocratique.

Elle l'étudia en plissant les yeux.

— C'est le profil. Il faut qu'on te trouve une casquette – non, une écharpe, ce serait mieux. Tu l'enroulerais autour de la figure et on raconterait que tu as une rage de dents.

Le tirant à sa suite, elle se faufila adroitement au premier rang d'un groupe de badauds rassemblés devant un étal sur lequel étaient disposés des rubans, des dentelles, des boutons et divers autres articles.

Une grosse femme marchandait le prix d'un morceau de dentelle.

— Oh, là, là ! s'écria Olivia. Je n'en crois pas mes yeux ! C'est bien de la dentelle Santiamondo, qui n'est fabriquée que dans un village d'Espagne, et dont le dessin est la propriété exclusive d'une seule famille ? Mais comment vous l'êtes-vous procurée ? demanda-t-elle au marchand. Il n'y a pas moyen d'en acheter à Londres, à aucun prix, parce que les dames de la haute en sont folles. La duchesse de Trenton en portait à un bal à Carlton House. Je l'ai lu dans le journal.

Convaincue, la femme s'empara avidement de la dentelle, jeta quelques pièces dans la main du marchand avant de s'éloigner. Ce dernier fixa Olivia, qui soutint son regard.

Une autre cliente s'intéressant à un ruban, Olivia inventa une histoire au sujet du ruban. Elle fit ainsi l'article pour chaque bouton et chaque babiole si bien qu'à la fin de l'après-midi, l'étal était quasiment vide.

Lorsque le marchand le replia et rassembla ses affaires dans sa carriole, Peregrine et Olivia lui donnèrent un coup de main. Il les invita à dîner dans une auberge que fréquentaient d'autres marchands itinérants. La salle était sombre et enfumée, la nourriture se décomposait à force d'être cuite et recuite, mais Peregrine était trop fasciné par la compagnie pour s'en émouvoir.

C'était la première fois qu'il se retrouvait à table au milieu de gens du peuple. Il avait parfois du mal à comprendre leurs propos si bien qu'il avait l'impression d'être dans un pays étranger.

Le marchand s'appelait Gaffy Tipton.

— Maintenant, je sais que t'es pas un garçon, dit-il en désignant Olivia de sa pipe. Ce que je sais pas, c'est pourquoi tu m'as aidé.

Croisant les bras sur la table, elle se pencha vers lui et répondit à mi-voix :

— Mon frère et moi allons chercher fortune à Bristol. Hélas, c'est loin, et il ne nous reste que trois shillings. Nous n'avons pas de métier, mais il m'est arrivé de traîner dans la boutique d'un prêteur sur gages, et je m'y connais un peu en rubans et colifichets. Je connais aussi les noms de tous les aristos, et je sais par les journaux dans quelles soirées ils se rendent, quelles pièces et quels opéras ils vont voir. Si je vous ai aidé aujourd'hui, c'est pour vous donner un aperçu de ce que je sais faire. J'ai entendu quelqu'un dire que vous veniez de Bristol. Si vous nous y emmenez, nous vous aiderons.

Gaffy posa les yeux sur Peregrine.

— Il est très timide, expliqua Olivia.

— En ce moment aussi ? demanda Gaffy d'un air sceptique.

— Je sais bien mentir, mais nous ne sommes pas des voleurs, affirma-t-elle. Si vous nous laissez venir avec vous, je pourrai redevenir une fille. Avec vous, personne ne nous embêtera.

Peregrine haussa les sourcils. Il ne lui était jamais venu à l'esprit qu'elle pouvait s'être inquiétée pour leur sécurité. Il ne lui était pas non plus venu à l'esprit qu'elle pouvait être aussi efficace alors qu'elle disait presque toute la vérité.

Le marchand le fixa longuement, puis :

— C'est bon, je vous emmène.

Benedict grimpa dans la voiture à côté de Bethsabée.

— Bristol, alors ? demanda-t-il.

— Comme vous l'avez dit, nous n'avons aucun moyen de savoir s'ils sont devant, derrière, à côté de nous ou juste sous notre nez. Nous ne sommes même pas sûrs d'être sur la bonne route. La seule chose que nous savons, c'est qu'ils se dirigent vers Throgmorton.

— C'est un pari.

— Je sais. Mais, quoi que nous fassions, ce sera un pari, et en attendant ils sont en danger.

— Bristol, alors, décréta-t-il en faisant claquer les rênes sur la croupe des chevaux.

Au même moment, Rupert Carsington se tenait dans le vestibule de l'hôtel particulier de son frère Benedict.

— Il n'est pas là ? dit-il au majordome. Il est déjà parti pour Édimbourg ?

— Non, monsieur, répondit Marrows d'un ton parfaitement neutre.

— Une affaire gouvernementale urgente, sans doute, murmura Rupert comme pour lui-même. Eh bien, tant pis, je le verrai un autre jour. Je voulais dire au revoir au garçon.

— Lord Lisle n'est pas là non plus, monsieur.

— Vraiment.

— Oui, monsieur.

— Où sont-ils donc, tous les deux ?

— Je ne saurais le dire, monsieur.

— Mais si, Marrows. Je suis sûr que vous savez beaucoup de choses. Mais, apparemment, vous préférez que j'explore la maison à la recherche d'indices.

Le contournant, Rupert traversa le vestibule.

— Monsieur, je ne sais pas où ils sont, insista Marrows d'une voix où perçait une pointe de panique.

— Vraiment ? Voilà qui est intéressant.

Poursuivant son chemin, il pénétra dans le cabinet de travail de Benedict.

— Gregson sera peut-être en mesure d'éclaircir ce mystère.

Les secrétaires de personnages titrés étaient en général des jeunes gens de bonne famille contraints de prendre un emploi pour des raisons financières. Contrairement au majordome, Gregson pouvait se flatter de jouir de toute la confiance de Benedict.

Contrairement au majordome, aussi, Gregson ne penserait pas que sa position exigeait de lui qu'il refuse de répondre aux questions d'un membre de la famille.

Gregson était assis devant le bureau de Sa Seigneurie, lequel bureau n'était pas dans son état habituel, mais ressemblait plutôt à celui de Rupert. Des lettres, des cartes, des invitations étaient éparpillées un peu partout. Une pile de courrier visiblement pas encore ouvert reposait à côté du coude du secrétaire.

— Qu'est-il arrivé à Sa Perfection ? lança Rupert en entrant.

— Monsieur, fit Gregson qui se leva aussitôt.

— Asseyez-vous, je vous en prie, dit Rupert.

Le secrétaire semblant décidé à rester debout, Rupert haussa les épaules et alla se planter devant la fenêtre.

— Que se passe-t-il là-bas ? demanda-t-il. Mon frère a enfin décidé d'installer un terrain de boules dans son jardin, comme je le lui avais conseillé ?

— Il y a eu quelques dégâts près de la porte du fond, expliqua succinctement Gregson.

— Des intrus ?

— Non. C'est lord Rathbourne.

— C'est mon *frère* qui a fait cela ?

— C'est ce qu'ont dit les domestiques. Je n'ai pas assisté à la… euh…

— Démolition.

— Merci, monsieur. Je n'ai pas assisté à la démolition.

— Mon frère a dévasté son jardin, murmura Rupert d'un air songeur. Tout ceci devient de plus en plus intéressant. Vous avez une idée de ce qui lui est arrivé ?

— Je n'ai aucune certitude, répondit Gregson. Sa Seigneurie s'est comportée bizarrement ces derniers temps. Comme vous le savez, il tient à ce que je sois toujours au courant de ses rendez-vous. Mais, hier, en fin d'après-midi, il est parti sans rien dire à personne. En emmenant Thomas, son valet de chambre. C'est très étonnant. J'étais sûr que Thomas était sorti quelques heures plus tôt, accompagner lord Lisle à sa leçon de dessin, je pense. Mais, depuis, plus personne n'a revu lord Lisle.

— Rathbourne a donc trouvé un professeur pour Lisle.

— Oh, oui, monsieur. Lord Lisle suit les cours de... Voilà, c'est là, reprit-il après avoir feuilleté un cahier. B. Wingate, aux bons soins de Popham Imprimeur.

Il lut l'adresse, dans un quartier sinistre de Holborn.

— B. Wingate, répéta Rupert en veillant à rester impassible.

Il se rappelait très bien le soir où Peregrine avait prononcé ce nom à Hargate House. Benedict se croyait le plus froid des individus, mais Rupert et leur mère avaient tous deux perçu en lui une sorte de frémissement inhabituel.

Gregson, l'innocent, ignorait qui était B. Wingate, sinon il aurait loyalement protégé son employeur.

Ne souhaitant pas ajouter à son trouble, Rupert se tourna vers la fenêtre et retint un éclat de rire.

Ainsi donc, lord Perfect avait répondu à l'appel de la sirène.

« Attends un peu que je prévienne Alistair », songea-t-il.

C'est alors qu'il se rendit compte qu'il valait mieux ne rien dire à personne. Lord Hargate avait des oreilles partout, et il ne trouverait pas l'histoire amusante.

Dégrisé, Rupert fit de nouveau face au secrétaire.

— Gregson, je vous remercie de votre aide. Je dois vous demander cependant, pour le bien de mon frère, de ne plus aider quiconque à ce sujet.

Le secrétaire parut inquiet.

— Monsieur, je ne voulais pas...

— Rathbourne a eu beaucoup à faire ces derniers temps. Ce qui explique qu'il ait négligé de vous mettre au courant. Ce Wingate est impliqué dans une affaire d'État. C'est tout ce que je sais. Mais, si quelqu'un d'autre vous interroge, vous ne savez rien de lui ni de la raison pour laquelle mon frère s'est conduit bizarrement. L'enjeu est d'importance. Le gouvernement pourrait s'effondrer. Silence absolu.

— Mais, monsieur, si lord Hargate me convoque pour m'interroger sur lord Rathbourne...

— Dans ce cas, Gregson, à votre place, je serais subitement frappé d'une maladie très contagieuse qui m'empêcherait de travailler.

13

— Je ne m'étais pas rendu compte que c'était si loin, avoua Bethsabée comme ils franchissaient l'octroi de Walcot.

Bien que Rathbourne ait conduit aussi vite que possible, la nuit était tombée depuis longtemps. Devant eux se dressaient les premières maisons de la ville de Bath, célèbres pour ses eaux. Bristol se trouvait à quelque vingt kilomètres au nord-ouest, et Throgmorton « un peu plus loin » selon l'employé de l'octroi. Pressé de question, il ne put dire s'il s'agissait de dix ou de vingt kilomètres.

— En tout cas, il y en a au moins pour deux heures de plus, selon l'état des routes, dit Rathbourne. Nous ferions mieux de nous arrêter à Bath, et repartir frais et dispos demain matin.

— Et une fois à Throgmorton, que ferons-nous ?

— Posez-moi la question demain.

— Je ne peux pas attendre jusqu'à demain. Il nous faut un plan d'action. Nous ne pouvons pas nous contenter de nous installer devant les grilles en priant pour qu'Olivia et lord Lisle apparaissent. D'autant que nous ignorons quelles chances il y a qu'ils entrent par le grand portail au su et au vu de tout le monde.

— Rien ne presse. Nous avons tout le temps de discuter de ce qui peut et ne peut pas être fait.

— J'en ai discuté avec moi-même. Durant la plus grande partie du trajet, j'ai tenté d'examiner les différentes possibilités qui s'offraient à nous, de façon rationnelle, comme vous le faites si bien.

— C'est ainsi que vous vous êtes occupée ? Quelle ennuyeuse façon de voyager ! Et quel temps gaspillé ! Pourquoi ne m'avez-vous pas demandé de m'en charger ?

Parce qu'elle ne pouvait s'habituer à le laisser régler ses problèmes à sa place, songea-t-elle.

— Vous aviez l'air préoccupé, répondit-elle. Je ne voulais pas vous déranger.

Il lui adressa un regard surpris.

— Je ne pensais pas que vous aviez besoin d'être diverti, reprit-elle. Personnellement, je n'ai pas besoin de parler constamment. J'aime avoir des moments de calme pour réfléchir. C'est si rare. Et je voulais trouver la solution toute seule.

— Vous êtes trop conciliante. J'ai l'habitude de voyager seul. Je ne vous ignorais pas, vous êtes impossible à ignorer. Mais je me suis laissé absorber par mes réflexions. Je regrette que vous ne m'ayez pas rappelé de dire quelque chose de temps en temps pour vous aider à passer le temps.

— Je ne m'ennuyais pas. J'avais de quoi m'occuper l'esprit.

Il y eut un court silence, puis :

— Je ne suis pas le plus attentionné des hommes.

— Vous avez beaucoup de choses en tête. Surtout en ce moment.

— Je ne suis pas attentif aux autres, insista-t-il. Je l'ai enfin reconnu… bien que cela m'ait pris du temps. On m'attribue une grande perspicacité, mais quel usage en ai-je fait ? J'ai passé tout ce temps avec vous – ça ne m'était pas arrivé de passer autant de temps en compagnie d'une femme depuis que je suis un nourrisson – et, pourtant, alors que je n'ai pas envie de gaspiller les derniers moments qu'il nous reste, je retombe dans mes vieilles habitudes.

— Vous n'êtes pas chargé de me divertir, protesta-t-elle. Vous devez regarder la route et…

— Vous vous demandiez comment ma femme avait pu être une étrangère, l'interrompit-il d'une voix tendue. Voilà comment. Absence de conversation. Manque de… Seigneur, je ne sais pas. Je l'ai traitée comme un beau meuble – elle, une *Dalmay*. Elle qui avait besoin de nager dans un océan de sentiments. Elle qui avait besoin d'attention. Rien d'étonnant à ce qu'elle soit allée voir ailleurs.

Bethsabée était trop surprise par cet aveu pour dire quoi que ce soit. Elle ne pouvait que le regarder, son beau profil se détachant en lignes dures dans la semi-pénombre.

— Il ne s'agissait pas d'un homme, poursuivit-il. Pas comme vous le pensez, du moins. Elle est tombée sous le charme d'un prédicateur évangélique. Il l'a persuadée – elle et quelques autres créatures innocentes – d'apporter le salut aux pauvres. Ils allaient de taudis en taudis, distribuant des bibles et prêchant à des miséreux qui voyaient dans cette démarche soit une plaisanterie soit une insulte. Je me suis occupé des pauvres, Bethsabée. Ils ont de grands besoins, mais pas de s'entendre dire par des aristocrates élégantes et oisives qu'ils sont orgueilleux, frivoles et débauchés.

Elle mourait d'envie de le toucher, de poser la main sur son bras, mais c'était impossible. Il faisait nuit certes, mais ils ne roulaient pas sur une portion de route déserte. C'était au contraire l'une des grandes artères de la plus célèbre ville d'eaux d'Angleterre.

— Je me suis trompée, dit-elle. Peut-être que votre épouse était émotive, après tout.

— Je regrette qu'elle ne m'ait rien lancé à la figure. Mais j'ignorais totalement l'ampleur et la profondeur de sa... *passion* pour cette cause. Je savais à peine ce qu'elle faisait. Je ne posais pas de question. Je voyais là un caprice typiquement féminin. J'aurais dû y mettre un terme. Au lieu de quoi, je me contentais d'émettre de temps à autre des observations sardoniques qui lui passaient au-dessus de la tête. Puis je reprenais mes occupations tellement plus importantes et je n'y pensais plus.

— Vous ne l'aimiez pas.

— Ce n'est pas une excuse, rétorqua-t-il d'un ton irrité. Je l'avais épousée. J'étais responsable d'elle. C'était la sœur de mon plus vieil ami, que la peste m'emporte ! Et je l'ai *ignorée*. À cause de mon indifférence, elle est allée annoncer les feux de l'enfer et la damnation éternelle aux habitants de taudis et elle en est revenue avec une fièvre maligne qui l'a tuée en trois jours.

— Jack a tenu à monter un cheval contre lequel on l'avait prévenu. L'animal l'a jeté à terre. Il lui a fallu trois mois pour mourir.

— Ce n'est pas la même chose.

— Parce que c'était un homme et elle, une femme ?

— Votre mariage était un succès, même si tout le monde l'a condamné. Le mien était un échec, bien que tout le monde ait applaudi.

— Il faut être deux, lui rappela-t-elle, citant ses propres paroles. Certains mariages déraisonnables sont heureux, pour les intéressés au moins. De nombreux mariages arrangés le sont aussi. Pourquoi pas un mariage fondé sur le devoir ? Un mariage de convenance ? Un mariage politique ? Vous n'êtes pas inaccessible, Rathbourne.

— Pas pour vous, grommela-t-il. Mais vous êtes différente.

— La différence, c'est que j'ai appris dès l'enfance à faire en sorte que les choses marchent. Ce n'est pas votre cas ni celui de lady Rathbourne. Vous auriez dû faire plus d'un effort, c'est sûr. Mais elle aussi. Les hommes sont des créatures difficiles, pourtant de nombreuses femmes – même les plus sottes, les plus faibles – parviennent à les éduquer.

Un silence choqué s'ensuivit.

Puis il éclata de rire, et elle sentit sa rage et son chagrin se dissiper.

— Que vous êtes vilaine ! s'exclama-t-il. Je vous ouvre mon cœur. Je vous révèle ma honte secrète – et vous en faites une plaisanterie.

— Vous en aviez besoin. Vous dépeignez votre mariage sous un jour trop sombre. Nombre de femmes seraient ravies d'avoir un mari qui les ignore. C'est préférable à l'humiliation, à l'abandon ou aux coups. Vous n'étiez pas le mari parfait, mais j'estime que vous étiez loin de figurer parmi les pires.

— Simplement médiocre, dit-il. C'est d'un grand réconfort.

— C'est le problème lorsqu'on se croit le centre de l'univers.

— Je ne...

— Vous êtes le roi de votre propre petit pays. Vous utilisez votre pouvoir pour faire le bien et par conséquent vous êtes accablé de soucis. C'est un dur travail que d'être un parangon. Et, comme vous êtes parfait, vos erreurs vous rendent plus malheureux que les gens ordinaires, qui se savent faillibles et se sont fait une raison. Vous avez besoin qu'on plaisante autour de vous et sur votre compte. Vous avez besoin d'un Touchstone.

— Un touchstone ?

— Le bouffon de *Comme il vous plaira*.

Il lui glissa un regard de biais.

— Je vois. Et vous vous êtes attribué ce rôle.

« Celui-ci et d'autres, songea-t-elle. Compagne, amante et folle. Oh, surtout, folle. »

— Oui, vicomte, et vous devez me permettre de parler librement. C'est le privilège du bouffon, Votre Majesté.

— Comme si je pouvais vous empêcher de dire ou de faire ce que vous voulez ! Mais je vous *prierai* de ne pas m'appeler « Votre Majesté » ni même « vicomte ». Pour une fois, je n'ai pas besoin d'être « vicomte ». Pour une fois, je n'ai pas besoin d'être quelqu'un en particulier. D'ailleurs, il me faut un nouveau nom pour la suite du voyage. Je serai… M. Dashwood, acheva-t-il après réflexion.

— Et moi, Mlle Dashwood. Votre sœur.

— Certainement pas. Vous ne voulez quand même pas que nous ayons des chambres séparées à l'auberge.

— Vous ne savez pas ce que je veux, riposta-t-elle.

— Si, je le sais. Et tout le monde le saura. Personne ne croira jamais que nous sommes frère et sœur.

— Des gens l'ont cru.

Il tourna dans la cour d'une auberge qui ne payait pas de mine.

— C'était *avant*, lui rappela-t-il. À présent, il vous est impossible de dissimuler le désir que je vous inspire.

Il ignorait tout de ce qu'elle dissimulait. Le désir n'était qu'une fraction de ce tout.

Elle redressa le menton.

— C'était avant, oui, admit-elle. J'ai éprouvé une émotion momentanée et aberrante…

— Dont nous allons nous occuper.

« Non, nous ne ferons rien de tel », répondit-elle silencieusement. En à peine deux jours, elle s'était déjà trop attachée à lui. Il pouvait facilement devenir une habitude. Si elle voulait avoir une chance de se sortir de ce mauvais pas, elle devait s'y mettre sur-le-champ. Elle serait malheureuse, certes, mais elle avait été stupide d'imaginer qu'Olivia et elle pourraient jamais être heureuses en Angleterre.

Dans quel endroit aller que ne hanteraient pas les fantômes du passé ?

Il arrêta la voiture et deux palefreniers sortirent dans la cour bien éclairée.

— *Le Cygne* est loin d'être à la mode, expliqua-t-il à mi-voix en l'aidant à descendre. Nous serons les seuls clients à ne pas voyager pour vendre ceci ou cela. C'est exactement ce qu'il nous faut. Un certain nombre de mes oncles et tantes âgés résident à Bath, et d'autres y viennent de temps en temps. Malheureusement, aucun n'est assez décrépit pour ne pas me reconnaître. Mais, ici, nous ne risquons rien.

Il avait des parents, songea-t-elle. Des alliés politiques et des ennemis. Chaque instant passé en sa compagnie le mettait en danger.

Il la guida à l'intérieur.

Bien que moins élégant que l'auberge de Reading, *Le Cygne* n'était ni miteux ni trop étriqué. Une domestique avenante les salua d'une révérence avant d'aller chercher l'aubergiste.

— Ce sera peut-être même plus propre, moins humide et mieux tenu que d'autres établissements plus connus, reprit Rathbourne. Mais, parmi tous les gens qui ont des prétentions au raffinement, personne ne penserait à descendre ici. Ils ne voudraient pas prendre le risque de côtoyer des commerçants – encore faudrait-il qu'ils en connaissent l'existence, s'entend. Mais nous sommes sur la route de Bristol, à la sortie de Bath. J'ai appris ma leçon, à Reading.

Bethsabée, elle, avait appris beaucoup de choses depuis Reading.

Elle n'avait pas su que faire jusqu'à ce qu'il lui parle de sa femme.

Lord Perfect n'était pas infaillible. Quand il s'était marié, il avait fait une erreur de jugement qui aurait pu anéantir ses chances de trouver le véritable bonheur.

Elle ne serait pas une nouvelle, et pire, erreur de jugement.

Il ne verrait pas les choses ainsi, bien sûr. Il avait l'habitude de décider, de commander et d'assumer les responsabilités. Il était aussi chevaleresque qu'autoritaire.

Il ne la laisserait jamais faire ce qu'elle pensait devoir faire.

L'aubergiste apparut et, comme Rathbourne l'avait deviné, se révéla un hôte agréable.

Oui, il avait une bonne chambre pour M. et Mme Dashwood. Il allait y faire allumer du feu pour chasser l'humidité. Ses honorables clients aimeraient peut-être se retirer dans un salon privé et y prendre un rafraîchissement en attendant ?

À cet instant, Bethsabée entrevit la solution à son problème.

— Cela me plairait beaucoup, dit-elle. Je meurs de faim – et de soif.

Benedict n'avait pas prévu que le repas durerait aussi longtemps. Ce qu'il voulait, c'était déshabiller Bethsabée le plus vite possible.

Mais elle lui fit perdre son objectif de vue en lui contant des anecdotes sur sa vie avec ses vagabonds de parents. Au début, ce fut très amusant, car, dans sa bouche, leurs mésaventures devenaient des farces désopilantes.

Le vin coulait au même rythme que les histoires. Peu à peu, comme l'alcool lui déliait la langue, l'image qu'elle peignait de son enfance devint plus sombre et il ne trouva plus du tout cela drôle. Il ne cessait de serrer et de desserrer les poings.

— Le plus stupéfiant, c'est que vous soyez aussi instruite, dit-il à un moment donné. Pourtant, il semble que vous ne soyez jamais restée assez longtemps au même endroit ni que vous ayez eu la paix et le silence nécessaires pour lire et apprendre des leçons.

Il avait dû faire appel à tout son sang-froid pour s'exprimer calmement. Les parents de Bethsabée étaient méprisables. Elle avait eu une enfance scandaleuse. Vu le peu de soins et de tendresse dont elle avait bénéficié, elle aurait pu tout aussi bien vivre dans un orphelinat.

— J'ai compris très jeune que je ne pouvais pas compter sur mes parents pour acquérir une éducation académique ou morale, avoua-t-elle avec un petit rire. Mais il était toujours possible de trouver un coin tranquille pour lire. J'ai appris à me rendre invisible. Ils oubliaient ma présence et j'étais tranquille… jusqu'à ce qu'ils aient besoin d'attendrir quelqu'un. Alors, ils me poussaient en avant, l'image même de l'innocence, et jouaient une scène touchante. Je leur étais particulièrement utile avec les propriétaires en colère. Je haïssais cela, mais j'ai appris à ne pas gâcher la scène. Sinon, il me fallait endurer des flots de larmes de la part de ma mère tandis que mon père débitait la tirade du Roi Lear sur les enfants ingrats.

Pressant le poing sur son front, elle déclama :

— « Ingratitude, ennemie au cœur de marbre,/Plus hideuse encore chez un enfant/Que le monstre marin. »

Elle leva son verre et but une gorgée.

La méthode n'était pas si différente que cela de celle employée par les parents de Peregrine. Sauf que ces derniers, en dépit de leurs excès, avaient à cœur l'intérêt de leur fils. Benedict doutait que les parents de Bethsabée aient songé aux intérêts de quiconque en dehors des leurs.

Il remplit son verre.

— C'est ainsi que vous avez appris votre Shakespeare.

— Je l'ai étudié pour me défendre. Ils ne citaient que les passages qui leur convenaient. J'ai choisi ceux qui me convenaient. Ils jouaient sans cesse la comédie. Rien n'était jamais sincère. Lorsqu'ils jouaient aux parents aimants, c'était de la comédie… Ma gouvernante était réelle, cependant. Elle a été mon unique modèle. Oh, et Jack aussi était réel. Parfaitement authentique.

Benedict espéra que Jack Wingate avait apprécié sa femme comme elle le méritait. S'il n'avait pu lui apporter sa fortune, il avait dû au moins lui offrir amour, dévotion, tendresse et gratitude. C'était si facile de lui donner tout cela.

Enfin, facile pour tout le monde sauf pour le fils aîné du comte de Hargate, qui n'avait le droit que de coucher avec elle – et à condition de s'éloigner tout de suite après et de l'oublier.

Elle inclina la tête de côté comme si elle réfléchissait.

— Peut-être que je n'aurais pas autant apprécié ma gouvernante et Jack si mon enfance avait été… moins imparfaite.

Elle haussa les épaules, leva son verre et but.

Benedict but aussi, et commanda encore à boire.

S'il avait été moins imparfait, il n'aurait pas commandé une autre bouteille. Sans être abstinent, il buvait rarement jusqu'à l'excès.

Bethsabée, cependant, était faite pour l'excès.

Et lui n'était pas aussi dépourvu de faiblesses qu'il aurait dû l'être.

Plus elle parlait, plus il voulait en savoir à son sujet. C'était peut-être la dernière chance qu'il aurait jamais de la connaître vraiment.

Non que ce soit son unique objectif.

Il était un homme, après tout, avec des motifs aussi sordides que ceux de n'importe quel mâle.

Si l'ivresse calmait les scrupules de Bethsabée et la poussait à se déshabiller, alors il n'était pas assez parfait pour ne pas commander une autre bouteille. Et encore une autre.

Et les anecdotes continuèrent. Mais quand elle mima la rage et l'horreur de ses parents lorsqu'ils avaient appris que Jack avait été déshérité, Benedict découvrit qu'il avait furieusement envie de jeter un objet à travers la pièce. Quelqu'un, plutôt. Le père de Bethsabée, ainsi que celui de Wingate.

Il en déduisit qu'ils avaient assez bu. La nuit était déjà bien avancée, et il la voulait détendue, pas inconsciente.

— C'est assez, *madame Dashwood*, décréta-t-il en lui ôtant son verre de vin des mains.

Il en avala le contenu, puis se leva. La pièce oscilla légèrement.

— Temps d'aller au lit. Demain, journée importante. Décisions.

Il reposa bruyamment le verre sur la table.

Elle lui décocha le sourire grâce auquel Calypso avait dû retenir Ulysse prisonnier.

— Vous êtes un homme résolu. C'est ce que j'aime chez vous, monsieur Dashwood. Vous m'épargnez le tracas de réfléchir par moi-même.

— Ce que j'aime chez vous, madame Dashwood, c'est que vous êtes sarcastique. Cela m'épargne l'ennui d'être charmant et plein de tact.

Elle se leva. Et chancela.

— Vous êtes ivre, commenta-t-il. Je n'aurais pas dû commander la dernière bouteille.

— Je suis une DeLucey. Je tiens bien l'alcool.

— C'est discutable. En tout cas, moi, je peux vous tenir.

Il contourna la table et la souleva dans ses bras. Elle appuya la tête sur son épaule.

Comme si sa place était là.

— Très bien, céda-t-elle, mais juste le temps que je me reprenne. Nos chambres sont au premier étage, rappelez-vous. Si vous me portez dans l'escalier, vous risquez de vous blesser.

— Je peux vous porter dans n'importe quel escalier et avoir encore l'énergie nécessaire pour toutes les autres petites tâches que vous voudriez me confier.

— Hmmm. Laissez-moi réfléchir à quelques tâches qu'il me plairait de vous demander.

Comme ils sortaient du salon, Benedict faillit heurter Thomas qui traînait dans le couloir.

— Oh, te voilà ! fit-il. Mme Dashwood est un peu fatiguée et j'ai eu peur qu'elle ne s'évanouisse dans les bras d'un inconnu.

Se rappelant la façon gracieuse dont elle était tombée dans les bras d'un Henry Humber surpris mais néanmoins accueillant, Benedict pouffa de rire.

— La chambre, murmura-t-elle dans son cou. Vous avez promis de me mettre au lit.

Ah, oui. Au lit. Toute nue.

— La chambre, grommela-t-il. Où est cette foutue chambre ?

Elle n'était pas aussi grande que celle de Reading, et le lit n'avait que deux matelas, mais il y faisait chaud et sec, et surtout ils seraient seuls. Benedict n'en demandait pas plus.

Il reposa Bethsabée sur le sol, regarda autour de lui et, ne voyant rien qui n'aille pas – excepté le plancher qui tanguait sous ses pieds –, il congédia Thomas. Bethsabée ferma la porte et la verrouilla.

— J'ai envie de vous, dit-elle en s'avançant vers Benedict.

— Je vous l'avais dit. Mais, rappelez-vous, il s'agit d'une crise de folie momentanée et…

— Taisez-vous, dit-elle en agrippant les revers de sa redingote. J'ai des tâches à vous confier.

Elle lui décocha son sourire de sirène.

Il la prit par la taille, la souleva et amena sa bouche au niveau de la sienne. Il l'embrassa, pas délicatement ni subtilement, mais sauvagement. Elle se cramponna à ses épaules et leurs langues se mêlèrent avec ardeur. Sa saveur submergea Benedict, plus puissante que n'importe quelle drogue.

Elle se hissa plus haut, referma les jambes autour de sa taille. Il recula en chancelant jusqu'à ce que son dos heurte le mur. Ses mains se frayèrent alors un chemin sous les différentes couches de robe, jupons et chemise, et lui empoignèrent les fesses.

Il avait chaud, froid, chaud de nouveau. Aucun sortilège n'égalait en puissance la passion que Bethsabée lui inspirait. Elle le rendait fou, irresponsable, et content de l'être.

Elle desserra sa cravate, déboutonna sa chemise et glissa la main sur sa peau nue, là où son cœur désespéré battait à grands coups sourds.

Elle descendit jusqu'à la ceinture du pantalon et commença à déboutonner ce dernier.

— Maintenant, souffla-t-elle comme il s'attaquait à sa robe. Je ne peux plus attendre. Reposez-moi.

Lui aussi ne pouvait plus attendre. La lente descente du corps de Bethsabée le long de son propre corps lui fut une torture.

Elle le poussa vers le lit, et il obéit en riant, s'y hissant tant bien que mal. Elle tira d'un coup sec sur sa robe, puis sur ses jupons, qu'elle laissa choir sur le sol. Les enjambant, elle rejoignit Benedict sur le lit.

Elle tira sur son pantalon, le dénudant jusqu'aux genoux.

Il souleva la tête. Quel manque de dignité ! Son *membrum virile* se dressait fièrement, se fichant éperdument de toute dignité.

— Mes bottes, fit-il en riant. Puis-je au moins...

— Restez tranquille, ordonna-t-elle en l'enfourchant. Laissez-moi faire.

Il ne laissait jamais rien faire aux femmes – pas même ceci –, mais cette femme-là était différente et il n'était plus en mesure de réfléchir, ni même de le vouloir.

Puis la main douce de Bethsabée se referma autour de son sexe, et se mit à aller et venir en rythme. Il crut mourir et sut qu'il ne tiendrait pas longtemps.

— Vous allez me tuer, Bethsabée, murmura-t-il d'une voix rauque.

— Vous me tuez.

Elle se dressa sur les genoux et redescendit lentement sur lui, l'engloutissant dans le fourreau moite et brûlant de sa chair intime... ses muscles perfides l'étreignant spasmodiquement.

Il laissa échapper un cri qui tenait presque du râle animal. Mais déjà, elle commençait à se mouvoir lentement, et des vagues de plaisir voluptueux se succédèrent en lui. Peu à peu, le rythme s'installa, s'amplifia, s'accéléra férocement.

Il contempla son beau visage, lut un désir ardent, reflet du sien, et l'expression d'un bonheur comme jamais il n'en avait vu auparavant. Elle le chevauchait sauvagement à présent, et il était un cheval emballé galopant vers il ne savait quel abîme. Puis soudain le sol se déroba sous lui, ils s'envolèrent, libres et heureux à en mourir, planèrent un instant dans le ciel avant de redescendre doucement sur terre et de plonger dans le sommeil.

Lorsqu'il se réveilla au matin, elle était partie.

Avec, découvrit-il peu après, ses vêtements et sa bourse.

14

Throgmorton, samedi 7 octobre

Bethsabée devinait ce que pensait le majordome. Le nom de Wingate ne devait pas lui être inconnu. Le vieux comte de Mandeville, seigneur du château et chef de la famille DeLucey, connaissait – bien qu'à peine – le comte de Fosbury, le père de Jack.

Une personne raisonnable ne pouvait tenir les bons DeLucey pour responsables de ce que faisaient leurs horribles parents. Mais lord Fosbury n'avait jamais été raisonnable en ce qui concernait son fils préféré, qu'il avait gâté à un point choquant et qui l'en avait récompensé en lui brisant le cœur. Selon lui, lord Mandeville aurait dû empêcher le mariage et veiller à ce que Bethsabée soit emmenée loin, très loin, hors d'atteinte de Jack.

Lord Mandeville pensait quant à lui que lord Fosbury était incapable de contrôler son fils.

Les relations entre les deux familles étaient par conséquent plutôt froides.

Néanmoins, ils s'adressaient la parole, ce qui signifiait que le majordome n'osait congédier une dame portant le nom de Wingate… bien qu'elle soit arrivée à cheval et sans être accompagnée d'un valet ni d'une femme de chambre.

Bethsabée aurait pu inventer une fable quelconque à propos d'un accident ou d'un autre événement du même genre, mais elle savait que les membres des classes supérieures ne fournissaient pas d'explication sur leurs faits et gestes, surtout aux domestiques.

Elle regarda le majordome avec la même expression d'ennui mortel que Rathbourne affichait de temps à autre. Sa gouvernante la lui avait enseignée, mais Rathbourne l'avait élevée au rang de grand art.

Elle eut un pincement douloureux en pensant à lui, mais le refoula impitoyablement.

— Lord Mandeville n'est pas là, dit le majordome.

— Lord Northwick, alors, suggéra-t-elle, ce dernier étant le fils aîné du comte.

— Lord Northwick n'est pas là non plus, répondit le majordome.

— Je vois. Dois-je nommer chaque membre de la famille l'un après l'autre et avez-vous l'intention de me laisser sur le perron jusqu'à la fin de l'exercice ?

La question le fit sourciller. Il s'excusa et la fit entrer.

— Je suis là pour une affaire urgente, reprit-elle. Est-ce que toute la famille est à l'église, ou y a-t-il un adulte responsable à qui je pourrais parler ?

— Je vais voir s'il y a quelqu'un, madame.

Il la conduisit dans une vaste antichambre.

Elle l'arpenta plusieurs minutes avant d'entendre un bruit de pas. S'immobilisant, elle arbora de nouveau l'expression blasée de Rathbourne.

Un jeune homme fit irruption dans la pièce. Il était à peine plus grand qu'elle et beaucoup plus jeune – entre vingt et vingt-cinq ans, estima-t-elle. Un beau garçon, élégamment vêtu, bien qu'il soit évident qu'il sortait du lit à en juger par ses épais cheveux bruns en bataille. Ses yeux étaient du même bleu intense que ceux d'Olivia.

— Madame Wingate ? fit-il. Je suis Peter DeLucey. Je vous ai vue remonter l'allée à cheval. Excusez-moi de vous avoir fait attendre. Une affaire urgente, m'a dit Keble. J'espère que…

Il s'interrompit abruptement, et son regard quitta Bethsabée pour se poser derrière elle.

Elle jeta un coup d'œil par-dessus son épaule. Puis se retourna franchement pour regarder le portrait grandeur nature d'un officier de marine coiffé de la perruque en vogue au début du siècle précédent. Il aurait pu être son père. Avec une perruque noire, il aurait pu être *elle*.

— Ça ne peut pas être mon arrière-grand-père Edmund, souffla-t-elle. Tous ses portraits ont été brûlés, m'a-t-on dit.

Elle pivota. Le jeune homme se passa la main dans les cheveux.

— Ça alors…

— Je suis Bethsabée Wingate.

Aucun des ancêtres suspendus autour d'eux ne tomba de son cadre et le plafond ne s'écrasa pas sur le parquet, qui ne s'entrouvrit pas pour laisser en jaillir Belzébuth, lequel ne tenta pas d'entraîner M. DeLucey en enfer.

Peter DeLucey affichait néanmoins l'expression d'un homme à qui toutes ces choses étaient en train d'arriver.

— Ça alors… parvint-il à balbutier de nouveau.

Elle l'empêcha d'en dire plus d'un geste de la main.

— Hélas, nous n'avons pas de temps à consacrer aux souvenirs familiaux ! Mon insupportable fille s'est enfuie avec l'héritier et unique enfant de lord Atherton. Elle l'a entraîné à sa suite dans le but insensé de déterrer le trésor d'Edmund DeLucey, qu'elle croit enfoui au pied du mausolée de Throgmorton.

— Le tr-trésor. Le mauso…

— Je traque ces gamins depuis vendredi après-midi, le coupa-elle avec impatience, mais ils m'ont échappé. Throgmorton est une grande propriété. On ne peut deviner comment ni par où ils entreront. Une fois à l'intérieur, ils ne manqueront pas d'endroits où se cacher.

— Euh… Je ne comprends pas bien, articula enfin à peu près correctement Peter DeLucey. Votre fille s'est enfuie avec le fils d'Atherton…

— Il a treize ans. Olivia, douze. Ce n'est pas une fuite amoureuse. Ce sont des *enfants*. J'ai un plan pour les attraper, mais j'ai besoin de votre aide.

À cet instant, le martèlement de sabots et le bruit des roues d'une voiture leur parvinrent.

Elle retint son souffle. Ce ne pouvait être Rathbourne. Il lui faudrait des heures pour la rattraper, s'il y arrivait jamais. Elle y avait veillé – ainsi qu'à se faire haïr de lui s'il finissait par la retrouver.

Peter DeLucey courut vers la porte et tendit l'oreille.

— C'est la famille qui rentre de l'église. On est bon pour une scène.

Une heure plus tard

Lorsqu'il lui remettrait la main dessus, il l'étranglerait, décréta Benedict.

Les conséquences de leur nuit de débauche n'amélioraient pas son humeur. Sa tête était une enclume qu'Héphaïstos, le forgeron de Zeus, martelait avec énergie.

Furieux, il se dirigea vers l'entrée de service.

Il serait passé par la porte de devant et se serait fait annoncer… s'il avait voulu se faire éjecter de Throgmorton, et se retrouver sur les fesses à la grande joie des péquenauds.

Il avait dû emprunter à Thomas de l'argent et des vêtements. Qui ne lui allaient pas, son valet étant plus petit et plus large. En outre, ses fonds étant à présent fort limités, il avait dû endurer une longue et douloureuse chevauchée sur un canasson étique, ce qui n'avait en rien soulagé son mal de crâne.

Pour couronner le tout, il avait dû laisser Thomas à l'auberge à titre de garantie pour la note que Bethsabée n'avait pas eu la bonté de régler.

Le hasard seul lui avait permis de franchir le portail. Ignorant ce qu'elle avait dit et sous quel nom elle s'était présentée, il avait joué le campagnard et avait demandé si sa maîtresse était arrivée. Heureusement pour lui, aucune autre visiteuse n'avait dû venir ce jour-là, car personne ne lui avait demandé le nom de sa maîtresse.

Il allait la tuer.

Mais il devait d'abord la retrouver.

Il recommença son manège à la porte de service et n'eut aucun mal à entrer. Il régnait dans les lieux un certain émoi.

— Vous êtes venu pour Mme Wingate, dit la gouvernante. Il paraît qu'elle était dans tous ses états lorsqu'elle s'est présentée à la porte. Elle n'a pas voulu vous attendre, j'imagine. Avec M. Keble non plus, elle n'a pas voulu attendre. Il a dû reculer, à ce qu'il paraît. Joseph a dit qu'il n'avait jamais vu ça. Elle lui aurait marché dessus s'il avait essayé de l'arrêter. Et M. Peter, il ne remarquera rien en dehors de sa figure et de sa silhouette, pas vrai ?

— Qu'elle a rudement girondes, faut le dire, intervint un valet qui rapportait un plateau de sandwiches auquel personne n'avait touché. C'est sans doute pour ça qu'il peut pas la quitter des yeux et reste là, à ouvrir et à fermer la bouche comme un poisson qu'on vient de sortir de l'eau, à croire qu'il a jamais vu une belle fille. Ce qui m'étonnerait pas, vu qu'il a été élevé dans le coton avant d'être enfermé dans un collège avec tout un tas de boutonneux aussi excités que lui.

Benedict lui jeta un regard froid. De tels propos n'auraient été tolérés dans aucune des demeures Carsington.

— T'as entendu autre chose, Joseph ? lui demanda une servante.

— Oh, elle leur a raconté un conte à dormir debout, un truc de bonnes femmes avec des enfants enlevés, et un trésor de pirate, et tout le monde en grand danger, répondit Joseph en ricanant. Je pourrais pas dire ce que disaient les patronnes parce qu'elles se mettaient à glousser et à caqueter comme des poules en colère dès qu'*elle* s'arrêtait... Mais lord Mandeville est entré, et il avait l'air furieux, ajouta-t-il avec un gloussement. Je parie six pence que le vieux toqué va jeter la catin dehors.

Benedict bondit de sa chaise et se jeta sur Joseph.

— Dehors ! cria lord Mandeville. Plus un mot ! Comment osez-vous souiller cette maison...

— Mandeville, vous n'avez pas écouté le sermon d'aujourd'hui ? intervint sa femme. On nous a recommandé la patience et le pardon, si je me souviens bien...

— Pardonnez à n'importe lequel de sa clique et ils nous dépouilleront jusqu'au dernier sou. Quand nous serons morts, ils nous voleront nos linceuls, répliqua le vieil homme. C'est un piège et vous êtes une bande d'idiots si vous croyez à cette histoire. Le fils d'Atherton, mon œil !

— J'avoue que le conte a l'air suspect, père, commenta lord Northwick d'une voix d'extrême ennui.

C'était un homme élégant d'environ quarante ans dont le regard bleu perçant démentait l'attitude blasée.

— Néanmoins, nous devons accorder un entretien à cette dame.

— Elle, une *dame* ? ricana son père. Elle joue la comédie, comme ils le font tous. Vous n'êtes que des benêts trop crédules, ajouta-t-il en fusillant du regard successivement son épouse, sa belle-fille et son petit-fils. Tout le monde sait que les Atherton sont en Écosse.

— Lord et lady Atherton sont en Écosse, confirma Bethsabée, qui contenait tant bien que mal sa colère. Leur fils habitait à Londres, chez son oncle, lord Rathbourne. Comme je l'ai expliqué…

— Oh, je ne doute pas que vous ayez *expliqué* à la perfection ! coupa Mandeville. Et c'est un joli paquet de mensonges. Bien qu'aucun de la bande de crétins ici présents n'ait assez de jugeote pour s'en rendre compte. Les femmes de ma maisonnée laissent leur cœur tendre commander à leur cerveau – c'est ainsi –, et mes imbéciles de fils et petit-fils ne remarquent que vos appas.

— Voyons, père…

— Mais vous ne me roulerez pas, Jézabel ! poursuivit Mandeville, ignorant Northwick comme on le fait d'un enfant qui jacasse. J'ai déjà eu affaire à vos semblables et j'ai compris la leçon. Je connais vos trucs et vos artifices. Il gèlera en enfer avant que…

Un choc sourd dans le vestibule les fit tous sursauter.

— Qu'est-ce que c'est que ce raffut ? s'écria Mandeville. Keble !

Keble surgit, le visage en feu.

— Je vous demande pardon pour le tapage, monsieur. Mais nous avons la situation bien en main.

Il y eut un autre fracas, qui évoquait cette fois la chute d'objets délicats.

Comme Mandeville se dirigeait vers la porte, un valet en livrée vola par-dessus le seuil. Il s'affala aux pieds du comte.

Bethsabée ferma les yeux. Non, ce n'était pas possible.

Elle les rouvrit.

Une haute silhouette sombre apparut dans l'encadrement.

L'homme portait des vêtements appartenant visiblement à quelqu'un d'autre. La veste était trop courte, le pantalon trop large.

— Qui, diable, est cet individu ? tonna Mandeville.

Rathbourne se redressa.

— Je suis…

— Mon frère, intervint Bethsabée. Derek, mon pauvre frère un peu simplet.

Benedict lui jeta un regard noir.

— Je ne suis pas…

— Vilain garçon, le gronda-t-elle. Pourquoi ne m'as-tu pas attendue à l'auberge comme je te l'avais demandé ? Est-ce que je ne t'avais pas promis de revenir aussi vite que possible ?

— Non, tu ne l'as pas fait, riposta Rathbourne, le regard étincelant de colère. Tu as pris mes habits. Tu as pris mon argent. Tu es partie sans dire un mot.

— Ta pauvre tête te joue encore des tours.

Regardant les dames, elle vissa l'index sur sa tempe.

— Je t'ai expliqué à plusieurs reprises que tu ne devais pas venir avec moi, enchaîna-t-elle en faisant de nouveau face à Rathbourne.

Le valet étendu sur le sol émit un faible gémissement.

— En voilà l'une des raisons, conclut-elle.

— Il t'a traitée de catin, expliqua Rathbourne d'un air boudeur.

— Et tu t'es mis en colère. Que t'ai-je dit au sujet de la colère ?

Un bref silence se fit. La lueur dans les yeux de Rathbourne était diabolique.

— Que je dois compter jusqu'à vingt.

— Vous voyez, fit-elle en se tournant vers les autres. Il est comme un enfant.

— Un sacrément grand enfant, commenta lord Northwick.

— Sa place est à l'asile ! cria lord Mandeville, rouge de fureur. Dehors ! Sortez de ma maison, tous les deux, ou je vous fais arrêter et enfermer. Remettez les pieds chez moi et je lâche les chiens.

Rathbourne le regarda.

Mandeville pâlit et recula d'un pas.

— Derek, dit Bethsabée.

Rathbourne la regarda. Elle s'avança vers lui, menton haut, le dos droit.

— Lord Mandeville est bouleversé, reprit-elle. Partons avant qu'il ne se fasse du mal.

Elle le frôla en passant, sortit de la pièce et s'éloigna dans le long corridor. Une ou deux secondes s'écoulèrent avant que des pas furieux retentissent derrière elle.

Bethsabée et Benedict gardèrent un silence rageur jusqu'à ce qu'ils aient franchi le portail.

— Vous avez tout gâché ! explosa-t-elle.

— Ça l'était bien avant que je n'arrive, rétorqua Benedict dont la migraine avait viré au supplice. Je n'en reviens pas que vous vous soyez présentée à Throgmorton – sous votre nom – en espérant autre chose que des insultes et une expulsion en bonne et due forme.

— Je ne m'en sortais pas si mal jusqu'à ce que l'irascible comte n'arrive. Les dames étaient trop curieuses pour être grossières, et les messieurs…

— Étaient incapables de regarder vos seins et de réfléchir en même temps, acheva-t-il à sa place.

— Je les aurais tous embobinés – y compris le vieux bonhomme – si vous ne vous étiez pas bagarré avec ce valet. S'il vous fallait absolument vous battre, vous ne pouviez pas faire cela ailleurs, dans le quartier des domestiques, par exemple ?

— Il a fui, le lâche. Je n'étais pas d'humeur à pardonner. Figurez-vous que je me suis réveillé avec une migraine abominable pour découvrir que quelqu'un avait volé mon argent et mes vêtements.

Il inspira à fond avant de reprendre :

— Ce qui s'est passé est très clair. M'enivrer et vous jeter sur moi faisait partie de votre stratagème. Vous avez pensé que je serai trop malade et fatigué par les excès de la veille pour me lancer à vos trousses. Vous avez cru que je ne devinerai pas où vous iriez. Vous me prenez manifestement pour un idiot.

— Il n'y a que l'enivrement que j'ai fait à dessein, admit-elle. L'ennui, c'est que vous avez la tête sacrément dure et que j'ai dû boire plus que prévu. Je me suis jetée sur vous parce que j'étais aussi ivre qu'un marin. Mais oui, je trouve que vous vous conduisez comme un idiot. Vous avez laissé le désir embrumer votre jugement. Vous avez failli révéler votre identité aux DeLucey, non ? Si je ne vous avais pas interrompu, vous leur auriez décoché votre regard Qui-êtes-*vous*-insecte-insignifiant ? et proclamé : « Je suis Rathbourne. »

Elle l'imitait si bien qu'il eut du mal à conserver son expression sévère.

— Vous, vous leur avez dit qui vous êtes, répliqua-t-il. Vous vous êtes mise en danger. Si l'on découvre que je ne suis pas Derek, votre pauvre imbécile de frère, vous êtes perdue.

Il avait failli s'étrangler lorsqu'il s'était retrouvé dans la peau du frère demeuré.

— Je suis déjà perdue. Je le suis depuis le jour de ma naissance.

— Et Olivia ? Que faites-vous de son avenir ?

— Je ne peux pas lui bâtir un avenir ici. J'ai eu tort de le croire. Si je veux lui donner une chance d'avoir une vie convenable, je dois l'emmener à l'étranger, là où le nom de Bethsabée Wingate ne signifiera rien pour personne.

— Je ne peux pas croire que vous envisagiez sérieusement de lui imposer l'existence nomade dont vous vous êtes plainte tant de fois ! hurla-t-il, outré, avant de grimacer, ses cris résonnant douloureusement dans sa boîte crânienne.

— C'est que je tiens compte des faits, contrairement à vous. Vous ne voyez dans ces péripéties qu'un changement amusant dans le cours de votre existence habituelle. Une fuite semblable à celles que vous faisiez jadis. Le problème, c'est que vous n'êtes plus un petit garçon, et que vous devrez en affronter les conséquences à votre retour. Car vous devez rentrer chez vous, Rathbourne. Je peux quitter l'Angleterre demain. Pas vous.

— Il n'est pas question que vous partiez. Je ne le permettrai pas.

— J'aimerais bien que vous tentiez de vous rappeler que nous ne sommes plus au Moyen Âge et que je ne suis pas votre vassal.

— Je ne vous laisserai pas non plus vous sacrifier pour moi.

— Je ne…

— Si je n'avais pas été l'aîné, j'aurais été avocat, reprit-il. J'ai participé à un certain nombre d'enquêtes criminelles. J'ai appris à additionner deux et deux. Vos motifs sont évidents, ma fille. Je ne sais pas si la cause en est un instinct maternel fourvoyé ou le goût des DeLucey pour la tragédie. Quoi qu'il en soit, je n'ai besoin ni de votre protection ni de votre sacrifice. L'idée même est absurde. Je suis un homme, pas un gamin inexpérimenté. J'ai trente-sept ans. Je préférerais être pendu plutôt que de me cacher dans vos jupes ! Ce que je ferais volontiers *sous* vos jupes est un autre sujet dont je serai heureux de discuter à un autre moment, acheva-t-il en lui jetant un regard de biais.

— Mais vous ne comprenez donc pas ? s'écria-t-elle. Que ferez-vous si tout est découvert ?

— Ce que mes ancêtres ont fait à Hastings et à Azincourt. Ce que mon frère Alistair a fait à Waterloo. Si des membres de ma famille ont pu affronter la mort sans ciller, je peux certainement affronter le ridicule et la désapprobation.

— Je ne veux pas que cela arrive, espèce de bourrique !

— Je le sais, très chère. Je l'ai compris quand j'ai découvert que vous étiez partie avec mes habits et mon argent. Cette démonstration d'affection m'a beaucoup touché. Mais maintenant vous devez me les rendre.

Les dames sortirent dignement du salon, suivies immédiatement du fils et du petit-fils de lord Mandeville. Ce qui ne laissa à ce dernier que les domestiques sur qui exercer sa rage. Ceux-ci s'éclipsant à leur tour, il put fulminer tout son soûl.

Tandis que les dames se réfugiaient dans le jardin d'hiver, lord Northwick et Peter DeLucey examinèrent les dégâts dans le vestibule.

Deux fauteuils étaient renversés. Un énorme dragon en porcelaine de Chine que lord Northwick avait toujours détesté gisait sur le sol, deux servantes apeurées occupées à en ramasser les morceaux.

Soutenu par James et Keble, Joseph clopinait vers la porte capitonnée qui menait au quartier des domestiques.

Lord Northwick entraîna son fils à l'écart.

— Il faut que tu les rattrapes. La dame et son... frère.

Peter lui adressa un regard stupéfait.

— Tout de suite, insista-t-il. Il n'y a pas une seconde à perdre.

— Mais grand-père a dit... Mais vous... vous ne la croyiez pas. Je l'ai vu. Vous aviez cet air...

— J'ai changé d'avis. Cesse de discuter et écoute-moi.

— Madame Wingate ! Madame Wingate !

Benedict et Bethsabée se retournèrent sur leur selle.

Un cavalier galopait dans leur direction.

Comme il approchait, Bethsabée le reconnut.

— C'est le fils de lord Northwick, Peter DeLucey. Qu'y a-t-il, à présent ?

Ils arrêtèrent leurs montures et attendirent.

— Un message, jeta-t-il, hors d'haleine. De mon père. Des excuses. Il n'a pu venir en personne. Trop à faire. Mais il voudrait vous retrouver demain matin à l'auberge des *Armes du Roi*. Je dois vous y mener et veiller à ce que vous soyez bien installés. Père dit...

Le jeune homme s'interrompit et regarda alternativement Bethsabée et Benedict.

— Père dit qu'il vous croit et que nous devons vous aider de toutes les manières possibles.

« De toutes les manières possibles » incluait la réservation de deux chambres à l'auberge ainsi que la commande d'un repas, ce qui non seulement aida Benedict à se remettre des excès de la veille, mais fit remonter les DeLucey dans son estime.

Au début néanmoins, il supposa que la serviabilité de DeLucey était un prétexte pour tourner autour de Bethsabée, car le jeune homme ne la quittait des yeux. Ils n'eurent pas besoin de lui demander deux fois de se joindre à eux pour le déjeuner.

Ce dernier achevé, il n'eut pas non plus l'air pressé de s'en aller.

Benedict décida de le tester.

— Je regrette de devoir partir, dit-il. Notre valet et notre voiture sont restés dans une auberge près de Bath, et il faut que j'aille les récupérer. L'aubergiste attend d'être payé. Ma sœur est partie précipitamment, voyez-vous, et, dans son anxiété et son agitation, elle a emporté ma bourse au lieu de la sienne.

— Oh, je peux m'en charger à votre place, proposa DeLucey.

— Sûrement pas, intervint Bethsabée. Nous ne pouvons accepter.

— Cela me ferait plaisir, insista le jeune homme. Sinon, je n'aurai rien à faire de la journée à part m'ennuyer à périr. Les dimanches à Throgmorton sont mortels. Grand-père déteste aller à l'église, mais il est persuadé qu'il doit donner l'exemple. Je préférerais qu'il reste à la maison et laisse aux dames le soin de donner l'exemple. Les prêches le mettent toujours dans une humeur noire. Après l'office, il y a toujours quelqu'un qui l'arrête pour se plaindre de ceci ou réclamer cela. Or, il tient à jeûner avant l'office bien que le médecin le lui ait déconseillé vu son âge. Si bien que le temps qu'on regagne la maison, il meurt de faim, ce qui n'améliore l'humeur de personne… Il ne vous aurait de toute façon pas accueillis à bras ouverts, mais un dimanche était vraiment le pire des jours.

Voilà qui était élégant et gentil, songea Benedict. Le jeune homme présentait des excuses pour son grand-père, sans le dénigrer et avec une certaine compassion.

La grand-mère paternelle de Benedict avait une langue acérée et était tout aussi dépourvue de patience. À la place de lord Mandeville, elle aurait peut-être davantage maîtrisé sa colère, mais n'aurait pas été plus aimable.

On doit tolérer la mauvaise humeur des personnes âgées.

Règle dont Benedict s'était souvenu juste à temps, et qui l'avait empêché de jeter lord Mandeville par la fenêtre la plus proche.

— C'est le côté irascible des DeLucey, commenta Bethsabée. Apparemment, on trouve ce trait de caractère dans toutes les branches de la famille. J'y suis habituée.

— Et comment ! observa Benedict, fielleux.

— Encore que ce ne soit pas moi qui ai jeté le valet dans le salon, répliqua-t-elle sur le même ton.

— C'est un être ignoble, riposta Benedict. Je ne m'excuserai pas pour cela.

— C'est peut-être ce qui a poussé père à prendre votre parti, intervint DeLucey. Cela fait longtemps qu'il veut renvoyer Joseph, mais grand-père…

Il s'interrompit, fronça les sourcils.

— Dites-moi, monsieur, vous n'êtes pas si fou que cela, finalement.

Il tourna un regard intrigué vers Bethsabée.

— J'ai pensé que votre famille excuserait plus facilement la folie que la colère, expliqua-t-elle.

— Parfois, ma sœur me rend folle, précisa Benedict. Sinon, je suis parfaitement sensé. Et, étant sensé, je ne vois pas pourquoi vous feriez le voyage jusqu'à Bath pour calmer un aubergiste en colère et apaiser les inquiétudes d'un fidèle serviteur. D'autant qu'ensuite, il vous faudrait faire le même trajet ennuyeux en sens inverse, en vous sentant bien seul parce que Thomas n'oserait jamais vous adresser la parole. Mais, si vous n'êtes pas pressé de regagner Throgmorton, j'accepte volontiers votre compagnie.

— Il semblerait qu'on n'ait pas besoin de moi, remarqua Bethsabée.

Benedict cilla. Il s'était attendu qu'elle veuille venir avec eux et s'était préparé à l'inévitable bataille.

Mais elle ne montra aucun des signes habituels de rébellion. Son visage était pâle et ses traits tirés. Elle avait eu une dure journée, comprit-il. Non seulement elle avait peu dormi, mais il lui avait fallu encaisser le choc de la fureur de Mandeville, ainsi que la froideur et la méfiance de ses autres parents.

Épreuves qu'elle avait subies avec vaillance. Elle avait gardé la tête haute, et n'avait laissé personne lui faire perdre son sang-froid. Elle s'était comportée avec dignité, en vraie dame qu'elle était.

— M. DeLucey et moi nous nous débrouillerons très bien sans vous, assura-t-il. Reposez-vous, ma chère sœur. Les jours à venir promettent d'être éprouvants.

Peter DeLucey ayant pris des chambres séparées pour les prétendus frère et sœur, Bethsabée ne revit pas Rathbourne avant le lendemain matin dans le salon qu'on leur avait réservé pour le petit déjeuner.

Il se leva à son entrée et son visage s'adoucit.

— Vous avez bien meilleure mine qu'hier, observa-t-il. Je craignais que vous ne tombiez malade, la faute à la débauche, au noble sacrifice auquel vous

vous prépariez et à l'audace avec laquelle vous étiez allée braver les lions dans leur tanière, et tout et tout.

— Vous êtes l'homme le plus ingrat de la terre. J'essayais de vous sauver de vous-même.

Il s'approcha d'elle en riant.

— C'était très gentil de votre part.

Il l'entoura de ses bras, mais ne l'attira pas contre lui. Il se contenta de la contempler avec un demi-sourire.

— Je ne suis pas gentille.

Il l'embrassa sur le front.

— Si, vous l'êtes. Et coquine aussi. Une combinaison enivrante.

Des pas dans le couloir les firent s'écarter vivement.

On frappa à la porte.

— Oui, oui, entrez, dit Rathbourne.

Thomas ouvrit la porte.

— Lord Northwick est là, monsieur.

— Oui, bien sûr. Nous l'attendions. Ne fais pas attendre Sa Seigneurie, voyons, Thomas.

— J'avais peur d'interrompre quelque chose, marmonna le valet en tournant les talons.

— Thomas trouve, lui aussi, que je suis un ingrat, remarqua Rathbourne.

— Je retire ce que j'ai dit de lui vendredi soir, dit Bethsabée. Thomas est un parangon. Un saint.

— C'est vrai. Le pauvre, il m'a attendu toute la journée d'hier en sous-vêtements. C'était votre faute, à propos, mais je… Ah, lord Northwick. Bonjour, monsieur.

Sa Seigneurie demeura sur le seuil. Puis il ôta son chapeau, révélant des cheveux aussi noirs que ceux de Bethsabée, à l'exception de quelques fils d'argent sur les tempes. Il était impeccablement coiffé et vêtu avec l'élégance due à un bon faiseur.

Il se décida à entrer, referma la porte derrière lui.

— Bonjour, lord Rathbourne, dit-il. Peut-être seriez-vous assez bon pour m'expliquer la raison de cette comédie ?

15

Si l'irascibilité, Bethsabée l'avait découvert la veille, n'était pas un trait de caractère réservé à la branche familiale dont elle était issue, elle se rendait à présent compte que les Horribles DeLucey n'étaient pas les seuls capables de faire une entrée théâtrale.

Elle était trop agitée la veille, trop consciente de ne pas être la bienvenue et trop occupée à parer les coups pour étudier avec attention son public. De toute façon, en faisant irruption dans le salon telle une invasion de Wisigoths, Mandeville avait occupé le devant de la scène.

Elle n'en avait pas pour autant ignoré la présence de lord Northwick. Bien qu'il ait à peine parlé et se soit contenté d'arborer un air de profond ennui, elle s'était sentie observée. Son regard scrutateur l'avait mise beaucoup plus mal à l'aise que la franche hostilité de son père.

Manifestement, Northwick était loin d'être un imbécile.

Elle se laissa tomber dans le fauteuil le plus proche, le cœur battant. Elle avait toujours su que Rathbourne finirait par se faire prendre. Mais le savoir et en être témoin n'étaient pas la même chose.

Lui-même ne parut pas le moins du monde décontenancé.

— Ah, vous n'avez pas été dupe de l'histoire du « pauvre frère Derek un peu simplet », commenta-t-il.

— Je sais que Bethsabée Wingate n'a pas de frère, répondit lord Northwick. Je sais que lord Rathbourne en a plusieurs. L'un s'appelle Rupert. J'ai rencontré Rupert Carsington il y a quelques années lorsque lui et l'un de mes cousins ont eu un litige avec d'autres jeunes gens. M. Carsington a jeté l'un de ses assaillants dans un abreuvoir. J'ai reconnu le style de combat – et une forte ressemblance physique. À présent, peut-être pourriez-vous m'expliquer de quoi il retourne, monsieur.

— Hormis le fait que je ne suis pas le pauvre Derek, tout ce qu'a dit Mme Wingate est vrai. Nous sommes à la recherche de mon neveu et de sa fille. Mais asseyez-vous, je vous en prie. Vous ne voyez pas d'objection à prendre le petit déjeuner avec votre cousine, je suppose ?

Le silence qui suivit fut assourdissant.

Une sorte de test, ou un défi.

C'était là une attitude typiquement masculine, mais Bethsabée ne savait déchiffrer ce langage muet.

Puis lord Northwick déclara :

— Pas d'objection, monsieur, à condition que tout le monde comprenne qu'avoir confiance en ma *cousine* m'est aussi impossible que de lancer l'une des pierres du site préhistorique de Stonehenge.

Le visage de Rathbourne se durcit.

Attitude typiquement masculine ou non, Bethsabée crut bon d'intervenir.

— Cela me convient, dit-elle. Lord Northwick n'est pas obligé de m'aimer ni de me faire confiance. L'essentiel est de retrouver les enfants.

— D'où ma présence ici, fit Northwick. Je suis venu parce que Mme Wingate a expliqué que le fils d'Atherton avait disparu. Je savais que le fils aîné de lord Hargate avait épousé l'une des sœurs d'Atherton. Lorsque vous êtes entré, monsieur, je me suis douté que vous étiez ce fils aîné. Puisque c'est vrai, j'en déduis que l'histoire du neveu en fuite est aussi vraie. Mais plusieurs questions demeurent. Je me suis demandé pourquoi vous ne vous étiez pas présenté sous votre véritable nom et pourquoi vous étiez habillé aussi bizarrement. Votre conduite m'a intrigué. Rien ne concordait avec ce que je savais de lord Rathbourne.

Rathbourne garda le silence, imperturbable.

Il n'avait pas l'intention de s'expliquer, pas même avec un homme de son rang.

Lord Northwick haussa les épaules.

— En tout cas, mon premier souci était et est le fils d'Atherton. Qu'il ait été entraîné hors du droit chemin par la jeune personne en question ne me surprend aucunement. Mes chers cousins ont tous, à un moment ou un autre, dévoyé des innocents.

« Vous inclus », aurait-il pu ajouter, à en juger par le regard qu'il adressa à Rathbourne.

Arborant son expression d'ennui mortel, celui-ci déclara :

— Je crois que l'important est de savoir où mon neveu a été entraîné et comment nous pourrions l'intercepter rapidement. M. DeLucey m'a laissé entendre que vous seriez prêt à nous aider dans cette entreprise. Mais peut-être ai-je mal compris ?

Le regard de lord Northwick passa de Bethsabée à Rathbourne.

— Je sais où est mon devoir, monsieur. Naturellement, vous pouvez compter sur mon aide.

La comtesse douairière de Hargate se couchait très tard et se réveillait très tôt. Selon ses petits-enfants, cela lui permettait de savoir tout sur tout le monde, avant tout le monde. En volume, sa correspondance dépassait de loin celles du roi George IV, du Premier ministre et de son Conseil réunis. Elle passait une partie de la journée au lit, à lire ses lettres et à y répondre. Ce qui lui laissait encore le temps de bavarder avec ses amies (que ses petits-enfants surnommaient les Harpies), de jouer au whist et de terroriser sa famille.

L'après-midi du lundi commençait tout juste lorsque, arrivée à la partie terrorisante de son programme quotidien, elle envoya chercher son fils aîné.

Lord Hargate la trouva dans son boudoir, entourée de quantité de coussins et vêtue comme toujours selon la mode de ses vingt ans, avec une telle quantité de soie, de satin et de dentelles qu'on aurait pu en draper deux fois la cathédrale Saint-Paul, intérieur compris.

Il l'avait saluée, embrassée, et s'enquérait de sa santé lorsqu'elle agita une lettre sous son nez en s'écriant :

— Peu importe ! Que diable se passe-t-il, Hargate ? On me raconte que mon petit-fils s'est enfui avec une dévergondée aux cheveux noirs, qu'il s'est bagarré et s'est donné en spectacle sur la route de Bath.

— Votre informateur se trompe, assura lord Hargate. Rupert est à Londres, auprès de sa femme. Ils projettent de retourner en Égypte. Vous savez aussi bien que moi que Rupert ne s'enfuirait avec personne d'autre que Daphné. Il est complètement...

— Pas *lui* ! Comment peux-tu être aussi obtus, Ned ? Pourquoi me donnerais-je le mal de te faire venir s'il ne s'agissait que de t'annoncer une sottise de Rupert ? Je le ferais plutôt si j'apprenais qu'il a fait quelque chose de sensé. À ma connaissance, cela ne lui est arrivé qu'une fois, lorsqu'il a épousé cette rousse intelligente et richement dotée. Ce miracle étant survenu il y a quelques mois seulement, je n'ose en espérer un autre durant le temps qu'il me reste à vivre.

— Dans ce cas, il ne fait aucun doute que votre informateur a confondu l'un de mes rejetons avec l'un de nos cousins, déclara lord Hargate. Geoffrey a emmené sa famille dans le Sussex chez ses beaux-parents. Alistair est dans le Derbyshire, où il attend la naissance de son enfant. Darius est allé le soutenir durant cette épreuve. Aucun d'eux n'a pu se trouver à proximité de la route de Bath ces derniers jours.

— Tu as oublié un fils.

— Vous ne parlez tout de même pas de Benedict ?

Elle lui tendit la lettre.

Bethsabée jeta un regard consterné autour d'elle.

Throgmorton était immense. De grands jardins, à la française et à l'anglaise, entouraient le château. Ils étaient environnés d'un parc, puis d'hectares de bois et de terres agricoles. Une fois que les enfants s'y seraient faufilés – ce qui serait un jeu d'enfant pour Olivia –, ils pourraient y demeurer des jours, peut-être même des semaines, sans qu'on les voie.

Bosquets, temples, folies, ruines et autres cachettes étaient disséminés un peu partout. Un petit bois de pins abritait un cottage rustique utilisé l'été pour les pique-niques. Un abri pour pêcheurs se dressait à une extrémité du lac. Ce vaste parc n'avait pas été seulement conçu pour divertir une famille mais aussi pour accueillir de nombreux invités. Si lord Mandeville et les siens passaient peu de temps à Londres, cela ne signifiait pas pour autant qu'ils n'étaient pas sociables. En outre, la propriété était ouverte aux visiteurs les mardis et jeudis. Il était donc vraiment facile d'y pénétrer et s'y promener sans éveiller de soupçons.

Le mausolée ne faisait pas partie de la visite, et on ne le voyait que de certains endroits. Bien qu'il se dressât sur une hauteur au sud-ouest du parc, des arbres le cachaient de la vue des visiteurs, que l'on cantonnait aux alentours du château et dans les jardins côté est.

Bethsabée se tenait avec Rathbourne et lord Northwick sur une autre hauteur, légèrement plus importante, devant New Lodge, un édifice datant de l'époque élisabéthaine.

Ils apercevaient au loin Thomas qui examinait le terrain autour du mausolée. Ainsi que l'avait expliqué Northwick, c'était le meilleur endroit d'où observer le lieu de repos de ses ancêtres. Bethsabée distinguait aisément les fleurons et sculptures qui ornaient le petit temple de style romain. Un perron de quelques marches menait à un portique que soutenaient des colonnes corinthiennes. Une large allée descendait jusqu'en bas du tumulus où elle se divisait en allées plus étroites. L'une d'elles montait à New Lodge, en faisait le tour et redescendait sur un autre flanc. Une autre allée suivait le contour de la partie inférieure de la colline. De là, d'autres s'enfonçaient dans les bois jusqu'au sentier qui longeait le lac.

— Le mausolée est relativement récent, fit lord Northwick. La construction a commencé quelques années après qu'Edmund eut changé de profession. Mon grand-père, qui était son frère William, demeurait souvent là où nous sommes pour garder les ouvriers à l'œil, disait-il.

— Cela ferait un endroit idéal pour des rendez-vous secrets, je trouve, commenta Rathbourne. Votre grand-père y rejoignait-il une maîtresse, ou sa brebis galeuse de frère ?

Northwick haussa les sourcils.

— Rathbourne est une sorte de détective, expliqua Bethsabée. Un expert en cerveau criminel.

— Ne taquinez pas lord Northwick, dit Rathbourne. Vous savez fort bien que je ne faisais pas référence à un comportement criminel.

— Vous semblez lire dans mes pensées.

— C'est parce que vous êtes transparente.

Elle se détourna, les joues en feu.

— J'observais simplement le site, poursuivit la voix grave de Rathbourne dans son dos. On ne le voit pas du château et des communs. J'ai songé que William était le fils aîné. Moi aussi, je suis l'aîné, et depuis l'enfance, on m'a appris à protéger mes cadets. Peut-être cela fonctionne-t-il comme l'instinct maternel de Mme Wingate, lequel ne s'appuie pas toujours sur la logique. J'ai donc supposé que William avait pu céder à l'affection fraternelle ou à son devoir d'aîné.

— J'avais entendu dire que vous étiez prodigieusement intelligent, dit Northwick. Votre supposition est exacte. Ma grand-mère a toujours pensé que William retrouvait là Edmund. Selon elle, c'était pour lui prêter de grosses sommes d'argent qu'il n'a jamais remboursées.

— Cela semble beaucoup plus probable que la fable selon laquelle Edmund aurait caché un trésor à Throgmorton, comme ma famille se plaît à l'imaginer, fit Bethsabée.

— C'est presque dommage d'arrêter les gamins, murmura Rathbourne d'un air songeur. J'aurais aimé voir comment ils s'y prenaient pour fouiller le terrain. Cela aurait fait un bon exercice pour Peregrine.

Il avait déjà confié à Northwick les ambitions égyptiennes de son neveu.

— Je dois avouer que cela m'intéresse aussi, reconnut Northwick. Si mon père ne risquait pas une crise d'apoplexie, je les laisserais faire. Mais il faudrait alors poster des gens à proximité afin de s'assurer qu'ils ne se font pas tomber des sculptures sur la tête ou ne se brisent pas le cou en dévalant les marches. Hier, j'ai remarqué des pierres à moitié descellées qui auraient besoin d'être réparées. Hélas, ce n'est pas l'unique problème à Throgmorton !

— Dans une propriété, il y a toujours des problèmes, renchérit Rathbourne. Quelle que soit sa diligence, le régisseur est obligé de reporter certains travaux pour faire face à d'autres, plus urgents. Le nombre d'ouvriers dont on dispose n'est pas illimité. Et il faut tenir compte du temps qu'il fait. On ne peut pas tout faire, malheureusement.

— Je constate que vous avez quelque expérience quant à la gestion d'un domaine, dit Northwick.

— Je n'ai pas été autorisé à paresser, admit Rathbourne avec un mince sourire. Mon père m'a appris très jeune à m'occuper de nos propriétés.

— Alors, vous comprenez mes soucis. Des accidents se produiront, quelles que soient les précautions prises. Mais nous savons que les enfants ignorent la prudence. De jour et en restant dans les allées, les vôtres ne devraient pas courir de danger. Mais quand je les imagine rôdant de nuit dans les environs, cela me glace le sang.

— Vous n'avez jamais rôdé la nuit lorsque vous étiez jeune, lord Northwick ? demanda Rathbourne.

Bethsabée lui glissa un coup d'œil. Le sourire n'était pas sur son visage, mais dans sa voix.

— Si, et c'est pour cela que je suis si mal à l'aise, répondit Northwick. J'ai dit aux gardiens de garder les chiens en laisse. J'ai prié tout le monde d'être prudent. Mais lorsqu'on est réveillé brutalement au milieu de la nuit, il n'est que trop facile d'agir d'abord et de réfléchir ensuite.

Ces avertissements distribués à droite et à gauche faisaient partie du « trop à faire » qui l'avait empêché de rencontrer Bethsabée et Rathbourne plus tôt. Lord Northwick avait en effet immédiatement entrepris de prévenir son personnel, les autorités et les gens du voisinage. Il avait même fait parvenir des messages aux employés des octrois de la région.

— Vous avez pris toutes les précautions possibles, assura Rathbourne. Je respire déjà mieux.

— Même si j'espère que lord Lisle aura le bon sens de ne pas pénétrer dans la propriété de nuit, je posterai quelqu'un pour surveiller le mausolée dès qu'il fera sombre, déclara Northwick. Ainsi, vous pourrez vous reposer un peu. Tout est prêt à l'intérieur, précisa-t-il en désignant New Lodge. Un domestique vous apportera à dîner. Est-ce que votre valet suffit à vos besoins ou dois-je envoyer quelqu'un pour le seconder ?

— Ne vous donnez pas ce mal, nous dînerons aux *Armes du Roi* quand nous rentrerons.

— Mais vous ne retournez pas à l'auberge, protesta Northwick. Je vous ai fait préparer New Lodge. Perdre du temps en allées et venues est absurde. Vous serez beaucoup plus confortables ici, croyez-moi. Mon épouse et moi y avons fait d'innombrables petits séjours lorsque nous nous trouvions un peu à l'étroit dans l'autre maison.

Laquelle comptait cent cinquante pièces.

Mais lord Northwick cherchait sans doute un refuge.

Ce qui était compréhensible. Les membres des familles les plus unies pouvaient parfois ne plus se supporter.

Ce qui était surprenant, en revanche, c'était qu'il y ait emmené son épouse.

Lord Northwick avait la fibre romanesque, devina Bethsabée. Et sa femme était le personnage principal du roman.

Il l'aimait, et cette maisonnette était leur nid d'amour.

Pourtant, il autorisait sa méprisable cousine à le souiller de sa présence.

Elle n'eut pas le temps d'y réfléchir plus avant.

Peter DeLucey apparut, courant dans leur direction.

— Ils arrivent ! Ils ont été vus ce matin. À l'octroi de Walcot.

Les premières gouttes de pluie tombèrent alors que Peter DeLucey leur assurait que les deux enfants allaient bien. Ils voyageaient en compagnie d'un marchand ambulant du nom de Gaffy Tipton selon l'employé de l'octroi.

— Le message est passé, dit Peter. Avec un peu de chance, l'un de nos hommes va retrouver ce Tipton et vos jeunes fuyards avant la tombée de la nuit.

Peu après ces nouvelles prometteuses, lord Northwick et son fils regagnèrent le château.

Le ciel s'assombrissait et la pluie tombait plus dru. Ignorant ses protestations, Benedict drapa sa veste sur les épaules de Bethsabée.

Ils durent bientôt se résigner à entrer dans la maisonnette. Qu'ils soient dedans ou dehors, ils ne voyaient de toute façon plus rien. Le mausolée disparaissait derrière un rideau de pluie.

— Dire que nous étions censés monter la garde, fit Benedict. Je me demande où est Thomas.

— À l'abri, j'espère.

— Il a sûrement senti venir le changement de temps. C'est un homme de la campagne.

Elle ôta la veste humide de Benedict et frissonna.

— Je vais faire du feu, proposa-t-il. En priant pour que la cheminée ne fume pas.

La cheminée semblait bien entretenue, comme le reste de la maison, constata-t-il avec soulagement. En effet, ne sachant à quand remontait le dernier feu allumé de ses mains, il avait besoin que les circonstances soient le plus favorables possible.

Une boîte d'amadou était posée sur le manteau de pierre. Il l'ouvrit et l'examina.

— Je vais vous réchauffer en un rien de temps, promit-il à Bethsabée qui était restée devant la fenêtre.

— Je n'ai pas froid.

— Vous frissonnez, rétorqua-t-il tout en disposant des bûches et du petit bois.

— Je pense que c'est le choc qui se dissipe.

— Quel choc ?

— Lord Northwick. Je n'aurais jamais imaginé qu'il oserait défier son père.

— Lord Northwick n'est plus un enfant. Un homme doté de solides principes moraux fait ce que lui dicte sa conscience. Comme vous me l'avez répété plusieurs fois, nous ne sommes plus au Moyen Âge. Mandeville exige peut-être une obéissance aveugle, mais son fils n'est pas obligé de se soumettre.

Comme il se concentrait sur la tâche ardue qui consiste à produire une étincelle, Bethsabée murmura :

— Il n'était pas obligé de laisser sa vilaine cousine souiller son nid d'amour. Car vous savez aussi bien que moi que cette maison est un nid d'amour. Vous avez entendu sa voix lorsqu'il a parlé de sa femme.

Benedict souffla doucement sur l'amadou. Une flamme minuscule le récompensa de ses efforts. Il l'approcha prudemment d'une brindille.

— J'ai entendu, répondit-il, les yeux rivés sur la flamme tremblotante.

La tendresse avec laquelle Northwick avait dit « mon épouse » l'avait surpris, et il l'avait envié.

— Peut-être que mes infinies perfections annulent vos imperfections infinies, reprit-il. Ou bien Northwick a remarqué les regards langoureux que vous me jetiez et il a eu pitié de vous.

— Je ne vous jetais pas de regards langoureux.

Benedict se tourna à demi vers elle en haussant un sourcil.

Elle s'écarta de la fenêtre.

— Vous souffrez d'une imagination excessive, poursuivit-elle, le menton haut. Je vous trouve tout juste supportable.

Le petit bois s'était embrasé. Des flammes commencèrent à lécher les bûches. Bientôt, le feu se mit à danser, emplissant l'âtre de crépitements et de sifflements tandis que la pluie martelait le toit et cinglait les vitres.

— Quelle délicieuse menteuse vous faites ! s'exclama Rathbourne. J'ai l'impression de vivre à côté de Sheherazade. Je ne sais jamais quelle fable étonnante vous allez proférer.

— Ce n'est pas…

— Regardez, belle princesse, coupa-t-il en se redressant. Je vous ai fait du feu.

Elle regarda fixement les flammes, puis sa bouche s'incurva légèrement.

— Et quel feu élégant, Rathbourne ! Avec du bois. Quelle extravagance !

— C'est un nid d'amour. Le bois est plus romantique et sent meilleur que le charbon. Et, ici, ce n'est pas aussi extravagant qu'ailleurs. Vous avez remarqué que nous sommes entourés de bois.

— Bien sûr. Je savais que Throgmorton était une grande propriété, mais je n'avais pas imaginé qu'elle serait aussi vaste. C'est comme un petit royaume.

— C'est le cas de la plupart des grands domaines.

— Je n'en avais jamais visité en compagnie du propriétaire me racontant son histoire et ses projets. Cela change la perspective.

— Northwick aime visiblement cet endroit, observa Benedict.

— Et vous ? Vous aimez la propriété familiale ?

— Celle du Derbyshire, vous voulez dire ? Oui, beaucoup, bien que ma vie soit à Londres. Mais, en ville, nous n'avons qu'un hôtel particulier. À la campagne, la maison, le parc et les terres font partie d'une œuvre plus grande, qui remonte à plusieurs générations. Où que je pose les yeux, je vois ce que mes ancêtres ont fait, ce qu'ils m'ont laissé.

— C'est ce qui m'a frappée aujourd'hui, avoua Bethsabée. Avant, je voyais les grands domaines comme des monuments et non comme des entités vivantes.

— C'est parce que vous n'avez pas eu la chance d'en être partie prenante.

— Mais Edmund DeLucey l'était. Jack aussi. J'avais imaginé que je comprenais Edmund parce que je croyais comprendre Jack, enchaîna-t-elle en secouant la tête. Tous deux étaient des cadets, vivant dans l'ombre d'un frère aîné. Tous deux savaient que jamais ils ne régneraient sur le royaume familial. C'étaient des hommes trop indisciplinés pour la vie militaire, dans laquelle, pourtant, ils auraient pu faire de grandes choses et devenir des héros. Au lieu de quoi ils se sont contentés d'une action spectaculairement choquante.

— Cependant, vous avez du mal à comprendre pourquoi ils ont tourné le dos à ceci, fit Benedict en désignant du menton les milliers d'hectares qui s'étendaient derrière le rideau de pluie.

— Je ne sais que penser.

Elle s'assit dans un fauteuil près de la cheminée, l'air visiblement déconcertée.

— Si j'avais grandi dans un tel endroit, aurais-je pu être heureuse dans deux pièces misérables dans le quartier le plus sordide de la ville ? Ou en déménageant sans cesse pour fuir les créanciers ?

— Je pense que cela dépend de la personne avec qui vous partagez ces deux pièces ou fuyez d'un endroit à l'autre.

Elle leva les yeux et croisa le regard de Benedict.

— Vous ne devriez pas me regarder ainsi.

Il s'accroupit devant elle.

— Comment est-ce que je vous regarde ? demanda-t-il en lui prenant la main.

— Comme si vous aimeriez vivre ainsi… avec moi.

— Oh, je n'aimerais pas cela. Je ne le pourrais pas. Ce n'est pas en moi. J'ai toujours été l'héritier. On m'a appris beaucoup de choses, mais pas à me priver. On ne m'a pas appris à fuir, mais à tenir bon. On m'a appris la stabilité parce que beaucoup de choses dépendent de moi. Notre petit royaume du Derbyshire. Des centaines de vies – sans compter le bétail.

Elle le scruta longuement. Il ne cacha rien. Il n'était plus sûr de pouvoir lui cacher quoi que ce soit, l'aurait-il voulu. Pourtant, il savait qu'elle ne croirait pas ce qu'elle lisait dans ses yeux.

Pourquoi le croirait-elle alors qu'il y croyait à peine lui-même ?

Elle renonça et, avec un sourire contrit, dégagea sa main pour lui caresser la joue.

— Non, vous êtes trop intelligent et responsable pour semer le désordre dans votre vie et bouleverser votre famille à cause d'une femme. C'est l'une des choses que j'aime chez vous, Rathbourne. Il n'empêche que vous avez été plus insouciant que je ne le souhaiterais.

Il tourna la tête et lui embrassa la paume.

— Comptons. « Intelligent » et « responsable », cela fait deux choses. Qu'aimez-vous d'autre en moi ?

Elle laissa sa main retomber sur ses genoux.

— Je ne vous le dirai pas. La liste de vos perfections est trop longue... et je suis lasse.

Inquiet, il l'étudia avec attention. Avait-elle été aussi pâle toute la journée ? Un peu plus tôt, elle frissonnait. Était-elle malade ?

— Je pensais que vous aviez bien dormi cette nuit, dit-il. Je n'étais pas là pour vous tenir éveillée.

— Vous étiez là quand même.

— Vous vous tracassiez pour moi ? Combien de fois dois-je vous dire...

— Ne me le répétez pas.

Elle se leva abruptement et s'éloigna.

— Vous êtes parfait, mais, pour certaines choses, vous êtes aveugle. Je ne sais trop d'où cela vient. Peut-être du fait qu'on vous a toujours aplani la route. Ou du mur qui existe entre les gens ordinaires et vous. La richesse et les privilèges isolent même les philanthropes comme vous, Rathbourne.

— Je sais. Ne l'ai-je pas dit un instant plus tôt ? Je ne suis pas armé pour une vie ordinaire, encore moins pour la pauvreté ou l'errance.

— Vous souffririez ! s'écria-t-elle. C'est ce que vous ne comprenez pas, et je ne sais comment vous faire comprendre quel désespoir vous éprouverez, quelle humiliation vous devrez supporter. Je ne veux pas que vous sachiez ce que c'est. Je ne veux pas que vous souffriez à cause de moi.

— Ma chère enfant, dit-il en la rejoignant pour la prendre dans ses bras.

— Vous voyez ? fit-elle d'une voix tremblante. Espèce d'idiot ! Voilà que vous vous faites du souci pour moi.

— Peut-être un peu, admit-il.

— Nous sommes trop faits pour nous entendre. C'est là le problème, aussi improbable que cela paraisse.

— C'est vrai. J'aime votre compagnie presque autant que j'aime votre visage et votre silhouette. C'est une évolution inattendue, à coup sûr.

Elle appuya la tête contre sa poitrine.

— Je ne suis pas assez noble pour résister quand vous êtes près de moi, souffla-t-elle. J'aurais dû vous résister il y a des semaines. Je le savais. Je savais que vous seriez une source d'ennuis. Mais je ne pleurerai pas sur le lait renversé.

Relevant la tête, elle le regarda, ses yeux bleus brillants de larmes contenues.

— C'est ce que je me suis dit la nuit dernière. Mais une chose est sûre : nous avons été découverts et un scandale est inévitable. Mais j'ai pensé à une façon d'atténuer les dégâts.

— Je sais ce que vous allez dire. Épargnez votre salive. C'est hors de question.

Elle se dégagea de ses bras.

— Dès que nous aurons retrouvé les enfants, j'emmènerai Olivia. Nous partirons loin, très loin.

— Non, vous ne ferez pas ça.

— Soyez logique, Rathbourne. Plus vite je disparaîtrai, plus vite on m'oubliera.

— Pas *moi*.

— Vous dites n'importe quoi. Écoutez-moi.

— Très bien, je vous écoute.

— Dès que nos noms seront associés, tout le monde, ou presque, supposera que nous avons une liaison. Mais si je pars, ce ne sera qu'une aventure. Pour vous, une peccadille. Pour moi, un exemple de plus de l'immoralité des Horribles DeLucey. Les ragots qui s'ensuivront ne dureront que le temps qu'un nouveau scandale soit découvert.

Elle était trop fichtrement logique, hélas !

— Je n'ai jamais rien entendu d'aussi stupide, déclara-t-il néanmoins.

— Ce n'est pas stupide. C'est parfaitement sensé.

— Nous avons *fait l'amour*, espèce d'écervelée. Plusieurs fois. Avez-vous oublié que cette activité et l'arrivée d'un bébé ont un lien étroit ? Êtes-vous en train de me proposer de partir – Dieu sait où – alors que vous portez peut-être mon enfant ?

— C'est très improbable. Servez-vous de votre tête, monsieur. C'est vous le détective. J'ai été heureusement mariée pendant douze ans, mais je n'ai qu'un seul enfant. Quelle conclusion en tirez-vous ?

— Aucune, en fait. Je ne suis pas Jack Wingate.

Elle émit un rire bref et retourna près de la fenêtre. La pluie continuait à tomber sans discontinuer.

— Jack n'y est pour rien. J'ai été enceinte plusieurs fois et j'ai fait des fausses couches.

— Oh.

Il aurait dû être soulagé, pour elle du moins. Mettre au monde un enfant était risqué, même chez les privilégiés. La princesse Charlotte, héritière du trône, était morte en couches quatre ans auparavant.

Le problème, c'était qu'il n'avait jamais été doué pour se mentir à lui-même. Il se savait trop égoïste pour être soulagé. Il savait qu'il était déçu. Inquiet aussi, parce que, si l'argument de la grossesse avait fait long feu, il lui fallait en trouver un autre.

— Vous ne pouvez pas partir. Ce n'est pas bon pour Olivia.

— J'ai réfléchi à la question. Cela peut être bon pour elle si je l'emmène là où il faut : je pensais à l'un des États allemands. Les professeurs allemands sont très sévères, m'a-t-on dit.

— Bethsabée…

— Je vois une ombre. Quelqu'un vient.

Benedict la rejoignit à la fenêtre. Une silhouette approchait, en effet. Il alla ouvrir la porte.

La pluie dégoulinait du chapeau de Thomas et ruisselait sur sa veste. Il portait un grand paquet.

— On dirait que la pluie n'est pas près de s'arrêter, monsieur. C'est pourquoi je suis allé chercher des provisions. Ils enverront de quoi dîner plus tard, mais en attendant j'ai apporté des sandwiches, du thé et quelque chose de plus fort contre le froid, car la température a chuté depuis ce matin.

Bien que l'homme ne soit pas habillé comme un policier de Bow Street, Olivia en avait vu suffisamment pour reconnaître l'espèce, même sous des trombes d'eau. L'homme se tenait sur le seuil des écuries, l'air d'attendre quelqu'un.

À l'abri de la pluie sous la galerie de l'auberge, Olivia et Lisle attendaient Gaffy qui était allé confier son cheval au palefrenier. Olivia agrippa le bras de Lisle et le tira dans l'ombre.

— Qu'est-ce qu'il y a ?

Elle lui désigna l'inconnu. Il parlait à Gaffy. Ce dernier ôta son chapeau et se gratta le crâne.

Olivia vit l'autre homme sortir quelque chose de sa poche. Une pièce de monnaie, devina-t-elle.

— Cours, ordonna-t-elle. Cours !

16

Benedict regarda Bethsabée grignoter un morceau de sandwich, puis faire de même avec le dîner. Entre les deux, elle demeura devant la fenêtre, bien que la pluie n'ait pas faibli et qu'il fût impossible de voir quelque chose.

Lorsque, après le souper, elle se posta de nouveau devant la fenêtre, il décida que cela suffisait.

— Il fait nuit. Même si la pluie s'arrête, vous ne verrez rien.

— Je verrai les lanternes. Si les hommes de lord Northwick trouvent les enfants, ils viendront nous avertir. Ils porteront des lanternes.

— Ils frapperont aussi à la porte, lui rappela-t-il. Venez boire votre thé près du feu et cessez de vous tracasser pour les enfants. Cessez de *penser* aux enfants. Lord Northwick fait ratisser la campagne, et même Bristol, par une foule de gens compétents.

— Des recherches officielles, dit-elle en fixant l'obscurité. Exactement ce que nous voulions éviter.

Il se sentit de nouveau mal à l'aise.

— Que vous arrive-t-il, madame Wingate ? Où est passée la femme audacieuse qui refusait de me laisser partir seul à la recherche des enfants ? S'il vous plaît, ne me dites pas que la rencontre désagréable avec votre famille vous a fait perdre courage. Je refuse de vous croire aussi aisément vaincue.

Elle se retourna et, au grand soulagement de Benedict, ses yeux bleus jetaient des éclairs.

— Absolument pas ! Ils n'ont été que froids et méfiants, ce à quoi je m'attendais. Vraiment, Rathbourne... comme si ce genre d'attitude pouvait m'accabler ! Vous me confondez avec les créatures fragiles qui peuplent votre cercle social.

— Elles ne sont pas toutes si fragiles que cela. Vous devriez rencontrer ma grand-mère.

Elle s'installa dans l'un des fauteuils garnis de coussins que Thoma avait disposés près du feu.

— J'ai rencontré la grand-mère de Jack, et cela m'a suffi. Comparé aux entrevues que j'ai eues avec sa famille, un accueil peu amical n'est rien.

Elle servit le thé. Benedict s'assit et s'empara de sa tasse.

— J'aurais dû le deviner, dit-il. Comme ils n'ont pas réussi à faire changer d'avis Wingate, ils s'en sont pris à vous.

Il n'y avait pas pensé avant. La rencontre brutale avec la branche respectable de sa famille avait dû réveiller de vieux souvenirs, des souvenirs pénibles. Rien d'étonnant qu'elle broie du noir.

— J'avais seize ans, commença-t-elle en fixant le contenu de sa tasse comme si ses souvenirs flottaient à la surface. Chacun a adopté une tactique différente. La grand-mère m'a dit que jamais je ne serais acceptée par la bonne société. Que Jack regretterait sa décision et que, si j'avais de la chance, il m'abandonnerait. Si je n'en avais pas, il resterait, et je partagerais sa pauvreté et son amertume jusqu'à ce que la mort nous sépare. Sa mère a pleuré comme une fontaine. Son père s'en est pris à ma conscience qu'il a mise en morceaux. Il y avait des tantes, des oncles, des grand-tantes et des avocats. J'ai failli une douzaine de fois renoncer à Jack, juste pour qu'ils cessent de me torturer. Mais il disait que la vie sans moi ne vaudrait pas la peine d'être vécue. Je n'étais qu'une toute jeune fille, Rathbourne… et je l'aimais tant.

À quoi cela ressemblait-il, se demanda Benedict, d'être autant aimé ?

Quelle sorte d'homme rechercherait un tel amour, tout en sachant que sa famille le ferait payer cher à la jeune fille ?

— Seize ans, fit-il en prenant soin de garder un ton léger. Comme cela paraît loin ! J'étais quelqu'un de complètement différent.

— Vous étiez amoureux ?

— Oui, bien sûr. Comment ne pas l'être à seize ans ? N'était-ce pas l'âge de Roméo ?

Elle sourit.

— Parlez-moi d'elle.

Cela faisait des années qu'il n'avait pas songé à ses amours de jeunesse. Il ne se l'autorisait pas. Il trouvait déraisonnable de comparer l'excitation et l'idéalisme de cette époque à la déception ennuyée qui semblait imprégner son âge adulte. On risquait de ressasser. On risquait même d'être stupide au point de regretter ce qui n'était plus.

Pourtant les souvenirs ne s'étaient pas envolés. Ils attendaient juste d'être ranimés. Ce qu'il fit pour elle, comme il avait fait tant d'autres choses.

Il lui parla de la sœur d'un camarade de classe qui lui avait volé son cœur quand il avait seize ans, l'avait brisé, et avait emporté toutes ses raisons de vivre… jusqu'à ce que, environ un mois plus tard, il rencontre une autre fille.

Tandis qu'il racontait ces histoires, ses idées s'éclaircirent.

L'amour, à cette époque révolue, était une chose énorme, terrifiante, sidérante. Et douloureuse. Ce qu'il avait oublié. Les souvenirs demeuraient, certes, mais les sentiments apparaissaient vagues et lointains.

Ses béguins de jeune homme lui semblaient aujourd'hui aussi flous que des rêves.

Tout s'estompait.

Les amours de jeunesse. Les rêves de jeunesse.

Les chagrins aussi, ainsi que les remords qui souvent les accompagnaient.

Il n'avait pas aimé Ada d'amour. À l'époque où il l'avait épousée, il avait déjà eu le temps de se convaincre que l'amour romantique n'existait que dans les livres. Était-ce parce que, une fois adulte, il n'avait rencontré personne qui éveillât en lui des sentiments forts ?

Pourtant, à sa manière insuffisante, il avait apprécié sa femme, et sa mort avait été un choc violent qui l'avait laissé complètement désemparé.

Lorsqu'il avait compris ce qui leur était arrivé, il avait été très en colère – contre elle d'abord, puis contre lui-même. Remords déchirants qui avaient décru en l'espace de deux ans.

Ce qu'il éprouvait pour Bethsabée Wingate décroîtrait aussi. Ces quelques jours en sa compagnie étaient un rêve, une parenthèse dans sa vie, rien de plus. Quelques jours hors du temps, étranges et palpitants. Une aberration. *Une aventure*, avait-elle dit. Une peccadille.

Il devait voir les choses ainsi, pour le bien de Bethsabée.

C'est pourquoi il affichait un air et un ton amusés tandis qu'il lui racontait ses béguins de jeunesse, puis les aventures sentimentales plus nombreuses et plus palpitantes d'Alistair, et enfin les mille sottises de Rupert. Il y avait aussi le raisonnable Geoffrey qui, contrairement à ses frères, avait dès l'enfance jeté son dévolu sur sa cousine, qu'il avait fini par épouser, comme tout le monde s'y attendait.

Benedict émettait des hypothèses sur la conduite de Darius et son avenir lorsqu'une bûche se brisa dans un crachotement d'étincelles, lui arrachant un sursaut. Il se demanda soudain depuis combien de temps il parlait.

— Vous savez écouter, commença-t-il.

Il s'interrompit. Le coude de Bethsabée reposait sur le bras du fauteuil, et sa joue dans sa main. Ses paupières étaient closes, son souffle régulier.

Il sourit. Il avait prévu de l'aider à s'endormir. Mais pas de cette façon.

Il se leva, la souleva dans ses bras avec précaution et l'emporta jusqu'au lit. Là, il lui ôta ses chaussures, rabattit la courtepointe sur elle. Elle remua à peine.

Elle était épuisée, songea-t-il. Mortellement fatiguée à force de surveiller, d'attendre, de s'inquiéter pour tout le monde, y compris lui, surtout lui.

Il s'inclina pour déposer un baiser sur son front.

— Ne vous faites pas de mauvais sang pour moi, mon cœur, murmura-t-il. Je me débrouillerai. Comme toujours.

C'est le silence qui dut la réveiller, l'arrêt du crépitement régulier de la pluie. À moins que ce ne soit la lumière. Ce n'était pas la lumière argentée de l'aube, non. Le ciel s'était dégagé et elle reposait dans une flaque de clair de lune.

Bethsabée tâtonna à côté d'elle, bien qu'elle sût qu'il n'était pas là. La chaleur était absente. Elle frissonna, mais ce n'était pas de froid. Elle ne s'était pas sentie aussi seule depuis les mois sinistres qui avaient suivi la mort de Jack.

— Va au diable, Jack, murmura-t-elle. Tu ferais bien de ne pas rire. Ce serait une bonne plaisanterie, tu crois, que je fasse deux fois la même erreur.

Un bruit se fit entendre dans une autre pièce. Elle s'assit.

Des pas furtifs.

— Qui est là ?

— Des soldats en maraude, répondit une voix familière. Des brigands et des coupe-jarrets. Des détrousseurs de cadavres et des farfadets.

La haute silhouette de Rathbourne s'encadra dans la porte.

— À moins que ce ne soit tout simplement moi, allant et venant lourdement tout en m'imaginant très silencieux.

— Vous marchiez en dormant ?

— Je pensais que je marchais en… euh… en étant éveillé.

— Vous m'avez recommandé de ne pas me tracasser. Étiez-vous en train de vous tracasser, Rathbourne ?

— Je ne tournais pas en rond, si c'est ce que vous sous-entendez. Cela ne m'arrive jamais. Ce sont les animaux en cage qui tournent en rond. Les gentlemen restent immobiles, debout ou assis.

— Vous n'arriviez pas à dormir.

— Je réfléchissais à ce que j'allais faire avec Peregrine – ou, plus exactement, avec ses parents.

Croisant les bras, il s'appuya au chambranle. Pose si semblable à celle qu'il avait lorsqu'elle l'avait vu pour la première fois à l'Exposition égyptienne qu'elle en eut, comme ce jour-là, le souffle coupé.

— J'avais oublié, dit-elle. L'histoire de la fille du marchand ambulant ne marchera plus, maintenant. Ni celle des comédiens en tournée.

— J'envisageais de faire une scène. De renverser les rôles. Avant qu'ils ne commencent leur numéro, je me mettrais à arpenter la pièce en brandissant le poing, puis en me prenant la tête à deux mains.

— Vous aimez beaucoup ce garçon.

— Oui, bien sûr. Sinon pourquoi le supporterais-je ?

Il devrait avoir des enfants, songea-t-elle. Il ferait un bon père.

Elle ne pouvait lui donner d'enfant. Il n'avait nul besoin d'une maîtresse vieillissante à la matrice défaillante. Il lui fallait une jeune épouse, capable de peupler une nursery.

— Si vous voulez, je vous aiderai à imaginer une scène demain, pendant que nous guetterons nos fuyards, proposa-t-elle.

— On est déjà demain. La dernière fois que j'ai regardé l'heure, il était 1 heure du matin, et c'était il y a un moment.

— Alors il est grand temps que vous veniez au lit.

— Je vois, fit-il. C'est ce qui vous a réveillée ? Un désir désespéré de moi ?

— Je n'appellerai pas cela un désir désespéré. Plutôt une vague sensation de manque.

— Le feu est éteint et le lit est froid.

— C'est vrai. Mais vous êtes grand et chaud. Cela devrait résoudre le problème.

Il s'esclaffa.

Dieu que ce rire lui manquerait ! songea-t-elle.

— Rathbourne, nous n'avons pas beaucoup de temps et vous le gaspillez.

Il pénétra dans la chambre, se débarrassant de ses vêtements tout en marchant. En une minute, il fut nu, son corps musclé resplendissant au clair de lune.

La minute d'après, il écartait la courtepointe et dévêtait Bethsabée avec la même efficacité impitoyable.

Elle se dit que ce serait bref et désespéré, un dernier accès de folie.

Mais lorsqu'elle fut nue à son tour, il s'allongea sur le flanc et l'attira face à lui. Il porta les mains à son visage, qu'il caressa doucement, descendit sur sa gorge, ses seins, sa taille. Il s'attarda sur son ventre, fit une autre pause entre ses cuisses avant de glisser le long de ses jambes. Puis il remonta lentement, comme s'il voulait graver son corps dans sa mémoire.

Les yeux emplis de larmes, Bethsabée plongea les mains dans les cheveux de Benedict, palpa le nez patricien, l'angle net de la mâchoire, le cou et les épaules puissantes. Puis son torse, si familier à présent, son ventre ferme, ses hanches étroites et sa virilité. Se souvenant de leur nuit d'ivresse, elle sourit, et elle vit à son sourire qu'il s'en souvenait aussi. Elle poursuivit son voyage, le plus loin qu'elle le put sur ces kilomètres de jambes, puis remonta, le cœur douloureux.

« Je vous aime je vous aime je vous aime », martela-t-elle en silence.

Il l'enlaça et l'embrassa, et c'était frais et doux, puis chaud et doux encore, puis sombre et sauvage. Elle emmêla ses jambes aux siennes, se pressa contre lui, et oublia les lendemains. Elle laissa ses mains errer sur lui encore et encore comme pour l'apprendre par cœur : saveur, odeur, texture, tellement fugitifs. Ce moment. C'était tout ce à quoi ils auraient droit : ce moment unique.

Elle prit tout ce qu'elle put, s'en délecta et le savoura, baisers sans fin et profonds ou tendres caresses, jusqu'à ce qu'il émette un cri étranglé et la fasse basculer sur le dos.

Il la pénétra d'un seul élan sauvage, et le monde explosa. Elle lui entoura les hanches de ses jambes, les épaules de ses bras, s'arrimant à lui aussi étroitement que possible. Il la saisit par la nuque et prit sa bouche avec une ferveur mêlée de désespoir.

Il n'y avait plus de passé, plus d'avenir. Seule demeurait la joie d'être unis, et ils la laissèrent les entraîner jusqu'au pinacle, et au-delà. Miséricordieux, le sommeil les happa dans les bras l'un de l'autre, dans la lumière argentée du clair de lune.

Le premier à se présenter à New Lodge le lendemain matin fut Peter DeLucey, qui, accompagné d'un domestique, apportait un panier de la cuisine.

Il était tôt, et Benedict et Bethsabée durent se contenter d'une toilette rapide.

Mais, au moins, DeLucey ne les avait-il pas surpris au lit. Thomas, debout dès l'aube comme à son habitude, avait aperçu le jeune homme alors que celui-ci était encore loin, et avait promptement averti son maître.

Non qu'il soit encore utile de tenter de protéger la réputation de Bethsabée.

Après tout, Northwick ne leur avait-il pas prêté son nid d'amour ? Ni lui ni quiconque les ayant vus ensemble ne douterait que Bethsabée Wingate était la maîtresse de lord Rathbourne.

Cela dit, Northwick avait agi généreusement et honorablement.

Quand lord Mandeville le découvrirait, il le paierait cher.

Problème fréquent lorsqu'on se comportait comme il fallait. On était sûr d'en souffrir à un moment ou un autre.

Un gentleman fait ce que l'honneur commande et en accepte les conséquences.

« Maudites règles », conclut Benedict.

— Veuillez m'excuser, monsieur, disait Peter DeLucey.

Benedict le gratifia d'un regard vide, se demandant ce qu'il avait manqué de la conversation.

— Je ne vois pas pourquoi vous devriez vous excuser, dit-il. C'est moi qui ne faisais pas attention.

— Lord Rathbourne réfléchissait, expliqua Bethsabée. Ce regard réfrigérant ne vous était pas destiné, monsieur DeLucey. Il se trouve que vous étiez devant lui, c'est tout. Mangez quelque chose, Rathbourne. On ne peut se concentrer l'estomac vide. Thomas, Sa Seigneurie aurait besoin d'un autre café.

Tout le monde obéissait aux ordres de la dame.

Assise à l'une des extrémités de la table, elle jouait les hôtesses. Les deux hommes étaient l'un en face de l'autre.

— Pendant que vos pensées étaient ailleurs, M. DeLucey expliquait comment ses hommes avaient perdu trace des enfants cette nuit.

Il avait parlé du marchand ambulant, se rappela Benedict. Les agents de lord Northwick avaient trouvé le dénommé Gaffy Tipton la veille au soir à *La Cloche*, l'une des nombreuses auberges de Bristol.

— Il a deviné que les enfants étaient de bonne famille, poursuivit Peter. Et qu'ils s'étaient enfuis. Mais il ignorait ce qu'ils fuyaient. Il s'est demandé si les hommes qui prétendaient travailler pour lord Northwick n'étaient pas en réalité des malandrins.

— Bref, Tipton a refusé de coopérer, dit Benedict.

— Père a dû envoyer quelqu'un se porter garant pour qu'il accepte de parler.

— Mon Olivia est capable de repérer un gendarme, un agent de recouvrement ou un policier à des kilomètres à la ronde. Un seul coup d'œil à l'employé de votre père lui aura suffi pour deviner qu'ils n'avaient pas intérêt à s'attarder. C'est parfaitement compréhensible.

— Dieu du ciel, vous prenez bien les choses, s'étonna DeLucey. À votre place, j'aurais été furieux. Pour ma part, j'étranglerais volontiers notre agent. Les enfants étaient à portée de main – et il les a laissés partir.

— Il ne les a pas *laissés* partir, rectifia Benedict. Comme je le rappelais à Mme Wingate il y a peu, mon neveu et sa fille sont très méfiants. En plus d'être intelligents et rusés.

— Père était furibond, avoua DeLucey. Tenir grand-père dans l'ignorance n'est pas la tâche la plus facile du monde. Plus ça dure, plus il risque de se douter de quelque chose. Et, dès qu'il aura découvert la vérité, nous serons bons pour une remontrance magistrale !

— Je suis surprise qu'il ne se soit encore rendu compte de rien, dit Bethsabée. Lord Mandeville ne m'a pas paru le moins du monde décrépit. Son esprit est acéré et il ne semble pas affaibli.

— Oh, il dispose encore de toutes ses capacités, mais, au fil des ans, il a laissé de plus en plus de corvées à père. Grand-père préfère la chasse, la pêche et les divertissements.

— Lord Northwick est donc habitué à organiser les opérations et à diriger les gens, commenta Benedict.

Ce n'était pas toujours le cas, il le savait. Trop souvent, le patriarche insistait pour tout contrôler jusqu'à son dernier souffle. L'héritier se retrouvait alors sans rien d'autre à faire dans la vie que d'attendre la mort de son père. Le roi actuel illustrait amplement les inconvénients de cette méthode d'éducation.

Celle de lord Hargate, à l'inverse, était de faire peser le plus de responsabilités possible sur son aîné, selon le principe que l'oisiveté était la mère de tous les vices.

— Père a fait ratisser Bristol, reprit DeLucey.

Benedict hocha la tête.

— Logique. Le problème, c'est que ces enfants ne sont jamais là où on s'y attend. Quand les a-t-on vus pour la dernière fois ?

— Gaffy est arrivé à l'auberge en début de soirée. Il a envoyé les enfants s'abriter sous la galerie pendant qu'il s'occupait de son cheval. Ce qui était d'ordinaire le travail de lord Lisle, a-t-il précisé.

— Peregrine ? Mon neveu a été son palefrenier ?

— Un garçon silencieux, obéissant et serviable, selon Tipton.

— Silencieux et obéissant, répéta Benedict. Peregrine. Je suis stupéfait. Vous croyez que c'est l'influence d'Olivia ? demanda-t-il à Bethsabée.

— Vous plaisantez ?

Et soudain Benedict se souvint d'une scène aussi nettement que si elle s'était produite une seconde plus tôt : le beau visage levé vers lui, le regard dans lequel il se noyait et le ton amusé avec lequel elle lui expliquait qu'elle avait vainement tenté de vendre Olivia à des bohémiens.

Était-ce à ce moment-là que c'était arrivé ?

Avait-il été perdu longtemps avant de s'en rendre compte ?

Son univers avait-il commencé à changer ce jour-là, alors qu'il croyait stupidement être identique à lui-même ?

Il n'était plus le même, ne le serait plus jamais.

Peregrine non plus ne serait plus le même.

— Tipton a dit que tous deux se sont rendus utiles, reprit DeLucey. Il avait l'air surpris, lui aussi. Hier soir, cependant, c'est lui qui a mené son cheval à l'écurie, à cause de la pluie. Il ne voulait pas que les enfants prennent froid. Il les a envoyés attendre sous la galerie. C'est la dernière fois qu'il les a vus.

Benedict réfléchit un instant.

— Throgmorton n'est pas très loin de Bristol, observa-t-il. Quelques heures de marche tout au plus. Ils ont pu en outre trouver en route une bonne âme qui leur a proposé de faire une partie du trajet en voiture. Mais qu'ils aient marché ou voyagé en carriole, ils devraient être à Throgmorton.

— Vous pensez que nous devrions concentrer nos efforts ici ? s'enquit DeLucey.

— Cela m'ennuie de dire à lord Northwick ce qu'il doit faire. D'un autre côté, il n'a sûrement pas envie de perdre son temps et celui de ses hommes – et plus vite il sera débarrassé de nous, mieux ce sera pour tout le monde.

Peter DeLucey commença à protester poliment, mais Benedict l'interrompit.

— S'il vous plaît, dites à votre père que j'aimerais lui parler dès que cela lui sera possible.

Mardi après-midi

— On ne peut pas passer par l'entrée principale, déclara Peregrine.

Agrippant le bras d'Olivia, il la tira dans la direction opposée avant que quiconque ait pu les voir.

— C'est un jour de visites. Tu as entendu ce qu'a dit M. Swain. Le mardi et le jeudi après-midi.

Ils avaient passé la nuit dans la boutique de M. Swain, un receleur, parce que c'était l'un des rares endroits où Olivia se sentait en sécurité.

Peregrine n'était pas sûr de s'être senti en sécurité. Mais il y faisait chaud et sec, et ils étaient moins voyants dans l'échoppe obscure, au milieu des pauvres hères vêtus de haillons trempés qui apportaient leurs misérables possessions.

Après cinq jours de voyage, Olivia et lui étaient aussi sales et hirsutes que n'importe lequel de ces malheureux. S'ils entraient dans une auberge respectable, ils attireraient forcément l'attention. Bien sûr, ils pouvaient entrer dans une auberge qui ne soit pas respectable. Mais, alors, les risques encourus seraient plus graves que d'être arrêtés par un policier ou un détective.

Quelques jours plus tôt, Peregrine souhaitait qu'on les arrête.

C'était avant.

À présent il était content qu'ils aient trouvé refuge pour la nuit, même s'ils avaient dû dormir à même le sol, qui était loin d'être d'une propreté immaculée.

Ceci grâce à Olivia qui, apparemment, savait tout ce qu'il y avait à savoir sur les prêteurs sur gages, y compris les noms et les adresses de la moitié de ceux de Londres et de la totalité de ceux de Dublin. M. Swain et elle avaient passé un bon moment à échanger des anecdotes. Elle n'avait eu aucun mal à apprendre ce qu'elle voulait savoir au sujet de Throgmorton.

C'était heureux, parce que le parc et l'ensemble du domaine représentaient des milliers d'hectares, et qu'ils ne possédaient pas de plan. Swain, qui s'était rendu deux fois à Throgmorton, leur en avait fait un dessin rudimentaire. Il n'avait pas visité le mausolée, mais lui avait raconté qu'il ressemblait à un temple romain avec deux statues de part et d'autre du perron.

— Je ne vois pas pourquoi on ne pourrait pas se glisser au milieu de la foule, insista Olivia.

— Parce qu'il n'y aura pas de foule. Ce n'est pas comme l'ascension d'un ballon à Hyde Park, ou une course à Newmarket. Il n'y aura pas un flot de gens se déversant entre les grilles. Il n'y aura pas de pickpockets et de bookmakers, de mendiants et de prostituées se mélangeant aux familles. Peut-être y aura-t-il une poignée de personnes à l'allure respectable, ce qui n'est pas notre cas. Même si le portier nous laisse passer, on nous épiera sans relâche – pour nous mettre la main au collet à la fin de la visite.

Tout en parlant, Peregrine avait entraîné Olivia sur une route étroite et creusée d'ornières.

— Mais l'entrée principale n'est pas l'unique entrée, poursuivit-il. On ne peut pas laisser les tombereaux de fumier passer par la grande entrée, celle que le roi utilise.

— Ciel, non ! Il faudrait confier à un aide de camp la mission de lui pincer le nez. À moins qu'il ne soit capable de le faire lui-même ?

Peregrine s'abstint de relever.

— Il y a forcément d'autres entrées, plus modestes et invisibles du château, afin de ne pas gâcher le paysage.

— Je n'y avais pas pensé, admit Olivia. Je n'ai jamais vécu à la campagne.

— C'est évident. Si tu avais... Oh, et puis, peu importe. C'est moi l'expert, à présent. Ce qui signifie que c'est ton tour de tenir ta langue et de m'obéir.

Ce qu'elle fit, il dut le reconnaître. Elle garda le silence et le laissa diriger les opérations, comme si elle était une personne sensée et non une folle qui croyait vraiment à ce trésor enfoui près de la tombe de ses ancêtres.

Peregrine savait qu'ils avaient autant de chances de découvrir un trésor à Throgmorton que de croiser une licorne. En outre, il n'imaginait pas qu'ils puissent approcher du mausolée sans attirer l'attention.

Cela dit, il n'imaginait pas non plus qu'un jour il irait de Londres à Bristol dans les conditions qui avaient été les leurs.

Quoi qu'il arrive, ce serait à coup sûr intéressant. Une aventure.

Il s'écoulerait des années avant que cela lui arrive de nouveau.

Bethsabée regarda le ciel qui se couvrait de nouveau, et resserra les pans de son manteau comme le vent forcissait.

Elle se tenait à une courte distance de New Lodge, en haut d'un sentier qui descendait en pente douce en direction du mausolée. Cette partie du parc étant plantée d'arbres et de buissons de grande taille sous lesquels le sentier disparaissait pour réapparaître plus large, grimpant vers l'édifice très orné dans lequel les dernières générations des DeLucey reposaient.

En contrebas, à l'est de New Lodge, on apercevait entre les troncs le grand lac de Throgmorton. De l'autre côté, sur la rive sud, des temples et des grottes étaient disposés de façon à n'être visibles que de certains points de l'allée. À son extrémité sud, le lac se rétrécissait pour se déverser en une cascade très pittoresque dans la rivière. Lorsque le soleil parvenait à percer entre les nuages, les eaux agitées scintillaient. Sinon, elles étaient aussi ternes et sombres que les nuées.

À quelques mètres d'elle, Rathbourne, lord Northwick et Peter DeLucey discutaient tout en jetant de temps à autre un œil inquiet sur le ciel. Les aristocrates qu'ils étaient ne laissaient voir aucune émotion, mais elle doutait que leurs propos soient optimistes.

S'il pleuvait comme la veille, les enfants voudraient s'abriter, et le parc ne manquait pas d'endroits où se cacher. S'il pleuvait comme la veille, les recherches seraient encore plus difficiles, voire impossibles.

L'après-midi était bien avancé. Dans quelques heures, la nuit tomberait.

Une autre journée de perdue.

Une autre nuit avec lui, songea Bethsabée.

Elle en voulait une autre, et une autre encore. Elle le voulait à un point inouï ; et en même temps, elle doutait d'être capable de supporter une journée supplémentaire. Les heures passées avaient été suffisamment dures comme cela.

Elle s'était armée de courage pour la rupture censée avoir lieu ce jour-là.

Elle s'était préparée à être forte.

Mais elle ignorait combien de temps elle le resterait. Une série de fausses alertes lui avait mis les nerfs à vif. Trois fois, les équipes de recherche de lord Northwick avaient acculé par erreur des enfants de métayers. Ils avaient aussi encerclé ce qui s'était révélé être un cochon échappé d'une porcherie.

Du coin de l'œil, elle vit Rathbourne s'écarter des autres et se diriger vers elle. Northwick et son fils s'éloignèrent dans la direction opposée.

Elle se hâta de reporter le regard sur les nuages qui s'accumulaient au-dessus du mausolée.

— Northwick va envoyer des hommes vérifier les dernières rumeurs, annonça Rathbourne. Une domestique croit avoir aperçu les enfants près du mur est, à proximité de l'entrée principale, tandis qu'un agent les a repérés près de l'entrée nord du parc. Je lui ai dit que nous resterions ici. Il est inutile que nous nous précipitions tous à chaque nouvelle information. De toute façon, c'est l'heure du thé.

— Je n'ai pas faim.

— Vous êtes pâle et vous avez froid. Vous n'avez presque rien avalé au petit déjeuner et rien au dîner. Si vous vous évanouissez lorsque les enfants prodigues feront leur apparition, les gens vous prendront pour l'une de ces créatures fragiles que vous clamez ne pas être. Cela me mettrait dans l'embarras, vu le mal que je me suis donné pour convaincre

Northwick que vous êtes une femme déterminée dotée de principes solides.

— Vous avez perdu votre temps. Jamais il ne croira que quelqu'un de mon espèce sache ce qu'est un principe.

— Il croit en tout cas que vous êtes déterminée à quitter Throgmorton dès que vous aurez récupéré votre fille. Il a accepté de mettre une voiture à votre disposition.

— L'une de ses voitures ? Vous avez perdu l'esprit ? Prêtez-moi de quoi prendre la diligence, cela suffira amplement.

— Pas question. Vous détestez la diligence, vous vous souvenez ?

— Alors, une place dans la malle-poste. Ou une voiture privée si vous tenez à vous montrer extravagant. Mais je vous supplie de ne pas me renvoyer dans l'une des voitures de mes cousins.

— Je ne vous renvoie pas, protesta-t-il. Vous vous renvoyez toute seule. À cause de nobles principes. Que je suis obligé de respecter, maudite soyez-vous !

Elle se retourna et, bien que cela lui fût douloureux, leva les yeux sur le beau visage de Benedict. Il arborait la même expression d'ennui extrême qu'à l'Exposition égyptienne, mais son regard était tendre. Hélas, c'était bien de l'affection qu'elle voyait là ! S'il avait été évident qu'il s'ennuyait réellement, elle n'aurait pas eu autant envie de lui caresser la joue.

— Que croyez-vous que j'éprouve ? dit-elle. J'ai un magnifique et riche aristocrate au creux de la main, et je dois le laisser partir.

— Vous rêvez. Je vous trouve tout juste supportable.

— Imaginez ce que j'éprouve, poursuivit-elle. Lorsque je remonte le temps, je vois des générations de DeLucey dépourvus de toute morale et de toute conscience, dont aucun n'aurait hésité à ruiner votre vie, et à vous mettre sur la paille pour faire bonne mesure. Pourquoi ne puis-je être comme eux ? Mais non, il a fallu que je sois celle qu'accablent les scrupules.

Il sourit.

— Je ne vous le pardonnerai jamais, Bethsabée. Ceci et beaucoup d'autres choses. Je crois que je... vous en voudrai... jusqu'à la fin de mes jours.

— Ah ! Eh bien, au moins vous ne m'oublierez pas.

— Vous oublier ? Autant essayer d'oublier qu'on a eu la coqueluche. Autant...

Des gouttes s'écrasèrent sur son visage.

— Rentrons, dit-il. Il est inutile de...

— Monsieur le vicomte ! Monsieur le vicomte ! Par ici !

Benedict et Bethsabée pivotèrent d'un même mouvement.

— C'est Thomas, dit Rathbourne.

Il s'élança dans sa direction, Bethsabée sur ses talons.

17

Pendant que les hommes de lord Northwick fouillaient la partie nord du domaine, Peregrine et Olivia pénétraient par le côté opposé.

Comme l'avait prévu Peregrine, un mur élevé entourait le parc. Swain ayant affirmé que le mausolée se trouvait au sud, c'est dans cette direction qu'il avait entraîné la fillette. Ils parvinrent au ruisseau dont avait parlé le prêteur sur gages. À cause de la pluie, les eaux avaient monté et dévalaient avec force au lieu de couler paresseusement.

Peregrine était convaincu qu'il y avait un pont et, à proximité, une entrée pour laisser passer les charrettes. Quelques dizaines de mètres plus loin, ils découvrirent le pont, ainsi que la grille.

Elle était verrouillée, mais pas gardée, aussi l'escalader ne leur fut pas difficile.

Une fois à l'intérieur de la propriété, ils suivirent les traces creusées par les roues des charrettes le long du mur d'enceinte. Après quelques minutes de marche, le chemin commença à grimper, laissant les bois en contrebas. C'est alors qu'ils aperçurent le dôme en forme de lanterne du mausolée.

— Le voilà ! cria Olivia.

Des oiseaux s'envolèrent en piaillant.

— Tais-toi, siffla Peregrine. Je ne suis pas aveugle. Tu veux que tout le monde sache que nous sommes là ?

Mais elle filait déjà en courant vers le sommet de la colline, empruntant un sentier qui devait être rarement utilisé. Peregrine jeta un coup d'œil sur le ciel avant de la suivre. L'aspect des nuages ne lui disait rien qui vaille.

Cela étant, s'ils devaient passer la nuit là – ce qui semblait plus que probable –, ils trouveraient bien un temple quelconque qui n'était pas verrouillé. Encore qu'un vulgaire verrou ne suffise pas à arrêter Olivia, devinait-il.

La voyant glisser, il se précipita pour la rattraper.

— Fais attention ! Tu ne vois pas que le terrain est trempé ? Tu tiens vraiment à te casser la cheville ?

Les yeux rivés sur le mausolée, elle ne parut pas l'entendre.

— Il est plus grand que je ne l'imaginais, murmura-t-elle. Plus ornementé, aussi.

La décoration ne surprenait pas Peregrine. En revanche, ce qui l'étonna lorsqu'ils eurent atteint le pied du monument, ce fut l'intimité du site. D'ordinaire, les mausolées étaient édifiés pour être vus ; ils occupaient une situation dominante. Bien que de belle taille, celui-ci se dressait sur une petite éminence à l'écart du reste du parc. Un mur de grands buissons et d'arbres l'isolait presque complètement.

On y accédait par un large escalier de pierre avec balustrade. Deux statues de plus de deux mètres de haut montaient la garde de part et d'autre de l'entrée.

— Je parie qu'Edmund DeLucey a enterré son trésor au pied de l'une de ces statues, déclara Olivia. Reste à savoir laquelle ?

— Peut-être que si nous savions qui elles sont censées représenter, cela nous aiderait à le deviner. Des dieux ou des demi-dieux, probablement. C'est curieux, non, d'enterrer de bons chrétiens sous des symboles païens ? Je sais qu'un pair du royaume s'est fait édifier un mausolée en forme de pyramide.

Comme il s'y attendait, Olivia ne s'intéressait aucunement aux rites funéraires de l'aristocratie anglaise.

— Je suppose qu'il nous faudra creuser aux deux endroits.

Elle balaya les alentours du regard.

— Personne ne nous verra.

Peregrine ne put qu'acquiescer à cette dernière déclaration. Si Edmund DeLucey avait enterré quoi que ce soit à cet endroit, il n'avait certes pas eu à s'inquiéter d'attirer l'attention.

La famille de Peregrine possédait un parc semblable, dans lequel des éléments particuliers du paysage et des édifices intéressants étaient artistement disposés afin que le visiteur les découvre à l'improviste ou les aperçoive uniquement d'un endroit idéalement situé.

Le socle du mausolée faisait près de deux mètres de haut. Voir quelqu'un creuser à proximité serait impossible à moins que l'observateur ne se tienne à l'endroit prévu pour cela.

Bien sûr, il ne fallait pas oublier que les arbres environnants ne devaient pas être aussi touffus et élevés un siècle auparavant. La colline pouvait même être nue à cette époque, pour ce qu'il en savait.

Non pas que l'aspect qu'avait cet endroit autrefois fût d'un quelconque intérêt pour Olivia. Elle voudrait uniquement savoir où trouver des pelles et des bêches. Et peut-être des pioches.

Comme Peregrine s'accroupissait pour examiner le terrain devant l'une des statues, il sentit les premières gouttes de pluie.

Il se releva.

— On ferait mieux d'aller sous… Qu'est-ce que c'est que ce bruit ?

Olivia tourna la tête en même temps que lui.

Un homme dévalait la colline voisine en criant et en agitant la main. Il n'était pas à plus de deux cents mètres.

Peregrine regarda Olivia. Elle lui rendit son regard, ses yeux de poupée écarquillés.

— Non, dit-elle. *Non.*

NON ! eut-il envie de crier.

Il n'était pas prêt à ce qu'on les retrouve.

Pas encore. Il n'avait pas fini.

Il ne lui fallut que quelques secondes pour prendre sa décision.

Sa punition serait épouvantable.

Autant la mériter.

Il agrippa le bras d'Olivia, et l'entraîna vers la brèche la plus proche dans le mur d'arbres.

— Cours ! cria-t-il. Cours !

Thomas descendait l'allée en courant. Benedict s'élança à sa suite à temps pour voir Peregrine attraper Olivia par le bras et plonger dans le bois sur leur droite : le flanc de la colline qui bordait le lac. Le côté le plus pentu.

Benedict n'en croyait pas ses yeux.

— Arrêtez ! cria-t-il. Vous êtes fous ?

Les enfants ne s'arrêtèrent pas.

Il calcula rapidement le meilleur angle pour les intercepter et fonça dans un étroit sentier… Avec un peu de chance, il les rattraperait avant qu'ils n'atteignent le lac.

Il entendit le cor de chasse sonner.

Le signal appelant les hommes dispersés dans le parc.

Benedict continua de courir.

— Olivia ! cria une voix.

Bethsabée.

Il ne perdit pas de temps à regarder derrière lui ni ne gaspilla son souffle à lui crier de rester où elle était.

Il écartait des branches, sautait par-dessus des racines.

Les feuilles mortes et les aiguilles de pin rendaient le terrain glissant. Il courait, espérant que Bethsabée ne l'imiterait pas, mais sachant qu'elle le ferait. Qu'elle le faisait déjà.

« Je vous en supplie, ne tombez pas, ne vous brisez pas la nuque », pria-t-il en silence.

Comme il approchait du lac, le sentier se rétrécit et la forêt laissa la place à des buissons plus denses que les arbres et presque aussi hauts.

— Peregrine ! cria-t-il. Olivia !

Pas de réponse.

Les sales gosses ! Lorsqu'il leur mettrait la main dessus…

— Olivia ! cria Bethsabée quelque part derrière lui.

La pluie tombait dru à présent et le sentier était devenu tortueux, mais le terrain boueux était moins dangereux que les feuilles mortes et les aiguilles de pin sur lesquelles devaient courir les enfants.

« Maudits gamins ! Lorsque je les aurai attrapés, je leur tordrai le cou », se promit-il.

Ce fut sa dernière pensée cohérente. Son pied se prit dans une racine et il plongea en avant.

Peregrine entendait crier derrière lui.

Il entendait aussi la respiration haletante d'Olivia, toute proche.

Partagé entre l'envie de renoncer et le désir de fuir, de jouir encore un peu de sa liberté, il continua à courir bien que tout se liguât contre lui : la pluie, le terrain, les arbustes dont les branches s'accrochaient à ses habits et lui giflaient le visage.

Il aperçut une brèche. Enfin.

Il se jeta dedans. Et découvrit trop tard la rive abrupte et les eaux tourbillonnantes juste en dessous. Il tendit la main vers une branche. En vain. Ses jambes se dérobèrent sous lui et il dévala la pente, tête la première.

— Olivia ! hurla-t-il. Attention !

Ses mains et ses pieds glissèrent sur la boue de la berge et il tomba dans les eaux tumultueuses.

Olivia, qui n'était qu'à quelques mètres de Peregrine, entendit son avertissement une fraction de seconde trop tard. Déjà elle titubait derrière lui, battant l'air des bras. Elle basculait par-dessus la berge lorsque ses doigts accrochèrent quelque chose de rugueux. Elle s'y cramponna des deux mains.

— Au secours ! hurla-t-elle.

L'eau glaciale tourbillonnait autour d'elle, cherchant à l'entraîner, tandis que la pluie lui martelait la tête et les mains que le froid engourdissait. Elle aperçut Peregrine qui se débattait contre le courant qui l'emportait.

— Lisle ! cria-t-elle. Peregrine !

La tête du jeune garçon disparut sous l'eau.

Thomas rejoignit Benedict et l'aida à se relever.

— Mme Wingate ? haleta Benedict en arrachant les feuilles collées sur son visage. Où est-elle ?

— Sa robe s'est accrochée aux ronces. Je l'ai priée de rester là où elle était pour indiquer le chemin aux autres, et je suis reparti en courant avant qu'elle refuse.

C'est à cet instant qu'ils entendirent le cri de Peregrine, puis celui d'Olivia.

Les deux hommes s'élancèrent en avant.

Benedict traversa le mur de buissons et parvint à l'étroit sentier qui longeait la berge.

Pas de Peregrine.

Soudain, une tête pâle jaillit de l'eau, et le cœur de Benedict se remit à battre.

— Aidez-le ! cria une voix sur sa droite.

Il tourna la tête et découvrit la fillette cramponnée à une branche.

L'arbre mort avait accroché quelque chose. Voilà pourquoi elle ne dérivait pas encore derrière Peregrine, qui luttait contre le courant.

— Il se fatigue, monsieur, dit Thomas.

Encore cent mètres, et il basculerait dans la cascade... et se briserait le cou, s'il ne se noyait pas d'abord.

Le regard de Benedict revint sur Olivia. À tout moment, l'arbre pouvait se décrocher et emporter Olivia.

— Je sais nager, monsieur, dit Thomas.

— Non, reste sur le sentier et va à la cascade, ordonna Benedict. Essaie de le retenir. J'arrive dès que possible.

Tout en parlant, il était descendu de la berge et se frayait un chemin le long de l'eau en direction d'Olivia.

Thomas fonça vers la cascade.

— Pas moi ! hurla la fillette. Il va se noyer !

Benedict entra dans l'eau. Quoique très froide et encombrée de débris divers, elle n'était pas aussi profonde à cet endroit qu'il ne l'avait craint. Elle ne lui arrivait qu'à la taille.

— Pas moi ! criait la fillette. Pas moi, je vous dis !

— Tais-toi, fit Benedict. Économise tes forces.

Il détacha les doigts raidis de la branche, souleva le petit corps ruisselant dans ses bras et regagna la berge en chancelant. Il posa la fillette sur le talus détrempé.

— Es-tu blessée ? s'enquit-il en s'efforçant de reprendre son souffle.

— N-no-on, répondit-elle en claquant des dents. A-allez le chercher. Vi-vite !

Elle était transie, et furieuse.

Elle ressemblait tellement à sa mère !

— Reste là, dit-il. Ne bouge pas d'ici.

— Oui, m-mais allez-y, v-vite !

Benedict s'élança.

Le temps qu'il rejoigne son valet, Peregrine s'était rapproché dangereusement de la cascade. Il n'avait plus pied. Il s'efforçait de nager, mais il était trop fatigué – ou blessé, ou les deux –, et le courant l'emportait inéluctablement vers la cascade.

Thomas avait déjà les pieds dans l'eau.

— Monsieur ! protesta-t-il comme son maître l'imitait.

— Il faut qu'on fasse une chaîne.

En dire plus était inutile.

Agrippant la main de Thomas, Benedict le dépassa et s'avança vers son neveu. Chaque pas le faisait s'enfoncer davantage. L'eau lui effleurait les épaules, à présent. Le courant essayait de le faire chavirer, mais Thomas le tenait fermement.

— Peregrine ! cria Benedict en tendant la main.

Le garçon tenta de la saisir, la rata, essaya de nouveau.

La seconde fois, ses doigts accrochèrent ceux de Benedict.

Une petite branche passa en dérivant. Elle fila jusqu'au bord de la cascade et disparut.

Luttant pour garder l'équilibre, Benedict écarta Peregrine de la chute d'eau et des rochers. Le courant tentait de les y ramener, mais Thomas demeurait inébranlable, bien que l'effort lui fît trembler le bras.

Cela parut durer une éternité. En réalité, quelques minutes suffirent à Benedict pour tirer son neveu dans des eaux moins profondes. Il s'apprêtait à le soulever dans ses bras, mais le garçon le lâcha et tint à regagner le bord tout seul. Il se hissa sur le sentier boueux et s'effondra.

Benedict sortit de l'eau et s'arrêta près de lui.

— Je ferais mieux de te porter, dit-il.

— Je vais m'en charger, monsieur, proposa Thomas.

— Je peux... marcher, hoqueta Peregrine. Juste une minute. Le temps de reprendre mon souffle.

— Une minute, pas plus, fit Benedict. J'ai laissé une Mlle Wingate tremblotante un peu plus haut. Espérons qu'elle n'attrape pas un refroidissement fatal.

Peregrine s'assit en frissonnant. Il claquait des dents. Il serra les mâchoires et se frotta le visage.

— Je suis désolé, monsieur.

— Tu n'imagines pas à quel point tu vas l'être, répliqua Benedict. Mais plus tard. Pour l'heure, je dois m'occuper de ton associée dans le crime.

Ils trouvèrent Olivia là où Benedict l'avait laissée. Elle tremblait toujours autant. Ignorant ses protestations incohérentes, il la prit dans ses bras et entreprit de remonter le sentier. La fillette était non seulement trempée, mais aussi couverte de feuilles et d'herbes pourries qui empestaient. Peregrine était dans le même état.

Et Benedict savait qu'il n'était guère mieux loti.

— Qu-quelqu'un d-d-devrait le p-porter, dit-elle en regardant par-dessus l'épaule de Benedict le garçon qui titubait derrière eux.

— J'ai pas besoin qu'on me porte, se rebiffa Peregrine, indigné.

— M-moi non p-plus, décréta-t-elle. Je v-veux que v-vous me rep-posiez.

Elle fixa sur Benedict ses grands yeux bleus si semblables à ceux de sa mère. Et soudain, ils s'emplirent de larmes.

— Je v-veux ma… ma mère, chevrota-t-elle.

— Oh, ne te fatigue pas, lança Peregrine. Ne gaspille pas ton énergie à déclencher les grandes eaux. Ce genre de truc, ça ne prend pas avec mon oncle. Il n'est pas comme les autres, tu sais.

Apparemment, il l'était, car la petite sorcière avait touché une corde sensible et elle aurait pu faire de lui ce qu'elle voulait si Peregrine n'était pas intervenu.

— Je ne doute pas que tu veuilles ta mère, répondit Benedict en luttant pour demeurer impassible. La question est : est-ce qu'*elle* veut de toi ?

Bethsabée était prête à tout sauf à attendre sans rien faire.

Mais, peu après le départ de Thomas, sa jupe s'accrocha de nouveau à une branche, et elle aurait dévalé la colline, tête la première, si elle n'avait repris son équilibre de justesse. Rathbourne ayant suffisamment de problèmes comme cela, elle décida de ne pas en rajouter.

Elle attendit donc patiemment – du moins s'y efforça –, et, lorsque le premier groupe d'hommes apparut, Peter DeLucey en tête, elle leur indiqua la direction prise par Benedict et Thomas.

Ils avaient à peine disparu dans la végétation que lord Northwick surgit.

— Par là, dit-elle en pointant le doigt.

Comme il pivotait pour suivre son indication, son pied dérapa. Il chancela d'un côté puis de l'autre, tenta de reprendre son équilibre. Horrifiée, elle le vit s'affaler sur le sol et rouler jusqu'à un grand rhododendron, trente mètres plus bas.

Empoignant ses jupes, Bethsabée le rejoignit en courant.

Il était couché sur le flanc, immobile.

Elle s'agenouilla. Il avait perdu son chapeau et il y avait une marque rouge sur son visage, mais il ne saignait pas.

— Monsieur, fit-elle en lui touchant doucement l'épaule.

— Damnation, grommela-t-il.

Il rouvrit les yeux, voulut se redresser, ses traits se contractèrent.

— Je vais chercher de l'aide, décréta-t-elle en se relevant vivement.

— Ne soyez pas ridicule !

Il parvint péniblement à s'asseoir.

— Je n'ai rien de cassé.

Il tenta de se relever et grimaça de douleur.

— Vous feriez mieux de ne pas bouger, lui conseilla-t-elle. Laissez-moi vérifier que vous n'avez rien de cassé. Si vous vous êtres fracturé une côte, il faut vous ramener à la maison immédiatement. L'humidité ne vous fera aucun bien. Je vais appeler…

— Je vais y arriver, coupa-t-il. À part mon amour-propre qui en a pris un sale coup, je n'ai rien de grave. J'ai dû avoir l'air d'un vrai clown.

— Vous êtes un très mauvais clown. J'ai tout vu, et ça ne m'a même pas amusée.

— Dans le secret de votre cœur, vous avez jubilé. Votre cousin sans cœur jeté à terre, quel spectacle réjouissant !

— Ce genre de chose ne me fait pas jubiler, assura-t-elle. Vous n'êtes pas dépourvu de cœur dur et notre cousinage est très éloigné. Comment pourrais-je prendre plaisir à vous voir souffrir alors que vous avez été si gentil ? Laissez-moi vérifier vos côtes.

— Certainement pas.

Un cri interrompit la discussion.

Peter DeLucey remontait la colline.

— Nous les avons rattrapés, annonça-t-il, hors d'haleine. On les a enveloppés dans des couvertures. Lord Rathbourne m'a envoyé en avant pour vous rassurer, madame Wingate. Le lac se rétrécit en ruisseau à l'extrémité sud, et les enfants sont tombés dedans.

— Par Zeus ! s'écria lord Northwick. Ils n'ont pas été entraînés dans la cascade, j'espère ?

— Non, non, père. Ils n'ont pas été aussi loin. Lord Rathbourne et son valet les ont repêchés. Ils sont tous trempés et transis, mais personne n'est blessé, à part quelques contusions et écorchures.

Il s'interrompit abruptement.

— Père, que s'est-il passé ?

— Je suis tombé, répondit lord Northwick. L'une de mes jambes refuse de coopérer. Serais-tu assez aimable pour m'aider à me relever. Mme Wingate menace de vérifier l'état de mes côtes.

— Une fracture peut se révéler fatale, répliqua Bethsabée. Vous n'êtes pas raisonnable. Vous devriez me laisser…

— Peter, aide-moi, s'impatienta Northwick. Et vous, madame Wingate, vous feriez mieux de réserver vos inquiétudes à votre fille.

— M. DeLucey a dit qu'elle n'était pas blessée, riposta Bethsabée. De toute façon, les enfants ne se brisent pas les os aussi facilement que les adultes.

— Je vous assure qu'aucun d'eux n'a de fracture, insista Peter DeLucey. Mais ils sont trempés.

— Peter… ta main, nom d'une pipe ! aboya son père.

Peter s'exécuta, et lord Northwick se releva tant bien que mal, non sans grimacer.

— Voilà qui est mieux, déclara Sa Seigneurie. Je vais y arriver.

Bethsabée renonça. À quoi bon ? Les hommes étaient de vraies bourriques.

— Très bien, mais faites attention en marchant, dit-elle néanmoins. Si vous sentez une douleur vive…

— De nouveau à la recherche d'une côte cassée, madame Wingate ?

Bethsabée se tourna vers la voix grave, si douloureusement familière.

Rathbourne venait d'émerger de la végétation. La pluie ruisselait sur son crâne et coulait dans son cou. Olivia était dans ses bras, blottie sous sa redingote.

— Maman, fit la fillette d'un ton piteux.

Pour la première fois de sa vie, la maudite gamine avait l'air d'éprouver des remords.

Bethsabée décida de ne pas pardonner trop rapidement

— Olivia, que tu es dégoûtante, jeta-t-elle.

Elle reporta son attention sur Rathbourne qui lui adressa un faible sourire compréhensif.

— Lord Northwick a fait une terrible chute, reprit-elle. Il refuse d'admettre qu'il souffre.

— J'ai fait une chute ridicule, corrigea Northwick. Mais peu importe. Ramenons ces enfants à la maison.

Bien que sa démarche soit moins élégante que d'ordinaire, il ne semblait pas gravement atteint.

C'est ce qu'elle crut, en tout cas, jusqu'à ce qu'ils atteignent le sentier menant à New Lodge. Là, au lieu de s'y engager, il bifurqua dans la direction opposée.

— Je le savais ! s'écria Bethsabée. Vous avez une commotion cérébrale. Je savais que vous vous étiez gravement blessé.

Northwick se retourna vers elle, sourcils haussés.

— New Lodge est en haut de cette colline, lui rappela-t-elle. À l'ouest, pas à l'est.

— J'ai dit « à la maison », répliqua-t-il. J'entendais par là Throgmorton House. C'est dans cette direction, madame Wingate, ajouta-t-il avec un geste de la main, et c'est là que vous devez aller.

18

Ignorant les protestations de Benedict et de Bethsabée, lord Northwick envoya son fils en avant pour préparer le comte à leur arrivée et lui fournir quelques éclaircissements quant à l'identité de certains de leurs invités.

Puis, clopin-clopant, il mena la petite troupe ruisselante jusqu'à la demeure ancestrale.

Là, lord Mandeville et les dames regardèrent stoïquement le groupe traverser le vestibule en laissant derrière lui des empreintes boueuses et des effluves peu ragoûtants.

Si le comte eût avec joie jeté dehors Bethsabée et sa fille, il n'aurait pas ne serait-ce que songé à infliger le même traitement à lord Rathbourne et à son neveu, Benedict le savait. Peu importait qu'ils soient dégoûtants et puants.

Lord Mandeville savait quel était son devoir, et il l'accomplirait, quitte à grincer des dents du début à la fin.

Un gentleman pense d'abord à son devoir, son confort vient après.

En conséquence, les visiteurs trouvèrent des bains chauds et des chambres prêtes à les accueillir. Un essaim de domestiques s'empressa autour d'eux. Un médecin accourut pour examiner Olivia et Peregrine, puis, sur l'insistance de Bethsabée, Northwick. Bien sûr, ce dernier commença par refuser. Mais sa femme et sa mère prirent le parti de Bethsabée, et il n'eut d'autre choix que de se soumettre, bien que de mauvais gré.

En quelques heures, tous furent propres, réchauffés, habillés de frais et rassasiés.

Benedict se dit qu'il n'avait pas lieu de se plaindre.

Bien sûr, il ne pourrait pas faire l'amour avec Bethsabée cette nuit, mais il n'avait pas imaginé qu'il y aurait droit encore une fois. Tout s'était passé bien mieux qu'il ne l'avait espéré. Olivia n'avait pas l'air malade, et sa mère et elle étaient traitées avec gentillesse et respect.

Elles n'étaient plus sous sa responsabilité, se dit-il.

Peregrine, si. C'était à lui qu'il devait penser.

Bethsabée et sa fille partageaient une chambre dans une autre partie de l'aile des invités. Lord Lisle, bien qu'il ne fût qu'un enfant, avait eu droit à une grande chambre à côté de celle de Benedict. Il alla le voir avant de se coucher, afin de s'assurer qu'il n'avait pas de fièvre.

Assis sur le tapis devant la cheminée, son neveu regardait le feu. Il se leva précipitamment à son entrée, le visage rouge.

— Tu devrais dormir, fit remarquer Benedict en s'asseyant dans l'un des fauteuils dédaignés par Peregrine.

— Je suis désolé, monsieur. Dormir sans m'être excusé de vous avoir causé tant de souci était impossible. Je n'ai pas pu le faire correctement avant, avec tous ces gens autour de nous. Mais si je dois dire toute la vérité, comme j'ai décidé de le faire, eh bien, la seule chose que je regrette, c'est d'avoir été la cause de tant de souci.

Il redressa les épaules et leva le menton.

— Si je me retrouvais dans la même situation, je ferais probablement la même chose. Je ne pouvais laisser Olivia partir avec Nat Diggerby. C'était un idiot et une brute, qui ne m'inspirait aucune confiance. Je ne pouvais pas non plus la laisser partir seule. Elle l'aurait fait, vous savez, parce qu'elle se moquait complètement de ce que je disais ou de la façon dont je le disais. Pourtant, j'essaie de m'exprimer exactement comme vous, mais le résultat n'est pas le même. Je n'intimide personne. C'est à peine si elle se rendait compte que je parlais… Je ne lui reproche rien, j'explique simplement les faits tels que je les ai vus.

Il se tenait si raide qu'il était évident qu'il se cuirassait.

Contre la souffrance. Le rejet.

La réaction habituelle des grandes personnes.

Il n'avait jamais été un enfant soumis. Ses aînés le trouvaient au mieux agaçant, au pire odieux.

Benedict se demanda ce que c'était que d'être Peregrine. Les adultes tentaient soit de l'écarter de leur chemin soit de l'écraser. Comment était-ce de grandir avec l'impression d'être un insecte ?

— Raconte-moi tout, dit-il. Depuis le début.

Le garçon commença son récit. Raide au début, il se détendit et s'anima lorsqu'il se rendit compte que son oncle l'écoutait sans le juger.

Quand il eut terminé, Benedict garda le silence un long moment. Non pour infliger au garçon un surcroît d'inquiétude, mais parce qu'il était tout bonnement incapable de parler. Il ne comprenait que trop bien ce que ces derniers jours avaient représenté pour Peregrine, et pourquoi il s'était obstiné jusqu'à la fin, alors même qu'il n'avait aucune chance de s'échapper.

Mais laisser cet enfant se tourmenter n'était pas gentil.

Benedict se força à ravaler la boule qui lui obstruait la gorge.

— Je vais envoyer une lettre à tes parents, expliqua-t-il. Encore qu'ils ont sans doute été prévenus à l'heure qu'il est et sont déjà en route pour Londres. Il est impossible de prévoir ce qui va se passer. Les choses sont… compliquées.

Elles étaient beaucoup plus que cela.

Mais les scènes devaient être réservées à la scène. Les grandes passions et les chagrins qui s'ensuivaient appartenaient au registre du théâtre. Ils n'avaient pas leur place dans la vie d'un gentleman.

Benedict refusait de se lamenter sur l'état de son cœur. Il ferait avec comme il avait fait avec son mariage déprimant. Rien de tout ceci ne concernait Peregrine. Ce qui le concernait, en revanche, c'était le scandale imminent qui allait frapper son oncle.

Impossible de deviner comment Atherton et sa femme allaient réagir. Benedict doutait qu'ils lui tournent le dos. Après tout, la moitié de leurs amis alimentaient les commérages mondains.

Mais peut-être préféreraient-ils ne pas laisser Peregrine en compagnie de son oncle alors que l'oncle en question était le chéri des feuilles à scandale et que sa caricature ornait les vitrines des marchands de journaux. Peut-être qu'une fois l'excitation tombée, Benedict pourrait regagner un peu de terrain. Et peut-être aurait-il son mot à dire en ce qui concernait l'avenir du garçon. Cela faisait beaucoup de peut-être, beaucoup d'incertitudes.

Il se leva.

— Difficile d'avoir les idées claires et de se montrer optimiste quand on est fatigué, conclut-il. Va te coucher, Lisle, nous reparlerons de tout cela demain.

Les traits du garçon se détendirent.

— Oui, monsieur. Merci, monsieur.

— Sache cependant que je n'ai pas du tout apprécié la correspondance clandestine, dit Benedict tandis que son neveu grimpait dans son lit. C'est ridicule à ton âge. C'est absurde à tout âge. Depuis toujours, des domestiques trop curieux tombent sur des lettres illicites et exigent de grosses sommes en échange de leur discrétion. Au théâtre, cela donne une bonne farce, mais dans la vraie vie, ce n'est pas drôle du tout.

— Je le sais, monsieur, fit Peregrine d'un air penaud. Je savais que je ne devais pas répondre, mais ç'a été plus fort que moi.

Il y eut un bref silence durant lequel Benedict tenta de tenir son émotion en bride et de rassembler son sang-froid.

— À part cela, ta conduite a été… acceptable.

— Oh, vraiment ? s'écria le garçon, visiblement soulagé. Je ne vous ai pas déçu ?

— Tu as treize ans. Il faut faire la part des choses. Moi, je la fais, en tout cas. Ce que mon père te dira, d'un autre côté, quand nous rentrerons à Londres…

Peregrine écarquilla les yeux.

— Non, finalement, tu n'as pas à t'inquiéter au sujet de lord Hargate, reprit Benedict. Il sera beaucoup trop occupé avec moi pour gaspiller sa salive avec toi… Dors, à présent, et réjouis-toi de n'être pas encore une grande personne, acheva-t-il en s'approchant pour lui tapoter la tête.

— Lord Fosbury n'a jamais vu sa petite-fille ? s'exclama lady Northwick. Quel dommage pour lui ! C'est le portrait de son fils.

— Sauf les yeux, intervint lady Mandeville. Elle a les yeux des DeLucey.

Bethsabée avait été grandement surprise lorsqu'une servante était venue lui apporter un message l'informant que les deux dames désiraient lui rendre visite.

Maintenant qu'elles étaient là, toutefois, elle n'était plus aussi surprise. Elles étaient dévorées de curiosité au sujet d'Olivia.

Et Olivia, la petite peste, restait sagement assise, l'image même de l'innocence, pendant qu'une servante lui brossait les cheveux. Des cheveux splendides comme ceux de son père. Des boucles rousses et soyeuses qui ne s'emmêlaient pas en nœuds affreux contrairement à la tignasse de sa mère.

— Peut-être est-ce mieux ainsi, hasarda lady Northwick. Si Fosbury l'avait vue, il vous l'aurait peut-être prise.

— Mais, dans ce cas, elle aurait grandi avec tous les avantages de son milieu, observa lady Mandeville. Une mère doit d'abord songer à l'avenir de son enfant.

— Je crois l'avoir fait, répliqua Bethsabée d'une voix crispée.

— J'en suis sûre, fit lady Northwick d'un ton apaisant. Peut-être avez-vous oublié, belle-maman, que Mme Wingate n'a qu'un enfant. Celles qui en ont beaucoup peuvent peut-être se passer plus facilement de l'un ou de l'autre.

— Atherton a laissé son fils unique à Rathbourne, contra lady Mandeville. Un tel sacrifice n'a pour but que le bien de son enfant. Lisle reçoit une meilleure éducation chez les Carsington.

— Je ne crois pas qu'il l'ait laissé, en réalité, fit lady Northwick.

— S'il ne l'a pas fait, il le devrait, décréta lady Mandeville. Les Dalmay sont connus pour être indisciplinés. Atherton serait complètement sauvage s'il n'avait passé une partie de sa jeunesse dans la famille de Rathbourne.

La comtesse douairière contempla longuement Bethsabée sans que son visage trahisse quoi que ce soit.

— C'est la mère de lord Hargate qui m'a chaperonnée lors de ma première saison, dit-elle enfin. Et lorsque je me suis trouvée dans l'heureuse situation de choisir parmi plusieurs prétendants acceptables, elle m'a recommandé lord Mandeville. Je me suis toujours sentie extrêmement redevable envers elle.

Lady Northwick émit un petit soupir. Puis, attirée comme malgré elle, elle quitta sa place près de sa belle-mère et s'approcha d'Olivia.

— Je ne voudrais pas blesser la famille de lord Hargate ni mettre la vôtre dans l'embarras vis-à-vis des Carsington, dit Bethsabée à mi-voix à la vieille dame. Si lord Northwick n'avait craint pour la santé d'Olivia, nous serions partis hier.

— Où comptez-vous aller ? s'enquit lady Mandeville.

— Sur le Continent.

Le dire d'une voix neutre était plus difficile que Bethsabée ne l'avait prévu.

— Mon Dieu, j'entends votre estomac gronder, mademoiselle Wingate ! s'exclama lady Northwick. Belle-maman, nous ne devons pas les empêcher de prendre leur petit déjeuner.

— Oh, ce n'est pas pressé, dit Olivia d'une voix douce. Une servante m'a apporté du chocolat tout à l'heure. Sur un plateau d'argent. Avec une fleur. C'était magnifique.

— Quelle délicieuse enfant ! dit lady Northwick en caressant les cheveux d'Olivia.

— Sûrement pas, intervint Bethsabée. Ne vous laissez pas piéger.

— Maman !

Les yeux bleus lancèrent des éclairs d'indignation.

— Nous ne restons pas, Olivia, dit Bethsabée. Tu peux battre des cils et jouer les petites filles timides et innocentes autant que tu veux, tu gaspilles tes talents. Nous partons tout de suite.

Bouche bée, lady Northwick regarda Olivia puis Bethsabée.

— Voilà ce qu'est une Horrible DeLucey, reprit Bethsabée. Maintenant vous saurez, si jamais il vous arrive d'en rencontrer un autre. Cesse de t'admirer dans le miroir, Olivia. C'est l'heure de ta scène de sortie.

— Non, pas encore, intervint lady Mandeville. Olivia et vous allez vous joindre à nous pour le petit déjeuner. Je veux que lord Mandeville fasse sa connaissance.

— C'est épouvantable, chuchota Bethsabée à Benedict. Je ne peux pas la contrôler à cette distance. Elle feint de ne pas voir mes regards. Oh, c'en est trop ! Voilà qu'elle le fixe avec de grands yeux comme s'il était le soleil, la lune et les étoiles à lui tout seul.

Benedict jeta un œil à Olivia qui, assise à la droite de lord Mandeville, semblait suspendue à ses lèvres.

— Vous m'aviez regardé ainsi, murmura-t-il. Je pensais que vous étiez sincère.

— Je ne l'étais pas, bien sûr. Je voulais seulement vous embobiner. Je vous trouve tout juste supportable, rappelez-vous. Est-ce que vous pouvez entendre ce qu'elle dit ?

Invités obligent, le repas se déroulait dans la salle à manger d'apparat et non dans celle de tous les jours. Pourtant, Benedict fut aussi surpris que Bethsabée lorsque la comtesse plaça Olivia à la droite de lord Mandeville et lady Northwick à sa gauche. Lui-même et Bethsabée furent priés de s'asseoir l'un à côté de l'autre près de leur hôtesse, à l'autre bout de la table.

Celle-ci conversait avec Peregrine. Lui aussi surveillait Olivia discrètement tout en s'efforçant d'être poli. Pour une fois, Peter DeLucey, assis à côté de Bethsabée, ne la dévorait pas des yeux. C'était Olivia qu'il fixait d'un air fasciné.

Même lord Northwick montrait des signes de reddition.

À présent, Benedict comprenait mieux pourquoi Bethsabée craignait que sa fille ne coure droit à sa perte. Olivia n'était pas seulement jolie, intelligente et rusée. Il émanait aussi d'elle un puissant magnétisme. Combinaison excessivement dangereuse.

Mais cette enfant n'était pas son problème, se rappela-t-il.

— Je vois juste qu'elle prend soin de parler doucement et avec réserve, répondit-il. Il est inutile que j'essaie de lire sur ses lèvres, car elle penche la tête, si bien que les messieurs doivent en faire autant pour l'entendre.

Il osa lui aussi incliner la tête vers Bethsabée, contempla sa peau soyeuse, se rappela son parfum. Il ne pouvait s'approcher davantage pour s'en enivrer, comme il eût aimé le faire. Il dut se contenter d'observer son visage qu'une délicate rougeur envahissait, de fixer la boucle rebelle qui rebiquait sur son oreille.

— Cessez de me regarder comme si vous étiez entiché, chuchota-t-elle. Vous vous donnez en spectacle, Rathbourne.

— Cela m'est égal. Tout le monde ici sait que je suis entiché de vous.

Elle soutint son regard une seconde, puis retourna au contenu de son assiette.

— Personne ne sait une chose pareille, répliqua-t-elle. Si seulement vous conserviez votre dignité, tout le monde en déduirait que je n'étais qu'une passade.

— Je conserverai ma dignité jusqu'à mon dernier souffle, fit-il avec raideur. Je pense avoir le droit de paraître stupide une fois dans ma vie.

— Mais bien sûr que ce sont des sottises ! s'exclama lord Mandeville, interrompant ainsi les autres conversations. Quelles créatures chimériques vous êtes, vous autres, les femmes !

Benedict tourna la tête à temps pour voir l'étincelle dans les yeux d'Olivia.

— Papa a dit qu'il y avait un trésor. Papa ne me mentait jamais.

— Olivia, fit Bethsabée d'un ton d'avertissement.

— Ce ne sont pas des bêtises, répliqua Olivia en fixant son hôte, les sourcils froncés. Vous ne pouvez *pas* traiter mon père de menteur. C'était un *gentleman*.

— Elle peut exploser à tout moment, à présent, murmura Peregrine.

— Nous savons tous que ton père était un gentleman, intervint Benedict d'une voix excessivement ennuyée. J'aurais cru qu'une fille intelligente de douze ans ferait la différence entre un mensonge et une théorie, ou une supposition. Si cette distinction t'échappe, lord Lisle se fera un plaisir de te l'expliquer après le petit déjeuner. Pour le moment, je te prie de te concentrer sur les règles élémentaires de bonne conduite. Puisque, sans aucun doute, tes parents ont pris la peine de t'enseigner ces règles, je ne peux qu'attribuer cet éclat à un trou de mémoire momentané. Nous t'autorisons à quitter la pièce le temps que la mémoire te revienne.

Les yeux bleus lui lancèrent des poignards. Il répondit d'un regard blasé avant de retourner à son petit déjeuner.

Elle se tourna vers sa mère, mais celle-ci contemplait lord Rathbourne… comme s'il était le soleil, et la lune et les étoiles.

Olivia s'excusa et quitta la pièce la tête haute.

Il y eut un silence.

Des bruits de pas le brisèrent, en provenance du vestibule. Benedict crut reconnaître le martèlement assuré de bottes sur le marbre.

Le martèlement s'interrompit, et Benedict entendit un grondement sourd, auquel répondit le soprano indigné d'Olivia.

— Lord Rathbourne m'a demandé de sortir le temps que je me souvienne des bonnes manières.

Le grondement reprit.

Il y eut d'autres pas.

Le majordome ouvrit la porte.

Benedict s'arma de courage.

— Lord Hargate, annonça Keble, et le père de Benedict entra dans la pièce.

Après le petit déjeuner que Benedict renonça à feindre de prendre, lord Hargate et lord Mandeville eurent un entretien privé dans le cabinet de travail de ce dernier.

Deux bonnes heures plus tard, on appela Benedict. En s'y rendant, il trouva Bethsabée qui arpentait le vestibule. Elle s'arrêta abruptement.

Le cœur de Benedict s'arrêta, lui aussi, avant de repartir sur un rythme saccadé.

— Je pensais que vous étiez partie, avoua-t-il. J'ai commandé une voiture. Vous n'avez pas à endurer cette… contrariété.

— Je ne suis pas lâche. Je n'ai pas peur de votre père.

— Vous *devriez*. La plupart des êtres raisonnables ont peur de lui.

— Je refuse de fuir et vous laisser supporter tout le blâme, expliqua-t-elle.

— Ce n'est pas comme si on allait me pendre. Il ne me frappera même pas. Il ne nous a jamais frappés. Sa langue était bien plus efficace. Et son regard aussi. Mais je ne suis plus un enfant. Je sortirai de l'entretien plus secoué qu'effondré, rassurez-vous.

— Je ne le laisserai pas vous rendre malheureux.

— Je ne suis pas une damoiselle en détresse. Je n'ai pas besoin que vous pourfendiez le dragon pour moi. Je comprends mieux d'où Olivia tient ses lubies, à présent.

— Je veux que vous sortiez. Allez marcher ou faire une promenade à cheval. Laissez-moi régler cela.

— Je devine ce que vous avez en tête. Vous imaginez pouvoir essayer l'un de vos trucs DeLucey sur lui, et l'embobiner jusqu'à ce qu'il vous mange dans la main. Vous ignorez à quel genre d'homme vous avez affaire.

— Je me moque de savoir quel genre d'homme c'est. Vous n'entrerez pas là tout seul.

— Bethsabée…

Elle frappa à la porte du cabinet de travail, l'ouvrit sans attendre, entra et referma aussitôt derrière elle.

Il entendit la clef tourner dans la serrure.

— Bethsabée…

Il leva le poing pour frapper sur la porte, et se retint.

Les scènes ne se font que sur scène.

Il pivota et traversa le vestibule d'un pas rapide.

À l'entrée de Bethsabée, lord Hargate se leva. Il affichait une expression polie, mais son regard était tout aussi indéchiffrable que celui qu'il lui avait accordé au petit déjeuner. Son irruption et le tour de clef dans la serrure ne le firent même pas ciller.

Elle comprit d'où Rathbourne tenait son impassibilité. Ainsi que sa haute taille et son port de tête. Mais les cheveux de lord Hargate étaient châtains, striés de fils d'argent, et non pas bruns, et ses yeux étaient couleur d'ambre sombre.

Le comte lui désigna un fauteuil.

— Je préfère rester debout, monsieur. Ce que j'ai à dire prendra peu de temps. Je voulais seulement souligner que lord Rathbourne n'est pour rien dans ce qui s'est passé. Je me suis jetée délibérément en travers de son chemin. J'ai fait mon possible pour l'asservir.

Sa Seigneurie garda le silence. Son visage n'était pas plus bavard. Un masque aurait été plus expressif.

— Rathbourne n'avait pas la moindre chance, insista-t-elle. Je ne lui ai laissé aucune issue.

— Vraiment, fit enfin lord Hargate. Vous avez donc monté de toutes pièces la disparition des enfants ?

La question la décontenança. Elle avait répété son discours. Elle en avait eu largement le temps. Mais cette objection ne lui était pas venue à l'esprit. Elle était trop agitée pour réfléchir à autre chose que les quelques points évidents. Il lui suffisait, croyait-elle, d'apparaître comme celle pour qui tout le monde la prenait.

Acquiescer serait un peu tiré par les cheveux, même pour une Horrible DeLucey.

— Non, répondit-elle, mais j'ai utilisé leur disparition pour atteindre mon objectif.

— Qui était… ?

— D'avoir un amant fortuné.

— Beaucoup d'hommes sont qualifiés pour tenir ce rôle, fit remarquer Sa Seigneurie. Pourquoi Benedict ?

— Parce qu'il est parfait, ce qui faisait de lui un défi. Les Horribles DeLucey préfèrent jouer gros jeu.

— C'est ce que j'ai entendu dire, opina lord Hargate. D'après ce que j'ai pu observer, vous avez gagné. Cela dit, que vous détruisiez délibérément votre œuvre en l'admettant me laisse perplexe.

— J'aurais cru que la réponse était évidente. Il m'ennuie. Tant de perfection, c'est lassant à la longue. Je veux partir, mais je crains qu'il ne me suive et ne m'importune.

Un coup sourd la fit sursauter.

Lord Hargate se retourna calmement. Une sombre silhouette s'encadrait dans la fenêtre, qui s'ouvrit. Lord Rathbourne l'enjamba, la referma posément, brossa les feuilles qui collaient à ses vêtements, puis fit face à son père.

— Je vous demande pardon, monsieur, dit-il. La porte doit avoir un problème, car je n'ai pas pu l'ouvrir.

— Mme Wingate l'a verrouillée, expliqua lord Hargate. Elle tenait à me faire savoir qu'elle t'avait utilisé à des fins personnelles, mais qu'à présent, elle était lasse de ta perfection et désirait s'éloigner. Elle craint que tu ne la suives et ne l'importunes.

— Je pense que Mme Wingate a dû tomber sur la tête, riposta Rathbourne. Il n'y a pas dix minutes, je lui conseillais instamment de s'en aller. Je lui ai même commandé une voiture. Elle a refusé de partir. Voilà comment je l'importune.

— Je suis venue demander de l'argent à votre père.

— Bethsabée, fit Rathbourne en tournant les yeux vers elle.

— Donnez-moi cinquante pounds et je m'en vais, dit-elle.

Cette fois, lord Hargate haussa les sourcils.

— Seulement cinquante ? D'habitude, c'est beaucoup plus. Vous ne vouliez pas plutôt dire cinq cents ?

— J'aurais dit cinq cents si j'avais pensé que vous aviez une telle somme sur vous, répliqua-t-elle. Je ne peux me permettre d'attendre que vous en rassembliez plus. Olivia est en train de se faire des Idées.

À propos de domestiques, de robes en soie, de chaussons fourrés, de matelas de plumes et d'un choix parmi deux douzaines de plats différents pour un simple petit déjeuner.

— J'en doute, rétorqua lord Hargate. Elle est trop occupée à déterrer le trésor. Lord Mandeville a emmené les enfants creuser au pied du mausolée.

— Oh, non ! s'écria Bethsabée. Il n'a donc pas vu à qui il avait affaire ?

— Elle a pris la défense de son père lorsqu'elle a cru son honneur attaqué, répliqua lord Hargate. Sa réaction a touché profondément lord Mandeville. Je crois qu'il veut intervenir auprès de Fosbury à son sujet.

— Non ! cria-t-elle. Rathbourne, vous devez les en empêcher ! Les Wingate vont me la prendre, et elle est tout ce qui me reste…

Sa voix se brisa. L'anxiété et le chagrin la submergèrent d'un coup, et les larmes si longtemps retenues ruisselèrent sur ses joues.

Rathbourne la rejoignit et l'enlaça.

— Ils ne vous la prendront pas, et elle n'est pas tout ce que vous avez. Vous m'avez aussi.

— N-ne soyez p-pas ridicule. Je n-ne veux pas de v-vous.

Elle le repoussa et s'essuya vivement les yeux.

— Je veux cinquante pounds. Et ma fille. Et je m'en irai.

— Je regrette, ce n'est pas possible, fit lord Hargate.

— Très bien. Alors vingt pounds.

— Vingt ? répéta Rathbourne. C'est tout ce que je vaux pour vous ?

— Ta grand-mère était certaine que ce serait beaucoup plus, intervint lord Hargate. Je suis soulagé de constater qu'elle se trompait au moins sur ce point.

— Grand-mère sait ce qui s'est passé ? s'inquiéta Rathbourne. Oh, quelle question ! Bien sûr qu'elle le sait.

— Qui, à ton avis, m'a mis au courant de tes exploits sur la route de Bath ? demanda son père. Elle a reçu une lettre de l'un de ses espions, celui de Colnbrook. Bien entendu, je n'en ai pas cru un mot, Pour une raison inconnue, ta mère y a cru. Nous avons fait un pari. Tu imagines ce que j'ai ressenti lorsque j'ai découvert que tout était vrai ? Tu imagines ce que j'ai ressenti lorsque j'ai appris par ce fouineur de Pardew, lui entre tous, que mon fils aîné s'était bagarré avec une bande d'ivrognes au beau milieu de la nuit. En pleine rue, de surcroît ! C'est le genre de comportement qu'on attend de Rupert, mais pas d'un fils aîné… qui a toujours été un modèle pour ses pairs et ses frères. De tous mes fils, je pensais que toi au moins tu savais quel était ton devoir, Benedict.

— Il le savait jusqu'à ce qu'il s'entiche de moi au point d'en perdre la capacité de raisonner, intervint Bethsabée.

Le regard d'ambre glacial se posa sur elle.

— Dans ce cas, je pense comme vous qu'il serait bien que vous partiez, madame. Mais Mandeville et moi avons estimé que, pour prévenir toute suite fâcheuse, il serait bien que votre fille découvre par elle-même la vérité sur le trésor d'Edmund DeLucey. Mandeville souhaiterait que vous la laissiez terminer ses recherches. Je ne peux en conscience vous donner quoi que ce soit auparavant. La base du mausolée est large. Je doute qu'ils aient fini avant demain.

19

Olivia et Lisle rentrèrent à la tombée de la nuit. Ils étaient sales, fatigués et découragés. Même un bain parfumé ne vint pas à bout de l'humeur morose de la fillette. Elle picora le repas que des valets en livrée lui apportèrent sur un plateau d'argent.

Non seulement elle alla se coucher sans qu'on le lui demande une douzaine de fois, mais elle le fit deux heures plus tôt que d'habitude sous prétexte qu'elle était fatiguée.

— C'est très gentil de votre part, maman, de ne pas dire « je te l'avais bien dit », murmura-t-elle lorsque Bethsabée vint la border. Pourtant, c'est la vérité. Vous me l'aviez dit. Lord Lisle aussi.

— Aux adultes aussi on peut dire que telle ou telle chose n'existe pas, ou que tel désir est sans espoir, ils continuent tout de même à y croire ou à espérer.

— Quand même, je regrette de ne pas y avoir réfléchi plus sérieusement. Je regrette de vous avoir causé tant de souci. Ce n'était pas ce que je voulais. Je pensais que je trouverais le trésor et qu'ainsi vous seriez une grande dame... Et moi aussi, bien sûr, ajouta-t-elle avec un sourire penaud. Bon, eh bien, il ne me reste plus qu'à trouver un autre moyen.

— Il y a un autre moyen, fit Bethsabée.

Elle raconta à sa fille que lord Mandeville voulait la présenter à son grand-père paternel, lord Fosbury.

— Lord Mandeville peut faire en sorte que tu reçoives la meilleure des éducations et que tu deviennes une dame, acheva-t-elle.

— Mais s'ils ne vous acceptent pas aussi, maman, ça ne va pas.

— Mais si, insista Bethsabée qui décrivit en détail les avantages dont profiterait Olivia.

— Non, non, ça ne va pas, s'entêta sa fille. Ce n'est pas du tout comme ça que je voyais les choses. J'ai promis à papa de veiller sur vous. Mon idée n'a pas marché, et la vôtre ne marchera pas. Nous partirons demain, maman, ajouta-t-elle en tapotant la main de Bethsabée, et nous irons chercher fortune ailleurs.

Il avait déjà l'air d'un idiot. Alors pourquoi s'interdirait-il de se promener dans le jardin une fois tout le monde au lit ? Et, ce faisant, pourquoi ne s'attarderait-il pas sous la fenêtre de Bethsabée ?

Et ensuite, pourquoi ne jetterait-il pas des cailloux contre les vitres ?

Les scènes ne se font que sur scène.

Et les règles étaient une bonne chose, mais jusqu'à un certain point seulement.

Benedict demeurait là, les yeux rivés sur la fenêtre.

Oui, bien sûr, c'était ridicule. Il la verrait le lendemain, avant qu'elle parte pour de bon. Mais il y aurait du monde autour d'eux.

Il voulait seulement la revoir une fois, et lui parler une fois, sans personne pour les épier ou les écouter.

Il ne chanterait pas de chansons tristes. Il ne réciterait pas de poésie.

Il ne la verrait pas non plus, semblait-il, car les minutes s'égrenaient et elle n'apparaissait toujours pas.

Il ferait mieux de ne pas réessayer. Il risquait de réveiller Olivia – laquelle lui renverrait probablement ses cailloux à la figure. Ainsi qu'un fauteuil, peut-être.

C'était compréhensible. Lui aussi avait eu, à de certains moments, envie de jeter des choses à la tête de son père. Les enfants ont besoin de discipline. C'est le devoir des aînés de la faire régner – et de se faire détester en retour.

Aujourd'hui, Benedict avait certes eu envie de jeter des choses à la tête de son père. Ce que ce dernier avait dit de sa conduite en présence de Mme Wingate n'était rien à côté de ce qu'il avait dit plus tard, en privé.

« En tant que l'un des membres les plus respectés de l'aristocratie, tu occupais la position la plus élevée. Tu as fait une chute prodigieuse jusqu'à devenir objet de railleries », avait-il déclaré. Et ce n'était que le début, et la partie la plus douce de son discours.

La fenêtre s'ouvrit. Une tête sombre apparut.

— Bethsabée, chuchota-t-il.

Elle posa un doigt sur ses lèvres, puis indiqua l'intérieur de la chambre.

Elle ne voulait pas réveiller Olivia. Lui non plus.

— Je voulais seulement vous dire… commença-t-il.

Elle secoua la tête et leva la main pour lui demander d'attendre.

Il attendit.

Les minutes s'écoulèrent.

Il surveillait la fenêtre, et faillit lâcher un cri lorsqu'il aperçut un éclair blanc à sa gauche. Elle le rejoignit en hâte, lui prit le bras et l'entraîna à l'écart de la maison dans une partie du jardin abritée des regards.

Il l'enlaça et l'embrassa, avec ardeur et désespoir. Elle répondit à son baiser avec la même fièvre, puis s'écarta.

— Je ne suis pas venue pour cela, murmura-t-elle. Seulement pour vous dire adieu. Et c'est vraiment adieu cette fois-ci. Je le regrette, Rathbourne. Je le regrette tellement. Mais vous le savez déjà. Vous avez toujours su lire en moi.

— Je le savais. Je savais que je valais plus que vingt pounds pour vous.

— Oh, mon chéri, vous valez beaucoup plus, fit-elle en lui caressant la joue. Je ne dormais pas, j'essayais de vous écrire une lettre parce que je ne supportais pas l'idée de partir sans vous dire la vérité. Ce n'est pas une bonne idée, je le sais, mais vous quitter froidement ou vous blesser, ne serait-ce qu'un peu, m'était insupportable.

— Un peu, répéta-t-il. C'est comme dire que la lame de la guillotine ne fait qu'égratigner. Je serai anéanti, et vous le savez, et, pire encore, nous serons des martyrs, ce qui est écœurant. Je déteste être noble et me sacrifier. Je l'ai été suffisamment aujourd'hui, car j'ai écouté mon père et à aucun moment je n'ai cédé à l'envie de l'étrangler.

— C'était si pénible que cela ?

Elle appuya la joue contre le torse de Benedict, ce qui était mieux car il pouvait ainsi l'étreindre et lui caresser les cheveux.

— Je suppose qu'il s'est contenu devant moi, reprit-elle.

— Mes frères ont de temps à autre fourni de quoi alimenter les ragots, mais ils ne se sont jamais rendus ni ridicules ni *pitoyables*, m'a-t-il dit.

— Oh, non…

— Ma conduite a sombré au niveau de celles du roi et de ses frères, poursuivit Benedict. Il est impossible, comme vous le savez, de descendre plus bas. Ils sont débauchés, dépensiers jusqu'à l'obscénité et loin d'être intelligents. Au mieux, on les tolère. Au pire, on les hait et on les méprise.

La maîtresse de l'un des ducs de la famille royale avait vendu des charges et des promotions militaires. Un autre des frères du roi avait eu dix enfants d'une actrice et, incapable de les entretenir, ne laissait à sa maîtresse d'autre choix que de continuer sa carrière ou de mourir de faim avec leur progéniture. Un troisième était l'officier le plus haï de l'armée, et un quatrième s'était fait la réputation d'un épouvantable réactionnaire. Mais ces faits, et d'autres du même acabit, ne pesaient pas lourd comparés au vaudeville permanent qu'était la vie du roi George IV.

— À en croire mon père, mon seul espoir, c'est que le roi commette une nouvelle infamie. Cela détournerait l'attention de moi – encore que rien ne nous assure que cela suffira à réparer les dégâts. En quelques jours seulement, j'ai anéanti tout le travail accompli en deux décennies.

— C'est faux, protesta Bethsabée en s'écartant légèrement pour le regarder. Aucun de ceux qui vous connaissent ne cessera de vous respecter pour si peu – parce que vous avez perdu la tête à cause d'une femme, même si c'est la femme la plus tristement célèbre d'Angleterre. Il se trompe. Je regrette de ne pas avoir été présente, car je le lui aurais dit. Il vous a sous-estimé. Seuls des personnes stupides à l'esprit étroit laisseront un épisode mineur de votre vie ternir l'image qu'ils se faisaient de vous et de tout ce que vous avez fait. Certes, ces gens-là ne sont pas rares dans la bonne société, mais vous vous passerez aisément de leur compagnie.

L'entretien avec son père avait glacé Benedict. Il ne s'en rendait compte que maintenant, alors que les mots de Bethsabée le réchauffaient, chassaient les remords et la honte.

Elle l'avait réchauffé dès le début. Il avait fallu qu'il la rencontre pour s'apercevoir qu'il avait eu froid toute sa vie. Il ignorait aussi à quel point son cœur était vide avant qu'elle s'en empare et l'emplisse.

Il lui sourit, touché par la loyauté féroce qu'elle lui manifestait.

Il revit Olivia défendant sans peur aucune l'honneur de son père pendant le petit déjeuner.

La fillette n'était pas totalement une Horrible DeLucey. Quelque chose de sa mère et quelque chose de son père vivaient en elle, ne demandant qu'à se développer.

Il aurait pu l'y aider, songea-t-il, avant de se ressaisir. Non, il ne devait pas penser à cela ! Pas maintenant. Il aurait le reste de sa vie pour ruminer sur ce qui aurait pu être.

Seigneur ! Le reste de sa vie.

Des années. Des décennies. On vivait terriblement vieux dans sa famille.

La comtesse douairière de Hargate avait quatre-vingt-cinq ans. Son époux avait vécu plus de soixante-dix ans, et beaucoup de ses frères et sœurs étaient encore vivants. La famille de sa mère s'accrochait tout autant à la vie. Ses parents avaient plus de quatre-vingts ans.

Lui-même pouvait vivre encore un demi-siècle !

Sans Bethsabée.

— Vous avez raison, dit-il. Je peux me passer de leur compagnie. Je peux me passer de la compagnie de ceux qui se moqueront de moi ou me plaindront parce que je vous aime.

Elle se figea.

— Vous…

— Je vous aime, répéta-t-il. Qu'ils aillent tous au diable ! Si personne ne veut prendre la peine de voir qui vous êtes réellement, s'ils vous poussent hors d'Angleterre, eh bien, j'irai avec vous.

Elle répliqua qu'il n'irait nulle part avec elle.

Il répliqua que si.

Les trois hommes qui se tenaient à quelques mètres de là, derrière une haie, entendirent la discussion s'enflammer. Elle s'interrompit soudain, et les bruits qui suivirent indiquèrent que Rathbourne avait changé de tactique.

Que celle-ci ait atteint son but ou non fut impossible à dire. Les voix reprirent, à peine un murmure, cette fois. Puis ce fut le moment des adieux.

Lorsque les amants se furent enfin séparés, lord Mandeville déclara :

— Vous aviez raison, Hargate. C'est la même chose que pour Jack Wingate, mais en pire, en bien pire.

— Vous êtes plus observateur que moi, monsieur, renchérit lord Northwick. Je ne m'étais pas rendu compte que les choses étaient allées aussi loin.

— C'est mon fils, fit lord Hargate. Je devrais le connaître, même lorsqu'il n'est pas lui-même. Il est temps de mettre un terme à cette folie.

Rathbourne avait promis de prendre deux semaines entières de réflexion, et Bethsabée avait donné sa parole qu'elle lui ferait savoir où elle se trouvait pendant ce temps.

Une fois qu'elle serait au loin, il serait à même de réfléchir froidement, et, elle en était convaincue, renoncerait à abandonner sa vie, sa famille, tout ce qu'il avait accompli et espéré encore accomplir, pour ses beaux yeux.

Quoi qu'il fasse, le titre et de nombreux biens lui reviendraient un jour, à moins que le destin ne s'en mêle et que son père ne lui survive. Mais il n'empêche qu'il briserait le cœur de ses parents, et que ses frères ne lui pardonneraient jamais. Il ne pourrait espérer de joyeux retour au bercail. S'il abandonnait sa vie ici pour vivre avec elle, il n'avait aucune chance de recouvrer un jour la position honorable qui avait été la sienne au sein de la haute société.

Contrairement à Jack, il en viendrait à regretter ce qu'il avait perdu, car il avait beaucoup plus à perdre. Contrairement à Jack, il lui reprocherait les sacrifices qu'il avait dû consentir pour elle. Il deviendrait amer et malheureux, et elle ne le supporterait pas.

Une quinzaine de jours réglerait le problème, se disait-elle. Cela donnerait à Rathbourne le temps de se calmer, et à sa famille, celui de le ramener à la raison.

Entre-temps, il y avait l'épreuve du petit déjeuner à surmonter.

Lord Mandeville avait exigé qu'elles soient présentes, Olivia et elle. Sinon, Bethsabée l'aurait volontiers pris dans sa chambre. Ou sur la route.

Cette fois-ci, ils se serrèrent autour de la table ronde de la petite salle à manger, ce qui n'était guère propice aux conversations privées.

Ainsi, lorsque Olivia annonça à lord Mandeville que sa mère et elle allaient partir pour l'Égypte, tout le monde l'entendit.

— L'Égypte ? s'exclama un chœur de voix, dont celle de Bethsabée.

— L'idée m'est venue quand je me suis réveillée ce matin, expliqua posément Olivia. J'ai pensé que si on cherchait des trésors, il fallait aller là où on a des chances d'en trouver. Beaucoup de gens se rendent en Égypte dans ce but. C'est toi qui me l'as dit, Lisle. Tu as dit que tu irais un jour en Égypte à la recherche de trésors.

— *Un jour*, ça veut dire dans l'avenir, riposta-t-il. Je ne peux pas maintenant.

Il s'interrompit une fraction de seconde, puis :

— À moins qu'il n'y ait là-bas une école où *ils* pourraient m'inscrire. En tout cas, *toi*, tu ne peux pas aller en Égypte. C'est une idée encore plus ridicule que de chercher un trésor à Throgmorton.

Olivia le foudroya du regard.

— Tu ne sais rien de ce pays, continua Peregrine, impitoyable. Ce n'est pas comme l'Angleterre ni même le Continent. Les femmes n'ont pas le droit de sortir de chez elles. Nos lois n'ont pas cours là-bas. Si tu essaies de voyager seule en Égypte, tu seras aussitôt enlevée et vendue comme esclave.

— Même en groupe, voyager en Égypte est dangereux, fit remarquer lord Hargate. Mais pour ceux qui ne craignent pas les difficultés, il y a des contreparties, quoique pas forcément financières. Le *signor* Belzoni, par exemple, n'en a pas tiré le profit que tout le monde suppose, ainsi que la femme de Rupert a tenu à me le rappeler.

Bethsabée nota que le comte avait les yeux cernés et les traits tirés. Il avait voyagé toute la journée de la veille, et avait dû se tracasser toute la nuit au sujet de son fils aîné. Elle trouverait un moment, plus tard, pour le rassurer – bien que la compassion d'une Horrible DeLucey risquât de lui rester en travers de la gorge.

— Le *signor* Belzoni a rapporté des objets énormes, déclara Olivia. Des statues géantes, des momies entières, ce genre de choses. Les gens les plus compétents n'arrivent même pas à savoir ce que cela vaut. Moi, je chercherai des petites choses, des bijoux, des pièces d'or ou d'argent. Je sais ce que cela vaut. Je prendrai aussi des papyrus. Lord Lisle dit qu'il y a une forte demande pour ces documents, et il y en a des milliers et des milliers en Égypte.

— Tu devras les récupérer sur des morts, lui rappela Lisle. Les momies tiennent les papyrus dans les mains ou entre les jambes. Oncle Rupert dit que la poussière des momies colle aux narines et que l'odeur est dégoûtante. Tu dois t'introduire dans des trous creusés dans le sol et ramper dans d'étroits tunnels où il fait très chaud. Et tu n'auras pas de domestiques pour t'apporter de la citronnade et des sandwiches, ou pour emporter la terre que tu auras déblayée. Ce n'est pas comme creuser la pelouse de lord Mandeville.

— Nous n'allons pas en Égypte, Olivia, intervint Bethsabée. Je te conseille d'ôter cette idée de ta tête.

Olivia prit son habituelle expression obstinée et ouvrit la bouche pour rétorquer.

Rathbourne lui jeta un regard.

Bien qu'elle redressât le menton, l'expression rebelle disparut.

— Oui, maman, répondit-elle au grand étonnement de Bethsabée.

— De toute façon, je ne comprends pas pourquoi tu parles d'aller au bout du monde alors que tu n'as pas achevé ton travail ici, fit remarquer lord Mandeville.

Le cœur de Bethsabée s'affola. Il n'avait aucune raison de céder aux caprices d'Olivia, sinon pour retarder leur départ. Il avait dû écrire à Fosbury qui, s'il recevait son message aujourd'hui, pourrait être là d'ici… Un jour ? Deux ? À moins que ce ne soit qu'une question d'heures !

— Nous avons creusé un fossé tout autour du mausolée, dit Lisle. Je ne vois pas comment nous aurions pu manquer le trésor s'il s'y trouvait.

— Lord Lisle a mis au point une méthode très systématique, renchérit Olivia. Nous avons examiné chaque centimètre du terrain.

— Peut-être pas, fit Sa Seigneurie. J'en ai parlé avec Northwick, et nous en sommes arrivés à la conclusion que vous n'aviez sans doute pas creusé assez profond.

— Rappelez-vous qu'Edmund DeLucey a été pirate il y a une centaine d'années, enchaîna lord Northwick. Avec le temps, les édifices s'enfoncent, les jardins sont redessinés et replantés. Le terrain autour du mausolée a été remanié plusieurs fois. Il faut savoir, en outre, que les jardiniers répandent régulièrement des couches de terreau et de fertilisant.

— À votre place, je creuserais plus profond, déclara lord Mandeville. À moins, bien sûr, que le cœur ne vous en dise plus.

Consternée, Bethsabée vit le visage de sa fille s'éclairer. Celui de Lisle aussi, quoique avec moins d'éclat.

Les enfants échangèrent un regard, et il fut évident pour tous qu'ils étaient pressés de retourner creuser.

Pourtant, Olivia surprit de nouveau sa mère.

— Merci, monsieur, répondit-elle, mais je dois laisser la chasse au trésor à lord Lisle. Maman et moi partons aujourd'hui.

— Ce n'est pas ma chasse au trésor, protesta Lisle. C'est la tienne. Edmund DeLucey était *ton* arrière-arrière-grand-père, pas le mien. J'aurais l'air d'un idiot, à creuser tout seul. En plus, quel plaisir il y aurait à le trouver si tu n'es pas là ? C'était *ta* quête.

— C'est plus qu'une chasse au trésor, commenta lord Hargate. C'est une quête afin que les vieux fantômes trouvent enfin le repos. Si l'affaire n'est pas réglée aujourd'hui, si toutes les possibilités n'ont pas été épuisées, les innombrables descendants d'Edmund DeLucey continueront à croire à ce trésor. Et, forcément, l'un ou l'autre surgira un jour pour le chercher. Et, une fois de plus, la vie de la famille et les travaux du domaine seront perturbés. À votre avis, combien d'hommes ont dû interrompre leurs tâches pour se mettre à votre recherche ? demanda-t-il en leur adressant tour à tour un regard glacial. Avez-vous la moindre idée du fardeau dont vous avez accablé les domestiques, sans parler de la gêne causée à la famille de lord Mandeville ? Le moins que vous puissiez faire est de continuer ce que vous avez commencé et d'aller jusqu'au bout.

— Oui, monsieur, dit Lisle.

— Oui, monsieur, dit Olivia.

Et « Oui, monsieur », dut dire Bethsabée, parce qu'il avait raison. Dans dix ans ou dans cent, l'un ou l'autre des Horribles DeLucey tenterait de nouveau sa chance.

La question devait être réglée une fois pour toutes.

Et, comme d'habitude, elle n'avait d'autre choix que de s'y résoudre.

Tandis que ces messieurs accompagnaient les enfants, Benedict resta au château pour écrire quelques lettres.

Il avait d'abord songé n'écrire qu'à sa mère, pour lui assurer qu'il allait bien, mais ses pensées dérivèrent vers ses frères. Chacun serait affecté, à différents degrés, par sa décision de partir avec Bethsabée.

Puis il pensa au rapport qu'il était censé rédiger pour une commission parlementaire, et à la lettre qu'il avait promis d'envoyer à un avocat au sujet de l'un de ses clients, et aux suppliques qu'il devait adresser au roi pour implorer sa clémence dans deux cas criminels troublants.

Il devait aussi trouver quelqu'un pour le remplacer à la tête de diverses activités philanthropiques.

Il était assis dans la bibliothèque, la plume à la main, une feuille toujours vierge devant lui.

— Rathbourne, il faut que je vous parle.

La voix familière le fit se retourner.

Bethsabée resta un instant sur le seuil de la porte-fenêtre. Une petite brise venue du jardin envahit la pièce.

Benedict posa sa plume et se leva.

— Je pensais que vous souhaitiez aller avec les chercheurs de trésor, s'étonna-t-il.

Elle franchit le seuil, referma derrière elle et fit quelques pas à l'intérieur de la pièce, qui parut soudain plus lumineuse.

— Je devrais y être, répondit-elle. Il devrait y avoir un témoin du côté DeLucey. Mais ils ne trouveront rien aujourd'hui. Tout le monde le sait, sauf les enfants.

— Je devine ce que vous pensez. J'ai vu la panique dans vos yeux quand Mandeville leur a dit qu'ils n'avaient pas creusé assez profond.

— Il continuera à trouver des prétextes pour retarder notre départ, dit-elle, les mains pressées sur l'estomac. Aujourd'hui, ils doivent creuser plus profond. Demain, il insistera pour qu'ils creusent près de New Lodge. Vous savez qu'il se moque bien du repos des fantômes, quoi que dise votre père. Il pense – tout le monde pense – que je ne suis pas une bonne mère. Il veut, et qui pourrait l'en blâmer, qu'Olivia soit élevée avec tous les avantages matériels dus à sa naissance. Et peut-être souhaite-t-il faire la paix entre les deux familles avant de mourir.

— Je vous ai dit que je ne laisserais personne vous retirer Olivia, lui rappela Benedict.

Il s'approcha d'elle, prit ses mains entre les siennes.

— Selon la loi, un enfant appartient à son père, et donc à la famille de son père, souffla-t-elle.

— Fosbury devra porter sa requête devant les juges et se préparer à consacrer les dix prochaines années, ou plus, à de coûteuses batailles juridiques.

— Vous oubliez une chose, fit-elle d'une voix tendue. Si vous venez avec moi, vous n'aurez plus les moyens d'affronter de coûteuses batailles juridiques. Si vous partez avec moi, vous n'aurez plus d'influence sur lord Fosbury ni sur aucun de ses sympathisants. Vous n'aurez plus l'oreille du roi.

Il savait tout ceci. Il savait ce qu'il allait perdre.

Mais il était intelligent et capable, et il saurait vite se faire une nouvelle vie. Une vie heureuse, avec une femme qu'il aimait et une enfant à laquelle il était déjà attaché.

— Eh bien, à la place, il me faudra être intelligent et rusé, fit-il. En attendant, il nous suffira d'emmener Olivia au milieu de la nuit. Cessez de vous ronger les sangs, ajouta-t-il en entourant Bethsabée de ses bras. Ayez un peu confiance en moi. Tâchez de vous rappeler que je suis parfait.

Elle rit, et il sentit qu'elle se détendait.

— L'ennui, c'est que, moi, je ne le suis pas, ripostat-elle. Je ne suis pas du tout sûre que ce soit bien de la priver de… Qu'est-ce que c'est que ce bruit ?

Il crut d'abord qu'il s'agissait d'oiseaux. Des corbeaux en colère.

Bethsabée alla ouvrir la porte-fenêtre. Le bruit se fit de nouveau entendre.

Ce n'étaient pas des oiseaux.

Un hurlement.

Empoignant ses jupes, Bethsabée partit en courant.

Il s'élança derrière elle.

— *Maman !*

— J'arrive ! cria Bethsabée.

— *Maman !*

Olivia jaillit d'un tournant et se précipita vers sa mère, bras tendus. Elle était sale, pleine de terre de la tête aux pieds, mais elle n'était manifestement pas blessée. Une fraction de seconde plus tard, lord Lisle apparut à son tour, tout aussi dégoûtant.

— Monsieur ! appela-t-il. Mon oncle !

Bethsabée ralentit, puis s'arrêta. Rathbourne l'imita.

— Maman, haleta Olivia. Nous l'avons trouvé !

20

C'était une boîte incrustée de terre d'environ trente centimètres de long, vingt-cinq de large et de haut.

L'un des jardiniers qui avaient assisté aux fouilles l'apporta sur la terrasse. Là, tous se rassemblèrent tandis qu'un autre employé s'accroupissait pour la nettoyer. Impatient, Peregrine lui prit la brosse des mains et nettoya lui-même le coffret. Quoique tremblant d'excitation, il travailla avec autant de soin et de précaution que si l'objet était en albâtre.

La couche de terre ôtée, il apparut que la boîte était en bois, et recouverte de cuir avec des clous en cuivre.

Et qu'elle était fermée à clef.

— Il va falloir la scier, déclara Peregrine. Ou la forcer. Elle est vieille. Le bois doit être pourri. Un bon coup devrait la briser.

— Attends, intervint Olivia en s'agenouillant pour examiner la serrure. Une clef ordinaire devrait suffire. À moins que je n'utilise une épingle à cheveux. Les serrures ne sont pas très compliquées en général.

Benedict se rapprocha de Bethsabée.

— Elle sait aussi crocheter les serrures ? chuchota-t-il.

— Pourquoi croyez-vous que je voulais déménager dans un meilleur quartier ? Elle a appris beaucoup trop de choses.

Olivia s'escrima avec une épingle à cheveux, en vain.

— Essaie avec ça, proposa lord Hargate en lui tendant son canif.

Elle lui jeta un regard méfiant.

— Je risque d'abîmer la lame.

— On pourra l'aiguiser.

Benedict croisa le regard de son père.

Et cilla.

Était-ce un pétillement qu'il avait aperçu dans les yeux ambrés ?

Les yeux de lord Hargate ne *pétillaient* jamais.

La fillette fourragea dans la serrure avec le canif, puis tenta d'utiliser l'épingle à cheveux en même temps que le canif.

La serrure céda d'un coup.

Après avoir inspiré à fond, Olivia souleva le couvercle du coffret, révélant…

Des haillons. Elle en sortit un, et le reposa avec soin, en sortit un autre.

— De vieux habits, dit Peregrine. Oh, que c'est contrariant ! Pourquoi diable…

Il s'interrompit soudain, retint son souffle.

Tout le monde en fit autant.

Quelque chose scintillait au milieu des haillons qui restaient.

Pourtant, Olivia continua d'ôter les derniers chiffons avec précaution.

Rouge et jaune, vert et bleu, argent et or, des pièces et des bijoux, des chaînes et des médailles scintillaient dans la lumière de l'après-midi.

— Eh bien, fit lord Mandeville, ne vous avais-je pas dit de garder courage ?

Peregrine contempla l'intérieur du coffret.

— Je n'en reviens pas, souffla-t-il. Ils sont authentiques ?

Olivia préleva une bague ornée d'un rubis et l'examina d'un œil de professionnel. Elle gratta l'anneau en or de l'ongle, puis fit tourner la pierre à la lumière du soleil.

— Ils sont authentiques, confirma-t-elle.

Elle leva les yeux vers sa mère.

— Ils sont authentiques, maman. Le trésor. Je savais que je le trouverais. Vous allez être une grande dame, maintenant.

Le regard brillant, elle tourna son attention vers lord Mandeville.

— Il *appartient* à maman, comme vous l'avez dit, n'est-ce pas ? Il faut que vous le lui disiez, sinon elle va m'ordonner de vous le rendre.

— Alors, je vais le dire devant tous ces témoins, fit lord Mandeville. Olivia Wingate, tu es la descendante d'Edmund DeLucey. Toi et ton fidèle… euh… écuyer avez pris de grands risques et subi de dures épreuves. Vous avez aussi accompli une lourde tâche en creusant de vos mains. Le trésor t'appartient, tu peux en disposer à ta guise.

Benedict regarda autour de lui. Lord et lady Mandeville. Lord et lady Northwick. Lord Hargate. Peter DeLucey. Bethsabée. Les enfants. Les jardiniers. Les serviteurs rassemblés aux fenêtres qui observaient la scène.

Les scènes se font sur scène.

Il regarda de nouveau son père. Ce dernier ne quittait pas Olivia des yeux, mais il arborait une expression que Benedict connaissait bien.

C'était subtil. Lord Hargate n'était jamais évident. Mais Benedict connaissait bien son père – mieux que la plupart des gens –, et il reconnut nettement l'expression.

C'était la même que le jour du mariage d'Alistair.

Et aussi lorsque Rupert avait ramené son épouse d'Égypte.

Une expression de triomphe.

Les deux fois, Benedict avait parfaitement compris. Contre toute attente, et au grand soulagement du comte, ses cadets rebelles avaient épousé des femmes fort convenables, et munies de dots plus convenables encore.

Mais cette fois-ci, Benedict ne savait trop ce qui justifiait cette expression satisfaite.

Tandis qu'on récurait Olivia, Bethsabée partit à la recherche de lord Hargate afin de lui dire que, finalement, elle n'aurait pas besoin des vingt pounds, et qu'il pouvait cesser de s'inquiéter pour son fils aîné.

Les domestiques la dirigèrent vers la ruine gothique qui se dressait sur la rive est du lac. Celle-ci avait été édifiée au siècle précédent afin d'ajouter une touche romantique au lieu, et d'inciter à la contemplation et à la poésie.

Bethsabée doutait que lord Hargate soit le genre d'homme à avoir des pensées poétiques, mais il avait, certes, des raisons d'être mélancolique.

Elle le trouva en train d'examiner, sourcils froncés, une tourelle à moitié écroulée. Il n'était cependant pas suffisamment préoccupé pour ne pas l'entendre approcher.

Il pivota et la salua d'un hochement de tête.

— Madame Wingate, fit-il sans montrer de surprise.

Il est vrai qu'il était passé maître dans l'art de ne rien trahir de ce qu'il ressentait.

— J'imagine que vous êtes venue me dire que vous avez libéré mon fils de vos rets et que nous serons bientôt débarrassés de vous.

Elle en resta muette une seconde.

— En effet, admit-elle, avant de parler du délai de réflexion de quinze jours qu'elle avait imposé à Rathbourne.

Lord Hargate demeura impassible.

— Deux semaines devraient suffire pour que votre famille et vous réussissiez à lui faire comprendre son erreur, reprit-elle.

— Je ne pense pas.

— Mais bien sûr que si, insista-t-elle. Il est très attaché à sa famille. Et, quoi qu'il dise, je sais que son travail parlementaire et ses activités philanthropiques lui apportent de grandes satisfactions. Elles lui manqueraient énormément. C'est un homme généreux, lord Hargate. Il n'est pas paresseux et dissipé comme tant de jeunes gens de son milieu. Il fera beaucoup pour l'Angleterre. Une noble carrière l'attend. Il sait tout ceci. Il a juste besoin qu'on le lui rappelle – pendant que je serais au loin. Je vous laisse le soin de le convaincre, monsieur. On dit que vous êtes l'un des hommes les plus puissants du pays. Quinze jours vous suffiront pour imposer votre volonté à votre fils, n'est-ce pas ?

— J'en doute. Mais le voici qui vient, nous allons voir de quel pouvoir je dispose.

Bethsabée se retourna. Rathbourne remontait l'allée à grands pas. Il n'avait pas de chapeau et le vent d'octobre malmenait sa chevelure sombre. Comme il approchait, elle remarqua que sa cravate était de travers et sa veste à moitié boutonnée.

— Vous n'imaginiez pas qu'il ne devinerait pas ce que vous aviez en tête, j'espère, fit lord Hargate. Benedict est un politicien chevronné. En outre, il a toujours eu un intérêt malsain pour les comportements criminels.

— C'est pour vous annoncer qu'elle renonçait de nouveau à moi qu'elle est venue vous trouver, père ?

s'enquit Rathbourne. Elle n'arrête pas de renoncer à moi et de me dire adieu. C'est sa façon d'exprimer son affection, voyez-vous. Cela, et me voler ma bourse et mes habits.

— Je voulais seulement tranquilliser votre père, rétorqua Bethsabée. Il est évident qu'il n'a pas fermé l'œil de la nuit.

— C'est parce qu'il l'a passée à comploter avec ses complices.

— À comploter ? répéta-t-elle.

— Ma chère enfant, vous venez d'une longue lignée de menteurs et de tricheurs, fit Rathbourne. Vous êtes sûrement capable de reconnaître un escroc quand vous en voyez un.

Elle ne comprenait visiblement pas.

Son regard passa de Benedict à son père. Comme si le visage de lord Hargate pouvait exprimer quoi que ce soit, songea Benedict. Autant regarder les ruines qui se trouvaient derrière eux. Autant essayer de déchiffrer une brique.

— Je sais que c'était une imposture, cette petite scène sur la terrasse, reprit Benedict d'une voix posée en dépit de sa stupéfaction et de sa colère. Ce que je n'arrive pas à comprendre, c'est *pourquoi*. Est-ce que Mandeville, Northwick et vous vous êtes donné tout ce mal uniquement pour vous débarrasser de Bethsabée le plus vite possible ? J'aurais cru que vous aviez compris que ce n'était pas nécessaire. Elle est résolue à me rendre ma liberté, comme elle dit.

— Je crois que mes facultés de compréhension fonctionnent encore relativement bien, répliqua son père.

Croisant les mains dans le dos, il s'approcha du lac et regarda de l'autre côté.

Bethsabée et Benedict échangèrent un regard perplexe. Ce dernier haussa les épaules, puis ils rejoignirent le comte de Hargate.

Il y eut un long silence.

Benedict attendit. Son père était maître dans l'art de la manipulation. Il était inutile d'essayer de reprendre le contrôle de la situation.

Des oiseaux pépiaient. Un tourbillon de vent éparpilla un tas de feuilles mortes.

Ayant laissé l'instant s'étirer aussi longtemps que possible, lord Hargate reprit enfin la parole.

— Vous vous trompiez, madame Wingate. Je suis arrivé à Throgmorton avec une grande quantité d'argent ainsi que divers bijoux de ma femme et de ma mère. Nous étions prêts à vous payer grassement pour que vous partiez au loin, et définitivement. J'étais prêt à le faire hier, lorsque vous êtes entrée dans le cabinet de travail de Mandeville, même si j'avais déjà compris à ce moment-là que les choses étaient beaucoup plus sérieuses que nous ne l'avions supposé.

— C'est là que vous avez constaté qu'elle n'était pas non plus celle que vous pensiez, intervint Benedict.

— Il y a eu cela, admit son père. Jamais de ma vie je n'ai eu autant de mal à rester impassible que lorsque Mme Wingate a proposé de renoncer à toi en échange de vingt pounds. J'ai hâte de le raconter à ta grand-mère, acheva-t-il avec un demi-sourire.

Celui-ci s'effaça aussi vite qu'il était apparu.

— J'ai toujours regretté de ne pas avoir eu de filles, madame Wingate, car mes fils sont une inépuisable source de soucis.

« Pas moi, eut envie de crier Benedict. Pourquoi me blâmez-vous sans cesse ? »

— Vous dites toujours cela, protesta-t-il. Cela ne me paraît pas du tout justifié. Je ne vous ai pas causé d'ennuis depuis l'enfance.

Il se rappela un incident à Oxford. Puis un autre.

— Enfin, pas depuis que je suis majeur, en tout cas, corrigea-t-il.

— Mes fils sont une inépuisable source de soucis de toutes sortes, madame Wingate, répéta son obstiné de père. Ainsi, mon fils aîné a-t-il été malheureux pendant très longtemps.

Lord Hargate aurait dit que son fils descendait de la lune, Benedict n'aurait pas été moins surpris.

Surpris était un mot complètement inapproprié pour décrire ce qu'il éprouvait. Le monde avait basculé tête la première.

Il cligna des yeux. Deux fois.

Le regard ambré de son père rencontra le sien.

— Tu étais un enfant espiègle, enchaîna lord Hargate. Tu entraînais tes frères pour faire toutes sortes de sottises. Tu riais. Cela fait des années que je ne t'ai pas entendu rire.

— Allons donc, je ris, protesta Benedict. C'est absurde.

— Il rit, renchérit Bethsabée. Je l'ai vu et entendu rire. Il y a peu, il a tellement ri que j'ai craint qu'il ne se fasse du mal.

— Vous l'avez fait rire, répliqua lord Hargate. Je suis arrivé ici, et j'ai vu une lueur espiègle éclairer son regard. J'y ai vu aussi du bonheur. Je sais que mon fils aîné n'est pas un imbécile. Il ne s'est jamais laissé embobiner par une femme, contrairement à certains de ses frères. C'est un observateur perspicace. Il saurait reconnaître une arriviste, me suis-je dit. Il saurait reconnaître une opportuniste. Mais même sachant cela, j'étais mal à l'aise. L'homme le plus sensé peut commettre des erreurs fatales en matière de femmes. Et puis, vous êtes venue me trouver avec cette histoire amusante selon laquelle vous vous étiez lassée de lui et demandiez vingt pounds pour partir. Et le voilà qui entre par la fenêtre. Il est alors devenu évident que vous étiez tous deux amoureux à un degré parfaitement ridicule. Je regrette que ma femme ait manqué cette scène. Elle l'aurait trouvée extrêmement plaisante. Quoi qu'il en soit, je la lui ai décrite de mon mieux dans la lettre que je lui ai envoyée peu après.

Plaisante.

C'est en recommençant à respirer librement que Benedict se rendit compte à quel point il avait été tendu durant ce petit discours. Il semblait qu'un poids venait de lui être ôté, un poids dont il ignorait jusqu'à présent combien il lui pesait.

— Père… commença-t-il, la gorge nouée.

— Mais on peut compter sur mes fils pour rendre les choses aussi difficiles que possible, l'interrompit lord Hargate. C'était trop espérer que tu choisisses l'une des jeunes filles parfaitement convenables que nous n'avons cessé de mettre sur ton chemin.

Bethsabée regarda Benedict.

— Vous ne m'aviez pas dit qu'ils essayaient de vous marier.

— Il ne s'en est même pas rendu compte ! répondit lord Hargate à la place de son fils. Il n'a pas remarqué les ravissantes jeunes personnes issues de familles exceptionnelles. Il n'a pas remarqué les belles héritières. Nous avons essayé les bas-bleus. Les campagnardes. Rien à faire. Il ne les voyait même pas. Mais Bethsabée Wingate, la femme la plus tristement célèbre de toute l'Angleterre, celle-là, il l'a remarquée.

— Nous autres femmes tristement célèbres avons tendance à attirer les regards, admit-elle.

— Peut-être est-ce dû à l'intérêt malsain qu'il porte aux classes criminelles, poursuivit lord Hargate. Quoi qu'il en soit, il vous a choisie, et vous le rendez heureux. Vous – entre toutes les femmes, la seule qui ne pourra jamais, quelles que soient les circonstances, être acceptée par la bonne société.

— Je ne vous reproche pas de vous sentir... offensé, père, fit Benedict, mais...

— Une telle chose n'arrivera jamais. C'est tout à fait *impossible*.

— Dans ce cas... commença Benedict.

— Ce qui en fait un défi intéressant à relever, coupa son père. Si j'ai pu marier Rupert convenablement, je peux tout faire. D'autant que nous avons un atout : Mandeville aimerait beaucoup resserrer les liens entre nos deux familles.

— Il ne le souhaite certainement pas par mon intermédiaire, assura Bethsabée. Jamais il ne me reconnaîtra comme un membre de sa famille. Il me *déteste*.

— La perspective d'une alliance avec les Carsington a provoqué un revirement, avoua lord Hargate. Peut-être jubile-t-il à l'idée de faire un pied de nez à lord Fosbury. Je l'ignore. Tout ce que je sais, c'est qu'il s'est rallié de bon gré à notre conspiration pour vous rendre respectable.

— Je vous l'avais bien dit qu'il s'agissait d'un complot ! s'exclama Benedict.

Bethsabée comprit enfin.

— Le trésor d'Olivia.

— Il n'y a rien de tel qu'une fortune, même modeste, pour rendre une femme respectable, observa Benedict.

— Le trésor, répéta-t-elle. Ce n'est pas celui d'Edmund DeLucey.

— Techniquement, si, en grande partie, reconnut le père de Benedict. Mandeville possédait quantité de pièces à l'effigie du roi George II, que je lui ai achetées. Nous nous doutions que ces deux enfants étaient trop malins pour ne pas reconnaître instantanément des pièces modernes. Northwick et lui ont offert d'autres objets de la collection familiale, et j'ai ajouté les bijoux que ma mère et ma femme avaient proposés. Tout cela ne constitue pas véritablement une fortune. Mais cela ressemble à un trésor, et presque tous les domestiques ont assisté à l'ouverture du coffret.

— J'aurais dû le deviner, murmura Bethsabée en fermant les paupières. Les pièces et les bijoux étincelant au soleil. La foule rassemblée autour des enfants. Je n'ai pas tourné la tête, mais j'imagine que les domestiques étaient agglutinés derrière les fenêtres… Les domestiques, répéta-t-elle en rouvrant les yeux.

— Les domestiques parlent, fit Benedict, comme vous me l'avez rappelé il y a peu.

— Et, surtout, ils enjolivent et exagèrent, renchérit lord Hargate. Le temps que l'histoire atteigne Londres, le coffret d'Edmund DeLucey regorgera de rubis, de saphirs, d'émeraudes et de diamants. Les gens diront que Mme Wingate se trouve à la tête de vingt, cinquante, cent mille pounds. Et, comme chacun sait, cela change tout.

Le père de Benedict s'éloigna peu après pour déambuler autour du lac. Il composerait dans sa tête les lettres à sa nombreuse parentèle, devina Benedict.

— Eh bien, fit-il, une fois que la boule qui lui obstruait la gorge eut fondu, je suis content de ne pas l'avoir étranglé finalement.

— J'ai du mal à y croire. Quand je me suis réveillée ce matin, j'avais mauvaise réputation. Et maintenant, je suis respectable. Il ne manquait que la fortune – comme le pensait Olivia. Pas même une fortune réelle.

Benedict s'empara de sa main.

— Vous allez devoir m'épouser, à présent. Et nous devrons vivre en Angleterre. Plus question de fuir sur le Continent et de vivre comme des bohémiens. Plus d'appartement exigu dans un quartier misérable. Plus d'huissiers. La vie va vous paraître affreusement ennuyeuse.

Elle fronça les sourcils.

— C'est la demande en mariage la moins enthousiasmante que j'aie jamais entendue. Voyons, Rathbourne, vous qui êtes un politicien expérimenté, vous pouvez sûrement faire mieux.

Il rit et la souleva dans ses bras.

— C'est mieux ainsi ?

— Il y a un léger progrès.

— Je vous emmène à New Lodge où je vous ferai passionnément l'amour jusqu'à ce que vous disiez : « Oui, Benedict, j'accepte de vous épouser. »

— Et si je ne le dis pas ?

— Vous le direz.

Elle le fit.

Épilogue

La lettre, écrite trois mois plus tôt, parvint à Peregrine en juin 1822.

Mon ami,

Merci pour ta lettre, qui était extrêmement intéressante, et pour le petit homme égyptien qui, je suis heureuse de le dire, est arrivé en bon état et pas du tout en morceaux comme tu l'avais craint. C'était très gentil de ta part d'avoir pensé à moi. Je suis vraiment heureuse – et maman est vraiment heureuse, ce qui est l'essentiel – et, pourtant, j'aurais tant aimé aller en Égypte avec toi, oncle Rupert et tante Daphné. Je ne comprends toujours pas pourquoi lord Rathbourne et maman tenaient absolument à NOUS SÉPARER. Ce n'est pas comme si quelque chose de terrible était arrivé pendant notre quête. Nous n'avons commis aucun crime – pas de crime capital, en tout cas. En fait, nous avons accompli une action noble en réunissant maman et ton oncle.

Cela dit, je suis sûre que c'est toi qui méritais le voyage et tu en profiteras mieux que moi. Tante Daphné a été rudement maligne d'y penser et en un clin d'œil, parce que j'ai eu l'impression que ton père et lord Rathbourne étaient sur le point d'en VENIR AUX MAINS. Ç'aurait été amusant. Le problème, c'est que les femmes auraient beaucoup crié, et les émotions n'étaient pas bonnes pour ta maman dans son état.

Tu as un frère, à propos. Il est arrivé il y a cinq jours. Il est très rouge, et tout fripé, et il ressemble à un singe, mais Mlle Velkel a dit que les bébés sont toujours comme ça à la naissance. Je pense que c'est à cause des corsets des dames qui les compriment. Je sais que c'est choquant de la part de tes parents, à leur âge, mais il faut voir le bon côté des choses. Plus les parents ont d'enfants, moins ils font attention à nous. Oui, je dis nous, car je soupçonne maman d'être dans le même état.

Quant à l'Égypte – je prétends, comme tante Daphné l'a dit à tes parents, que tu es seulement au loin dans une école, sauf que cette fois-ci tu as trouvé l'école idéale dans l'endroit idéal, et ils peuvent être sûrs désormais que tu ne te feras renvoyer. (Je sais qu'oncle Rupert plaisantait lorsqu'il parlait de te jeter aux crocodiles.) Tu vas remonter le Nil et découvrir de grandes merveilles entre tes leçons avec tante Daphné.

Pendant ce temps, j'étudie avec Mlle Velkel. Elle est allemande et très sévère. Mais j'ai décidé de travailler parce que je suis la belle-fille de lord Rathbourne, et il est essentiel que j'apprenne à me comporter d'une manière conforme à ma position. Il n'y a pas que des choses ennuyeuses. Une fois par semaine, je rends visite à la COMTESSE DOUAIRIERE LADY HARGATE, et nous jouons au whist avec quelques-unes de ses amies. Elles connaissent tous les ragots et rien ne leur échappe. Elles m'ont appris beaucoup de choses. En ce moment, leur principal sujet est oncle Darius et QUE VA-T-ON FAIRE DE LUI ? Je ne sais pas quel est le problème, car je l'ai très peu vu. Pour moi, c'est l'oncle insaisissable, car il n'est jamais là. Cela dit, c'est un célibataire, et on sait que les célibataires mènent des existences instables.

J'attends avec impatience le jour où je serai aussi une célibataire. J'aimerais mener une vie instable. J'ai beaucoup réfléchi à l'avenir et eu plusieurs Idées.

Mais voilà maman qui vient me demander d'éteindre ma chandelle. Je te souhaite beaucoup de chance dans tes études. Puisses-tu découvrir quantité de grandes merveilles. Je t'écrirai de nouveau bientôt.

Ta fidèle et sincère amie,

Olivia Wingate-Carsington

Découvrez les prochaines nouveautés
de nos différentes collections J'ai lu pour elle

AVENTURES
& PASSIONS

Le 7 octobre :

Sous l'emprise du désir ☙ **Lisa Kleypas (n°6330)**

Novembre 1836 : Amanda Briars va atteindre sa trentième année. Si elle a depuis longtemps renoncé à trouver l'amour, elle es bien décidée à ne pas mourir vierge.
Ecrivain connu, Amanda est pragmatique et n'a de compte à rendre à personne. Le plus simple est donc de s'offrir pour son anniversaire les services d'un gigolo. L'homme qui sonne à sa porte ce soir-là semble déconcerté par son attitude, mais il faudrait être fou pour refuser une telle invitation. Entre ses bras, la jeune découvre un plaisir insoupçonné. Toutefois, sur le point d'accomplir son rêve, il se dérobe. Quelque temps plus tard, au cours d'une soirée, Amanda reconnaît Jack Delvin, le célèbre éditeur…

Arrangements privés ☙ **Sherry Thomas (n°9080)**

Aux yeux de la société londonienne, lord et lady Tremaine forme le couple idéal. Ce mariage leur a permis de s'élever socialement, et tous deux ont trouvé un arrangement : il vit aux Etats-Unis, elle en Angleterre.
Au cours de leurs dix ans de mariage, ils se sont peu vus, peu rencontrés, mais dit-on leurs relations sont fort courtoises. Un jour, lady Tremaine demande le divorce. Le scandale éclate. Comment un couple aussi bien assorti peut-il rompre un arrangement aussi parfait ?

La chronique des Bridgerton —3. Magie d'un soir ☙
Julia Quinn (n°9055)

Comme dans un conte de fées, Sophie va réaliser son rêve. Ce soir-là, en cachette de sa marâtre, elle se déguise et participe au bal masqué le plus important de Londres. Elle tombe sur le charme de Benedict Bridgerton, et le coup de foudre est réciproque. Au douzième coup de minuit, elle doit s'enfuir. Le jeune homme va passer deux années à la rechercher en vain. Lors d'une fêtee, il sauve une petite bonne des griffes du maître de maison…

Le 21 octobre :

Shanna ☙ **Kathleen Woodiwiss (n°1983)**

A Londres, en l'an de grâce 1749. Shanna ne veut pas d'un mari imposé par son père ! La solution ? Epouser Ruark Beauchamp, condamné à mort qui croupit dans la prison de Newgate. Un mariage blanc qui fera aussitôt d'elle une jeune veuve, libre de son destin. Mais, en débarquant sur l'île que possède son père dans les Caraïbes, Shanna a la surprise d'y retrouver son époux d'un jour, bien vivant !

Nouveau ! 2 rendez-vous mensuels
aux alentours du 1er et du 15 de chaque mois.

Les sœurs Lockwood —2. Mauvaise réputation
Julie Anne Long (n°9085)

Sylvie croit qu'elle est orpheline et n'a gardé qu'un lointain souvenir de ses premières années. Grâce à sa volonté, elle est devenue danseuse à l'Opéra de Paris. Un jour, elle lit une lettre adressée à sa mère adoptive par une certaine lady Susannah Whitelaw, épouse du vicomte de Grantham, qui est à la recherche de sa sœur. La jeune femme décide de partir pour l'Angleterre et de découvrir la vérité sur son passé. Durant le trajet, elle rencontre Tom Shaughnessy qui dirige un théâtre à Londres et propose des spectacles osés. La diligence est attaquée, et Sylvie se retrouve sans un sou…

Si vous aimez Aventures & Passions,
laissez-vous tenter par :

Passion intense

Quand l'amour vous plonge dans un monde de sensualité

Le 7 octobre :

Une lady nommée passion **Lisa Valdez (n° 8239)**

Quel est cet inconnu aux yeux bleu vif qui, profitant d'une bousculade au Crystal Palace, a enlacé Passion Elizabeth Dare ? En quelques caresses insidieuses, il a réveillé sa sensualité en sommeil. Elle, la veuve respectable, se met à vibrer au contact de ces mains sur ses courbes féminines. Comment ose-t-il, ici, au beau milieu d'une foule d'honnêtes gens ? Cependant n'est-ce pas très excitant ? Qu'importe son identité, finalement. Pourquoi ne pas céder à l'urgence du désir et se donner à lui, puisqu'elle ne le reverra jamais ? Mais leur étreinte furtive derrière un paravent est un éblouissement qui en appelle d'autres, et Passion va vite se découvrir esclave de son bel amant dont elle ne connaît que le parfum et le prénom, Mark...

Le 21 octobre :

Sur la nuit de ta peau
Sunny, Jami Alden, Valérie Martinez (n° 9086)

Depuis quelques mois Laura et Tom travaillent ensemble, la collaboration est idéale mais, en fait, chacun désire l'autre en secret… Lola a quitté son Tucson natal, où elle vivait encore chez ses parents, pour habiter chez une cousine à San Francisco, qui sort beaucoup… Anna Huang est en Indonésie en tant que médecin, peu après un tsunami. Elle rencontre Rand resté fidèle à la mémoire de sa femme morte…

Nouveau ! 1 rendez-vous mensuel
aux alentours du 15 de chaque mois.

9054

Composition
CHESTEROC LTD

Achevé d'imprimer en Italie
par GRAFICA VENETA
le 2 août 2009.

Dépôt légal août 2009.
EAN 9782290001318

ÉDITIONS J'AI LU
87, quai Panhard-et-Levassor, 75013 Paris
Diffusion France et étranger : Flammarion